阿弥陀佛 么么哒

缘深缘浅 缘聚缘散 惜缘随缘莫攀缘

大冰作品

CNS 湖南文艺出版社 HUNAN LITERATURE AND ART PUBLISHING HOUSE 博集天卷 CS-BOOKY

图书在版编目（CIP）数据

阿弥陀佛么么哒 / 大冰著 . —— 长沙：湖南文艺出
版社，2015.6
　ISBN 978-7-5404-7223-8

　Ⅰ . ①阿… Ⅱ . ①大… Ⅲ . ①短篇小说 – 小说集 – 中
国 – 当代 Ⅳ . ① I247.7

　中国版本图书馆 CIP 数据核字 (2015) 第 149027 号

上架建议：小说 · 情感励志

阿弥陀佛么么哒

作　　者：大　冰
出 版 人：刘清华
责任编辑：薛　健　刘诗哲
监　　制：毛闽峰　李　娜
策划编辑：李　娜
营销编辑：周　逸　杜　莎
封面设计：仙　境
装帧设计：张丽娜
图片摄影：小芸豆　王泽明　梁　博

出版发行：湖南文艺出版社
　　　　　（长沙市雨花区东二环一段 508 号 邮编：410014）
网　　址：www.hnwy.net
印　　刷：三河市百盛印装有限公司
经　　销：新华书店
开　　本：880mm × 1270mm　1/32
字　　数：355 千字
印　　张：11.5
版　　次：2015 年 6 月第 1 版
印　　次：2018 年 2 月第 8 次印刷
书　　号：ISBN 978-7-5404-7223-8
定　　价：38.00 元

若有质量问题，请致电质量监督电话：010-59096394
团购电话：010-59320018

目录
contents

光阴如潮，大浪淘沙，未来未知的年月里，这本书一定会被湮灭。
但我祈愿这些歌能被传唱。
若有一天末法来临，人性扭变，风急雨骤天昏地暗。
愿这颗普普通通的种子，能被按图索骥的人们发现。
愿人们知晓。
这个世界，曾经来过一个普普通通的好孩子。

▌一百万个祝福 __022

希有到底是谁？
打死我也不会说的。
自有水落石出、云开见山的那一天。
希有说了，就是未来婚礼那一天。
届时，惊讶慨叹随意，恍然大悟随便。
但在此之前，与其去八卦侦查当柯南，莫若起一个
善念，环视一下身边。
常识构建底线，希有就在你身边。

▌**我有故事，你有酒吗?** __050

任何一种长期单一模式的生活，都是在对自己犯
罪。明知有多项选择的权利却不去主张，更是错
上加错。
谁说你我没权利过上那样的生活：既可以朝九晚
五，又能够浪迹天涯。

《玩儿鲨鱼的女人》潜水中的小芸豆

人活一辈子，总会认识那么几个王八蛋：和你说话不耐烦，和你吃饭不埋单，给你打电话不分时候，去你家里做客不换鞋，打开冰箱胡乱翻……在别人面前有素质有品位，唯独在你面前没皮没脸。

但当你出事时，第一个冲上来维护你的，往往是这种王八蛋。

她说：你知道吗？走遍了大半个地球，才明白这两个字多么弥足珍贵。

我问是哪两个字。

她轻轻地说：担心。

凭什么 _122

有人说，每一个拥有梦想的人都值得被尊重。
可我总觉得，除了被尊重，人还需自我尊重。
真正的尊重，只属于那些不怕碰壁、不怕跌倒、
勇于靠近理想的人。
梦想不等于理想。
光幻想光做梦不行动，叫梦想。
敢于奔跑起来的梦想，才是理想。
············
就像老谢那样。

送你一只喵 _158

……其实，对于我们这种孩子来说，
自暴自弃不过是一念之间的事情，
而挽救我们这种孩子的办法其实很
简单——一点点温情就足够了，
不是吗？

写完《乖，摸摸头》那本书以后，无数人跑来问我，
2007 年的厦门到底发生了什么？
关于毛毛和木头 2007 年的故事，我想我可以给我的
读者们一个交代了。

再普通的人，也会在一生中某几个节点上隆
重登场，理所当地成为主角——比如新生
儿的落草，比如驾鹤西行者的入殓，比如新
嫁娘的婚礼。

一个孩子的心愿

▶ ▷ 光阴如潮，大浪淘沙，未来未知的年月里，这本书一
定会被湮灭。
但我祈愿这些歌能被传唱。
若有一天末法来临，人性扭变，风急雨骤天昏地暗。
愿这颗普普通通的种子，能被按图索骥的人们发现。

愿人们知晓。
这个世界，曾经来过一个普普通通的好孩子。

善良是一种天性，善意是一种选择。

善意是人性中永恒的向阳面。

选择善意，即选择天性，即选择光明。

或许也是在选择一种永恒吧……

虽然人性在每个人身上的星辉闪光都只是刹那。

（一）

他们并排坐在小屋的角落里，神情紧张。

很局促，手都不知道该往哪儿放。

过时的提包，素色的衣裳，廉价的皮鞋……

简朴却整洁，隐隐带着几分普通人的隆重。

一看就知他们并不常出门旅行，衬衫扣得严严实实，头发梳得一丝不乱，出差一样。

坐姿僵硬得很，应该没怎么进过酒吧，两个人只点了一瓶啤酒。

一进门我就看出来了，他们应该来自某个小城，安分守己了一辈子的工薪阶层。

但我纳闷儿的是，他们的反应为何那么奇怪？

我刚一进门他们就死盯着我看，眼神里满是期待和慌张。

孩子的眼睛会发亮，我知道的，却是头一次在中年人眼中见到同样的光亮。

正月的丽江热闹，街上游人熙攘，大冰的小屋里热气腾腾。

人很多，连台阶上都坐满了，听歌喝酒聊天，恣意地享受这假日时光。

那天来的大都是眉飞色舞的年轻旅人，学生、职员、背包客，一个比一个年轻。

中年人只有他们这一对儿。

他们应该是夫妻。

我在他俩对面坐下，点点头，冲他们笑笑。

紧接着我吓了一跳，我的笑容有什么问题吗？为何他们仿佛受惊一样，紧紧攥住了对方的手。

两只手攥在一起，攥得发白，四只眼睛愈发闪亮，依旧死盯着我，好像钩子一样。

我们之前见过吗？

出什么事了，为什么这副神情？

还没等我开口询问，中年女人猛地吸了一口气，猛地吐出来一句话：终于找到你了，大冰。

她颤抖着声音探问：听说，你是个一诺千金的人……

谁造的谣？我慌忙摆手，手刚摆了两下就僵在半空中。

她双手合十面向着我，仿如佛前祈愿一样。

她闭上眼睛对我说：求求你……求求你帮我们一个忙。

（二）

在他们开口讲述的头半个小时里，我并不知道自己会遭遇一个如此虐心的故事。

这是两个农村中学教师。

他们箪食瓢饮在浙江省青田县海口镇，教书育人，安贫乐道。

此次丽江之行是专程为我而来。

他们说，希望我帮他们一个忙，帮他们的儿子一个忙。

儿子叫越阳，1998年10月13日出生，90后。

他的母亲看着我的眼睛，着重强调说：越阳是个好孩子。

每个父母眼中的孩子都是好孩子，但她执拗地说，他们家的好孩子和别人家的不一样。

她说她的儿子出奇地懂事。

他们都是农村中学教师，陪学生的时间多，陪儿子的时间少，但儿子从小不哭也不闹，早早地学会了一个人吃饭，一个人睡觉。

早上睡醒，自己乖乖地穿好衣服，轻手轻脚地去上学。

问他，他会说，爸爸妈妈上班累，多休息一会儿吧……

她说：我是老师，没时间过3月8日的节日……下课铃一响，就看见儿子站在教室外，一边挥动着节日卡一边喊：妈咪，节日快乐！

节日卡是他自己裁的，自己画的，还有一只小蛋糕，他零花钱少，只买得起拳头大的蛋糕。

女学生们围着他，逗他，他一本正经地抯着腰，挨个儿教育她们：你们这些妇女啊……都要听话，不许惹我妈妈生气！

他说，我妈妈很辛苦的……

这个母亲讲着讲着，声音弱了下来，双眼失神地看着我，不知在想些什么。

我咳嗽了一下，她好像被惊醒了一样，歉意地点了下头，继续开口讲。

她说：别人家是妈妈哄孩子，我们家是孩子哄妈妈，从小就是这样。曾经有一个周末的晚上，我带着越阳去火车站广场玩，那时候他还很小……我太粗心了，边散步边在心中备课，不知不觉就和他走散了。我满广场找他，找遍了整个广场也不见踪影……

我不知所措了好久，等到终于稳下心神想报警时，电话来了。越阳在电话里大声喊：妈妈，我找不到你，我自己先跑回家了，我在咱们家楼下的小店里，很安全的！

越阳气喘吁吁地喊：妈妈你别担心我，你不许哭啊。

那个母亲说到这里，声音明显地沙哑起来。

看得出来，她在努力地平抑着情绪。

我递给她一杯水，她接过来捧在手里，却不喝。

她认真地看着我说：真的，他从小就知道心疼人。

我说：哦，我知道你儿子是个好孩子了，但是……

她急急地打断我的话，自顾自地重复着说：他真的从小就知道心疼人……

她急切地说：
我们越阳学习永远名列前茅，我们从来没操心过他的成绩，只担心他的喜好是否太多。学校里，他什么活动都乐意参与：广播站、学生会、演讲比赛、朗诵比赛、数学竞赛……
光是象棋比赛的证书就有厚厚一摞。
象棋教练说越阳是棵好苗，让我们送他去省城好好培养。
但越阳拼命对我说，不要不要，妈妈，我下象棋只是兴趣爱好。
他怕让家里花钱，他怕累着我们，他心疼我们……

越阳还喜欢音乐，学过小提琴，萨克斯考取了十级证书，葫芦丝在浙江省民乐比赛中拿过三等奖。
拿完奖之后他就不肯再学了，老师怎么劝他也不听。

他跟我说，其实乐器里，他最喜欢的是吉他。
他不说我也知道……学吉他最省钱，不像小提琴、萨克斯的课时费那么贵。
我当然不肯让步，哪个父母愿意委屈了自己的孩子？砸锅卖铁也不能耽误！又不是借不到钱……
他搂着我的脖子说悄悄话：
妈妈你知道吗？我觉得音乐这东西很神奇，不论用哪种乐器去演奏，里面的道理都是一样的。你就让我学吉他吧，至于其他的乐器，我将来一上大学就自己挣钱……我有大把的时间去学。

我搂紧他：好孩子，爸妈没本事挣钱，委屈你了……

他撇嘴：妈妈你说的这是什么话？谁有咱们家这么厉害——我爸爸妈妈都当老师！

越阳学吉他上手很快，他本就有音乐天赋和功底。
吉他是借的，他总是说自己技术低，用不着专门买好琴。
别人还在爬格子、练和弦时，他已经开始自己琢磨着写歌了。他看书多，歌词一写就是半个笔记本，只等着将来学全了乐理就自己谱曲。

他志向大得很，当作家，当棋手，当歌手……那么多兴趣爱好，却未曾耽误学习。他后来从青田小镇考到省城中学时，成绩是最优秀的！
…………
每个母亲都爱夸自己的儿子，一夸起来就刹不住车，这个母亲也不例外。
这个朴素的母亲告诉我，他的儿子越阳考上的是赫赫有名的杭州市文晖中学。
很奇怪，讲这段话时，她的表情是骄傲的，声音却开始哽咽。
沙哑的哽咽。
…………
据说去学校报到时，越阳手里的行李是最简朴的，肩上的行李也是最特殊的。
是一把吉他——为了庆祝考到省城，父母送他的礼物。
从小到大，他收到的最昂贵的礼物。

他弹着那把珍贵的吉他，从初一弹到初二。
从2012年弹到2013年。

（三）

············

2013年发生了许多事。

厦门BRT快线（厦门市快速公交系统）起火，47人殒命。

上海和安徽两地率先发现H7N9型禽流感，后续是江浙皖鲁闽，以及台湾。

大范围的雾霾笼罩中国中东部，从北京到上海，人们惶恐地抬头看天……

这些公众领域的大事件被人关注、关心、铭记或遗忘。

2013年的杭州也发生了一件事：

一个孩子毫无征兆地病倒，一对父母一夜间忽然苍老。

没有几个人会去特别关注这件小事。

如无特殊原因，没有几个人会关心一个陌生的、普通的孩子的病症。

大部分人懒得去追问熟人社会以外毫不关己的事情。

大部分身体尚健康的人，并不关心这种病的致病原因到底是什么。

也并不关心，为何在城市儿童中，这种病的发病率已上升了13%。

2013年，越阳15岁，白血病。

（四）

好似耗尽了全身的力气。

那个母亲虚脱地靠在了丈夫的肩头。

她流着泪说：大冰，在来找你之前，我们俩读了你的书。我记得你在书里写过：……命运善嫉，总吝啬赋予世人恒久的平静，总猝不及防地把人一下子塞进过山车，任你怎么恐惧挣扎也不肯轻易停下来，非要把圆满的颠簸成支离破碎的，再命你耗尽半生去拼补……

她靠在丈夫的肩头流泪，反复念叨着"命运善嫉"这四个字。
她说：到底嫉妒我们什么？我们到底做错了什么，非要惩罚这么好的一个孩子……

最触目惊心的，莫过于中年人的伤心。
一对中年夫妻摊开手掌，彼此给对方拭泪，边叹气边拭，越拭越多。
这一幕看得我有些难受，但更多的，是一种难言的尴尬。

犹豫再三，我说：大姐，你们的遭遇我很同情，我知道治白血病要花很多钱，也大略知道你们的收入水平，但是实话实说……不是我见死不救，这个忙，我或许很难去帮。

我说：对不起，越阳是个好孩子，但我并不是个有钱人。

他们俩连声说"不不不"，用力地在我面前摆手。
那个父亲苦笑着说：大冰你误会了，我们不是来找你要钱的，我们当了一辈子教书匠，穷归穷，骨气还是有的……
况且，他轻声说，我们越阳，现在不需要钱。

大过年的，你们不在医院陪孩子，反而千里迢迢跑来找我？

不需要钱，那需要什么？

（五）

那位父亲揽住妻子的肩膀，再次帮她擦了擦眼睛。

他抬头看我一眼，又低下头，慢慢地说：……儿子很乐观，他妈妈都要崩溃了，他还反过来安慰她，变着法子逗她开心。他从小就这么懂事，生病了还这么懂事，他越这样，越让人心疼……

这是个遭罪的病，生病的这两年，越阳尝尽了各种化疗的苦，每天吃药打针抽血……但化疗间隙病情较轻时，他总不忘学习，我们给他请了家教，文化课与吉他两不耽误。

医院里的人都喜欢他，护士喊他小鲜肉、小粉团，他给大家弹吉他，大家都给他打气，他也坚信自己能好起来，经常对我们说，等我病好了怎样怎样……

2014年5、6月份，越阳的病情确实好转了，还重返了教室，上午上半天课，下午在家休息，期末考试竟然还考出了非常好的成绩！我儿子是最棒的，从小就是这样，不管生不生病都是这么棒！

听到那个父亲说到这里，我松了口气，一句"恭喜"还没来得及出口，又生生咽了回去。

那个父亲低着头，愈发佝偻了，鼻尖上清清楚楚悬着一滴泪。

……我们以为他几乎痊愈了的时候，7月份的骨穿报告也出来了。

骨髓里的坏细胞有点儿反跳，医生建议要连续加打四到六次化疗才行。于是我儿子又开始了连续化疗的历程，很痛苦，不是人遭的罪，那么小的孩子……

前四次化疗进展很顺利，每次都完全缓解。
第五次化疗后，他妈妈拿到骨穿报告，哭得肝肠寸断！我也被这个晴天霹雳轰得差点儿晕倒。
天大的玩笑！这次骨髓里的坏细胞比7月份那次要高得多，是真正意义上的复发！

瞒不住了。
我把这个复发的坏消息告诉儿子，他竟然出奇地平静。
他对我说，爸爸，没关系的，咱们再接着化疗。
我憋着眼泪躲到门外去哭。
孩子，你和我说话的口气像个成年人一样，你为什么这么懂事？你难过你失望你哭你叫你喊出来啊，爸爸不怪你啊，为什么反倒要你一个孩子来安慰爸爸……

化疗越多，对人体的伤害越大，恢复起来也越难。
其实他已经对化疗很恐惧了，每一次都是上刑啊……我不明白，他一个小孩子到底是靠什么才忍下来的。

儿子再次住进浙江省第一医院。
而我则跑北京、跑河北，联系骨髓移植事宜，必须骨髓移植了，没有别的办法了。医院联系好后，我把我们一家人的衣服和被子都托运到了河北那边……

一切准备就绪，只等儿子这次打完化疗，细胞涨上来，就去医院做移植了……

我们一家三口也都抽血进行了骨髓配型，结果都是五个点半相合，还是有希望的。

结果希望没了。

医生下达了病危通知书，说我们的儿子很快就要没了，让我们准备后事。

我们不懂呀，什么叫快没了？

准备什么后事？不是还好好的吗？刚刚还说晚饭要吃大馄饨呢！我不信！

他养病期间不是还在好好地继续写歌唱歌弹吉他吗？他将来还要继续上初中、上高中、上最好的大学……

他还要继续玩吉他、在大学里组乐队，谈恋爱、结婚……

…………

是我们当爸爸妈妈的无能啊！

你走了，我们也不想活了。

儿子的身体越来越难受，可他一直说：妈妈，我不难受，过两天细胞涨上来就好了，你不许哭。他想给妈妈擦眼泪，手都抬不起来了……

儿子在他妈妈怀里睡着了。

我们等着他醒过来。

这么懂事的好孩子，我们等着他醒过来……

我看着那个父亲，等着他继续往下说，但他久久没有开口。

喧嚣的丽江正月，街上的嬉闹声声声入耳，小屋里却一片沉默。

（六）

2015年2月11号，奇迹没有发生。

越阳没有醒过来。

15天后，越阳的父母来到云南丽江，带着他的遗愿，坐在我身旁。

越阳的遗愿，和我有关。

这是一个任性的遗愿。

他的母亲对我说，儿子弥留之际，曾留下几句话。

他说：好遗憾哦，这么快就离开这个世界了，还没来得及留下点儿什么，就要走了。

真的好遗憾，还有那么多没来得及实现的心愿……

他说他写了好多歌词，但看来没有机会谱上曲子了，如果有人能把这些音乐给做出来，该多好啊……

他说：妈妈，能让我任性一次吗？

他说：妈妈，有一个人，他既是作家也是歌手，我读过他的书也听过他的歌。这个人神出鬼没，很难找到，但是妈妈，你去帮我找到他吧，一年不行就找两年……把我的歌词交给他，他会懂的。

他说：我看过他的书，我猜他会答应的。

他说：妈妈，我的好妈妈，我从没求过你什么，我一辈子就任性这一次，你们一定要帮我去完成这个心愿，好吗？
…………

（七）

正月里的丽江，人群早已散去的小屋。
越阳的父母忐忑地看着我，沉默地看着我，双手合十，泪眼婆娑。
可怜拳拳父母心，他们应该是一料理完后事，就赶来云南找我的。
捧着两颗碎了的心，带着一个任性的遗愿。

他们下定决心要完成这个任务，云南找不到我就去山东，山东找不到就去北京，北京找不到就去西藏……
上天安排他们在我启程回北方闭关前的最后一天找到我。

越阳一定没有想到，他唯一的一次任性，留给他伤痛中的父母多少折腾。

我可以拒绝一个16岁的孩子最后的任性，哪怕他真的是个罕有的好孩子。
但哀莫大于中年丧子，我没有任何理由去拒绝这样一对父母的请求。
我接过了一个U盘。
我说：好的。

（八）

我以为U盘里只是歌词。
不承想，歌词文件夹里还夹带着几段话，是16岁的越阳在得知病情复发时悄悄写下的，大意如下：

如果我真的运气不太好，挂了，
我愿意无偿捐献我的眼角膜和器官给需要的人。
我生病后，很多人给我捐款，把剩下的钱给其他白血病孩子用吧。
…………
爸爸妈妈去领养一个妹妹吧，我从小就想有个妹妹，你们知道的。
还有，我从小还想养只猫猫或狗狗，请妈妈帮我养一只吧。
…………
这个也是我的遗愿，我有好多歌词，其实我是可以用吉他弹唱出来的，但
是貌似目前还不怎么会写谱。希望这些歌能被做成音乐，然后任何人都可
以拿去使用（算是版权授权吧）。

我只是想留下些什么，爸爸妈妈一定要帮我实现啊，这毕竟是我最后的心
愿了。

孩子，不管你最后的心愿有多么任性，他们都会帮你去实现的。
谁让他们是你的爸爸妈妈……

（九）

一开始，我以为这就是越阳"最后的心愿"。
直到几个月后的一天，我才发现自己错了。

U盘歌词文件里还有一个隐藏文件。

里面藏着另外一段话。

越阳的父母，我想，或许到了应该让你们看一下这段话的时间了。

冰叔，如果你发现了这些话，请在我走后半年，再给我爸爸妈妈看。
…………
爸爸妈妈，你们好一点了吗？
真希望你们能早点好起来，一定不要陪我去了。
因为妈妈说过的，如果我死了，她也不活了……

原谅我的任性。
原谅我留下的那些心愿。

我只是想，如果用"让你们帮忙完成我的遗愿"为理由的话，或许可以拖
住你们一段时间吧。
就算是我自私吧，让我一个人走吧，让爸爸妈妈留下。

把歌词变成音乐，应该能够拖住你们一段时间吧，一定要帮我实现啊。
我走了，就让我的歌陪着你们吧。

还有一个拖住你们时间的办法，我从小就想有个妹妹，爸爸妈妈领养一个
妹妹吧，把我剩下的一切都给她，这样你们就都能有个完整的家了。

我从小还想养只猫猫或狗狗，请妈妈养一只吧，也许我会投胎成一只小猫
或者小狗，再多陪伴你们几年。

爸爸妈妈，来生咱们还是一家人，好吗？

不管有多难我都会找到你们，继续当你们的好孩子。

…………

请允许我解读一下这段文字。

他确实很任性。

他处心积虑，其实心愿只有一句：希望爸爸妈妈好好活着。

（十）

我不是一个多么好的歌手。

我也不是一个多么好的作家，甚至曾经一度也不是一个好孩子。

但是我知道这样一句话：

善良是一种天性，善意是一种选择。

善意是人性中永恒的向阳面。

我从未想到过，这句话会在一个16岁临终少年的身上得到印证。

他如流星般划过，却用善意短暂点亮了夜空。

是的，人性在每个人身上的星辉闪光都只是刹那。

但正因为有了那一刹那，有些人才变得永恒或伟大。

命运善嫉，这个16岁的少年一定来不及伟大。

但他所选择的善意是永恒的。

（十一）

越阳的音乐做好了。

我履行承诺，找到了越阳所钟爱的民谣歌手们，把他的部分歌词编曲谱曲，并演唱录音。

越阳的生日是10月，秋天。

届时，半年之期已到，这本书也应该已经上市了吧。

这篇文章的末尾，我会摆上他的音乐的二维码。

就当是送给他的生日礼物吧。

这也是他留给这个娑婆人世间的礼物，送给每一个人的。

光阴如潮，大浪淘沙，未来未知的年月里，这本书一定会被湮灭。

但我祈愿这些歌能被传唱。

若有一天末法来临，人性扭变，风急雨骤天昏地暗。

愿这颗普普通通的种子，能被按图索骥的人们发现。

愿人们知晓。

这个世界，曾经来过一个普普通通的好孩子。

P.S.（附言）：

遵从越阳的遗愿，歌词版权开放，谁都可以谱曲，谁都可以演唱。

我奢望下面这份感谢名单可以更长。

感谢我的姐姐　成方圆
感谢我的兄长　水木年华·卢庚戌
感谢我的兄弟　麻油叶·马頔
感谢我的弟弟　好妹妹乐队·秦昊
感谢我的弟弟　游牧民谣·王继阳
感谢我的兄弟　赵雷（手风琴：齐静，贝司：旭东，混音：姜北生）
…………

感谢你们百忙之中的仗义出手，亲自将越阳的歌词谱曲演唱。
替孩子谢谢你们，替孩子的父母谢谢你们。
大冰于此稽首百拜。
江湖儿女江湖见，恩义必当后报。

▶▷　成方圆
　　《当我唱起这首歌》

▶▷　水木年华·卢庚戌
　　《你是我的孤独》

▶▷　麻油叶·马頔
　　《最后一次看着你》

▶▷　好妹妹乐队·秦昊/张小厚
　　《我也可以是流浪诗人》

▶▷　游牧民谣·王继阳
　　《唱给自己的歌》

　　赵雷《让我偷偷看你》
▶▷　（手风琴：齐静，贝司：
　　旭东，混音：姜北生）

一百万个祝福

▶ ▷　希有到底是谁？

打死我也不会说的。

自有水落石出、云开见山的那一天。

希有说了，就是未来婚礼那一天。

届时，惊讶慨叹随意，恍然大悟随便。

但在此之前，与其去八卦侦查当柯南，莫若起一个善念，环视一下身边。

常识构建底线，希有就在你身边。

总有一些朋友，不是人脉关系，不是交换关系，只是朋友而已。

他不会因你的社会属性高低而疏远或亲密。

你穷你富，你显达你籍籍，他微笑着平视你。

你膨胀，他警醒你。

你跋扈，他包容你。

你落寞，他递一根烟给你。

你有难，他默默出手，事了拂身去，并不图你。

阿弥陀佛么么哒，这样的朋友，你攒了几个？

或者说，你弄丢过几个？

（一）

我有一江湖老友，名唤希有。

希有当然是假名，真名我不能说，还不到时候。

此文落笔时，我亦不知记叙他的故事，是否到了时候。

或许会惹来轩然大波吧，这篇文章。

万一我写不好怎么办？万一我让希有沦为千夫所指怎么办？

万一我毁了他的后半生怎么办？

但是希有说：写嘛，没关系。

彼时晚风拂面，满耳涛声，南中国海边的长木桌旁，烟头一暗一明。

他捻灭烟头，说：你是我兄弟，我信你。

…………

可是希有，我配当你的兄弟吗？

一万斤的羞愧压在我手上，我一个拼音一个拼音地记录下北京鼓楼东大街小饭馆里的那段回忆。

或许我那天拿到版税后，不该跑去请你喝酒。

如果那天少喝半杯草原白闷倒驴，我就不会醉得那么癫狂。

如果不会醉，我就不会端着杯子跳上桌子扯着嗓子吼歌。

如果吼的不是赵雷那首《南方姑娘》，我就不会问你那个该死的问题……

我像个傻瓜一样，大着舌头问你：希有，认识你这么久，从来没听你提起过你的女朋友，你女朋友是谁啊，是不是个南方姑娘？

你在沉默。

如果我少喝一点儿，我是否就能懂事一点儿，就不会去戳开你的沉默。

我看到我张牙舞爪地站在小饭馆的桌子上，大声追问：说！她叫什么名字？长得漂不漂亮？

你说要上洗手间，起身，摇摇晃晃地往屋外走。

我为什么要跳下桌子去追你，为什么要拦住你抢你的手机，非要看你女朋友的照片？

……………

我明明在你眼中看到了哀求，为何还是抢着手机不撒手。

我看到你脸色煞白，嘴唇也煞白，我听到你抖着声音问我：大冰，咱们是不是兄弟？
我说：废话！净说废话！
你说：那求求你不要再问了，求求你……

难道是什么绯闻大明星？要不然你为何紧张成这样。
我为什么要有那么强烈的好奇心，为什么一定把你摁回板凳上让你给我把话说清楚。
我看到我攥紧你的左手腕，嬉皮笑脸地逼问。
像个傻瓜一样。

我听到你说：兄弟，你真的一定想知道吗？
我说：当然！
不仅一定要知道她是谁，而且还要请你俩一起喝酒吃饭一起玩儿！将来你们的婚礼我也不能落下，必须我来当司仪！

我听到你问：此话当真？
你脸上有一闪而过的感动，你小心地确认：兄弟，你当真敢给我主持婚礼？

（二）

希有待我亲厚，素来爱喊我一声"兄弟"。

他如日中天时，我尚籍籍无名，世间所有天平倾斜式的友谊总难长久，大家的资源配置权不同，按理说，极难平等相处相交。

我是天蝎座，敏感，狷介，他却极包容我，总是小心翼翼地呵护我的自尊心，兄长一样。

和他一起赴宴，主人敬他是名人，设位主桌主宾请他上座，他不肯从，任凭旁人如何客气劝说，非要跑到副桌，挨着我并膝末座。

知他操心我受冷落，心下略微感动，但毕竟年轻，傲气难自抑，亦微微反感他的关照。

我抱着肩膀，低声道：不必如此，我不在乎的。

他眼睛不看我，一边忙着铺餐巾，一边低声说：管你在不在乎，你是我兄弟，我在乎。

服务员来上菜，蹭了我肩膀，他瞟一眼，招招手轻声说：您好，麻烦您从我这边上菜吧。

唉，我说，你烦不烦……

他笑着叹口气，摇摇头。

很多年来，我对希有总是直呼其名，从未喊过"哥"，他却始终以一个大哥的姿态待我。

其实不仅仅是如此待我，和身旁年幼于他的人相处时，不论男女，不论生熟，他皆是如此。

你身旁是否也有这样一种人？

一群人聚在一起时，他向来不当主导话题中心的那一位，却经常是冷场时四两拨千斤的那一个。他们有个特点，张嘴说话时，从不用"我"字开头，从来不说"我怎么怎么样"，他们照顾其他人的感受，讲话时，总把自己排在别人后面。

希有就是这样的人。

他爱自嘲，爱压低自己来衬托旁人的聪明，旁人和他开玩笑，他乐呵呵地听着笑着，再过分的玩笑也受得起，不端架子。

社交之所以有时候会让人觉得烦，大多是因为，社交中的人们大都在努力表现着自己所不具备的优良品质。

盔甲太重，人自然累。

有希有出现的场合却不累人，气氛莫名的融洽，他像块大桌布，兜着满桌的杯盘碟盏，荤的素的全兜着，让你不知不觉中舒展神经放下戒备，忘了奉承也忘了自夸。

不论是待人接物，还是养气功夫，希有做人是成功的，且事业有成，声名显隆。

诚然，商场官场社交场，这种善于表演完人的人很多，但他与他人不同，不是面子上真诚，而是骨子里的实诚。

很多时候，希有处世行事，颇有古风。

（三）

我刚跻身文学圈时，很难。

那是段虐心的时光，新人新书，举步维艰，没有出版社肯出版我的作品，披肝沥胆几十万字，眼瞅着就要砸在手里，烂在家中。

厚着脸皮打电话，求雪中炭，一本电话簿翻完，周遭的人再至交亲善的，也不支持我走这条索道。

他们大都觉得我不靠谱了30年，应该写不出什么名堂，大都嘴上勉励，心里敷衍。

许多人说：我有某某某朋友在做这一行，改天帮你问问，回头让他们和你联系……

真有心送君一程，东西南北都顺路。

真有心帮你一把，立时三刻当下今天。

又何必回头改天。

人情世故的阻路栅栏无外乎这两个词：回头、改天。

一回头就是杳无音信，一改天就没了下文。

也罢，朋友之道，两不相欠为上，别人并无义务一定要帮我。

再者……大家也许是好心吧，也许真心觉得我吃不了这碗饭，怕我浪费生命、糟蹋时间。

后来终究是出版了。

有个颇有名气的编辑莫名其妙地直接找到我，简单的几个回合，签了书约。

书出人意料地卖得好，预售期即横扫了各大书店排行榜，被人唤作"黑马"。

欣喜之余亦有小忧伤，故而，新书庆功发布会时，我没有给那些打电话求助过的朋友发请柬。

并非我气量小，只是怕这个场合，大家彼此相见会小尴尬。

大家是朋友，大家还要继续做朋友，我不怪你敷衍我不帮我，我也不想披红挂彩骑马游街扬眉吐气证明给你看。

发布会当天，打电话求助过的朋友，只来了一个。

希有来了，不请自来。

他站在签到处的门口冲我笑着：你这个家伙，怎么电话都不打一个，幸亏我消息灵通。

旁边有人认出了他，擎着本子找他签名，他飞速地签完，拽起我的胳膊往里屋包间里躲。

我说：既然来了，还躲什么躲。

他摇头，道：今天你才是主角……

他说：我不是来站台捧场的，一会儿就不上台了，我只是来看看你，贺一贺你而已。

头顶的风扇呼呼转，他起身抱拳，肃颜正色道：书写得不错，继续加油啊兄弟。

开场了，我被人匆匆忙忙地拉走，寒暄的客气话半句也没来得及说。

发布会很顺利，人群散去后，我溜达着去包间找希有，委屈他了，天这么热，一两个小时他独自闷坐。大家都在台前忙碌，没安排人专门招呼他，估计连口冰可乐也没得喝。

包间门前止步，听到里面提到了我的名字。

希有在和我的编辑聊天。

隔着门缝，编辑的声音传出来：希有哥，幸亏当时有你的推荐，不然当真流失了一个好作者。

希有说：哪里哪里，就算少我一份推荐，也会有别人来推荐的……

他说：这个家伙有傲气有戾气有江湖气，也有才气，你们好好合作，多着眼他的才气，多担待他的脾气……

庆功宴去了很多人，希有没去。

编辑说，他先走了，有急事，让转达歉意。

后来得知，他匆匆飞回远方的一座城市忙工作。

他是飞了2000公里专程赶来的，下了飞机直接赶来会场，小房间里枯坐几个小时，再匆匆返程，饿着肚子坐飞机。

此番折腾，只为来对我说一句：继续加油啊兄弟。

一条短信就可以盛下的一句话，他非要往返4000公里来亲口对我说。

我一直没有谢希有，不知如何开口。

有时候和你越熟悉的人，你越难开口，对你越好的人，你越不知如何去道谢。

我知道就算我永远不去道谢，他也不会怪我，他是个包容的人，几乎包容一切。

出手相助的事他并未和我提及，他一直以为我不知情。

就连4000公里的奔波贺喜，他也从没提起过，仿佛是打了一辆起步价之内的出租车就来了，而不是打的飞的。

希有不是市恩贾义之人。

知世故而不世故，他有他的真性情。

后来和相熟的朋友们聊起，发觉类似这样的事情，希有做过许多。

他帮过我们许多人，却从未麻烦过我们任何人……

希有希有，你是朋友，是兄长，你待我好，我知道。

咱们是江湖兄弟。

你若有事，我定当两肋插刀。

（四）

没等到为你两肋插刀，

我却先拿刀捅了你。

拿到版税的那个夜晚，我请你喝酒，再三逼问你的女朋友是谁。

我大着舌头说：……不仅一定要知道她是谁，而且还要请你俩一起喝酒吃饭一起玩儿！将来你们的婚礼我也不能落下，必须我来当司仪！

我听到你问：此话当真？

你脸上有一闪而过的感动，你小心地确认：你当真敢给我主持婚礼？

踌躇半响，你打开手机，指着屏保上的合影照片，略带羞涩地说：

这是我的爱人。

…………

照片上的两个人影模糊晃动，又渐渐清晰。

起初我不信。

我使劲地看使劲地看，然后信了。

信的时候，酒瞬间全醒了。

希有，照片上的那个陌生男人，是你的爱人？

脑子嗡的一声响，迅速松开你的手腕，我缩回了手。
我盯着你看。
希有希有，怎么会是这样？
希有，我要承认，那一刻你变得陌生。
陌生得好似另外一个物种。

希有，原谅我无法遮掩的讶异，原谅我瞠目结舌的第一反应。

我看到你的笑意僵在了脸上。
半晌，我听到你努力用平静的语调问：大冰，你还拿我当兄弟吗？
我躲开你的目光，低下头，不自觉地挪开一点身体，坐得离你远了一点儿。

我听见你在倒酒，看见面前递过来一只手和一杯酒。
你什么都没说，只是递过来一杯酒。
手上没刺酒里没毒，为什么我就是没去接？

酒意去而复返，渐渐上头，舌头是麻的，脸腮是麻的，整个脑袋都是麻的。
隐隐约约中，我听见你的叹息遥远地传过来：
兄弟……

回过神来时，小饭馆里只剩我一个人。

屋子里空空的。

桌子上杯盘狼藉，踩碎的瓷勺子，触目的黑脚印……还有面前满满的一杯酒。

…………

千金难寻的朋友我弄丢了。

来自朋友的歧视最锥心，希有，希有，我伤了你，我不配当你的朋友。

我当时究竟在琢磨些什么？为什么面对陌生的东西天然地去抵触，为什么松开你的手，不敢应你一声"兄弟"。

一直以来，你点点滴滴在包容着我，为什么我却不能包容你？

我自信这么多年的佛了，摆不平这颗分别心。

等到我终于想明白这些道理，并深深懊悔时，我们已经整整七个月没有联系。

就这么自此相忘于江湖吗？

我不能去找你道歉，我没脸。

我写了一篇文章，叫《对不起》。

文章里有一个最终学会懂事的孩子、一条小松狮流浪狗，以及一个饱受歧视的哥哥。

这是一个探讨生命价值平等的故事，是个真实的故事，据说也是个看哭了许多人的故事。

文章结尾处我写道：

不管是欠别人，还是欠自己，你曾欠下过多少个"对不起"？

时间无情第一，它才不在乎你是否还是一个孩子，你只要稍一耽搁、稍一犹豫，它立马帮你决定故事的结局。

它会把你欠下的对不起，变得还不起。

又会把很多对不起，变成来不及。

文章收录进新书，付印后的第一本样书里，我折了角，托人邮寄给了你。

四天后，我不顾出版社所有人的反对，飞去了大陆最南端。

正是新书上市的关键节点，编辑们不满我临阵脱队放鸽子。

我告诉他们，我必须去见一个人，方能心安。

若无此人相助，我或许要再沉寂许多年后才能浮出水面成为一个"作家"。如果不让我去见他一次，那当不当这个"作家"也没什么意思。

他们问我是谁，我没说你的名字。

我只说，是个失而复得的朋友，一个有今生没来世的兄弟。

……他在海滨的长木桌上摆满了烈酒，等着和我一起，把那些浪费掉的时光补齐。

（五）

轰隆隆的涛声。

海风拂面，浪花舔着脚面。

漆黑的海岸线上一道金边。

天快亮了，酒喝干了，话却说不完。

我说：希有，你的婚礼必须是我主持，你打算哪天盛大举行？

他摇摇头：兄弟，有你这句话就足够了，所谓的盛大婚礼只能是我的一个奢望，不会实现的。

他笑着说：或许，在结婚这件事情上，我的运气早已经预支光了。

希有的故事，远比你我想象的要曲折。

没人知道希有结过婚，两次。

两次婚姻，没有一次是为了自己。

都是江湖救急。

第一次结婚是在北京朝阳区，为了一条命。

一个女人在MSN（即时消息软件）上给他留言：希有，我走投无路了，你帮帮我。

是他年轻时交好的一个女同学，为数不多知道他秘密的人。

她的男友不久前因车祸辞世，悲恸中刚缓过来，发觉已有了几个月的身孕。

女同学身体羸弱，且有流产史。医生说：如果打掉这个孩子，你再度怀孕的概率为零。

她当然想留下这个孩子，大龄单身职业女性，未婚夫的离去已带走所有的爱情，她甘心为他守一辈子，不想再去遇到其他人了。

有一份温饱体面的工作，再平安抚育一个孩子长大，已是生平最大的奢望。

但身处传媒行业的风口浪尖，单位规定，未婚孕子必须无条件辞退离职。

体制内的许多规定是没有温度的，要么打掉孩子，要么抓紧时间找人结婚，才能名正言顺地办理准生证。

她找了整整一个月，没找到，留给她的时间不多了，肚子已然隆起，再宽松的衣衫也遮掩不住。

抱着最后一丝希望，她找到希有。

她说：希有，念在当年大家朋友一场……

希有说：你别说了，我答应，咱们明天就去登记。

民政局门前，她塞给他一张卡。

"这是我能拿出的所有的钱，希有你收下。"

她是孕妇，他不能和她动气，卡坚决地被塞了回去。

他指着她的肚子说：你醒醒，这钱我一定用不着，但孩子一定用得着！

她抱着他哭：希有，你为什么这么仗义……我该怎么报答你？我来生当牛做马……

希有说：你莫哭，别动了胎气。

他说：当我是朋友，就别说什么报答。

结婚证很容易就领到了。她说，希有你放心，一个月后咱们就办离婚手续。

他挽起她的胳膊：别傻了，你现在这个样子一个人怎么搞得定，算我求求你，让我照顾照顾你行吗？

希有当然没搬到她家和她同居，但那几个月他变身保姆，给她送饭、帮她打扫、和她一起胎教。

她的身子越来越臃肿，肚子出奇地大，弯不下腰，洗澡换衣服越来越不方便，越来越依仗希有帮忙。

她问：希有，你为什么总是闭着眼睛帮我穿衣服，你不是不喜欢女人吗……

她说：我懂了，谢谢你希有，谢谢你对我的尊重。

孩子生在小西天附近的一家妇产科医院，落草那一日，产房外只等了希有一人。

戴着墨镜的希有，戴着口罩的希有，冒着被偷拍的风险来陪产的希有。

护士喊：母子平安，恭喜你啊，是个男孩！

新生儿的第一泡屎把希有吓了一跳：怎么是绿色的？

护士笑，真是个新爸爸，都是绿色的。

他抱着孩子去看她，被她攥紧了手，眼泪湿了枕巾。她哽咽：连累你冒了这么大的风险……这份情谊叫我怎么还？

他伏在她耳边，低声说：需要还吗？

他说：当年知道我的取向后，你依旧善待了我那么久，你忘记了吗？当其他人躲怪物一样疏远我的时候，你是怎样安慰我的，你忘记了吗？

襁褓中的孩子在沉睡，他看看孩子，再看看她。

他说：刚生完孩子就离婚，会影响你在单位的工作，将来也不好和孩子解释，能不能等等再说？

希有，她闭着眼睛喊他的名字，眼泪安静地流淌，希有……

他替她擦眼泪，哄她：没关系的，别担心我，我搞得定的，没关系的。

整整四年后才离婚。

民政局的人很惊讶，道：你们是我见过的离婚离得最没有压力的一对夫妻，既然感情这么融洽，要不要三思而后行。

桌子底下，她捏住希有的手。

她轻轻摇头，说：不必了，他为我做的已经足够多了……

（六）

希有的第一次婚姻帮了一个孩子和一个单亲妈妈，没有婚礼仪式。

他的第二段婚姻依旧没有婚礼仪式，这次帮的是两个家庭。

那时他已是三十几岁的大龄未婚男人了，父母的叹息像锋利的碎玻璃片，在脊梁上深深浅浅地划。

父母是再普通不过的职员，熟人社会里老实本分了一辈子，怎么也想不通这么优秀的儿子为何始终单身。

出柜吗？去和父母坦白吗？不可能的，他们会疯，会被亲戚朋友的各种目光压死。

一直单身拖延下去吗？也不可能的，他是独子，常规伦理中，结婚成家让老人安心是他的义务和责任。

唯一拖延的方法就是借口工作繁忙，少回家。

他的工作半径陡然变大，经常差旅至国外，一去就是几个月。

异国的午夜独坐，他想他们，却不敢多打电话。

酗酒的习惯或许就是那个时期养成的吧。

不工作的日子里，他像株盆栽植物一样长在了酒店大堂，一杯接一杯的白兰地，一次又一次刷卡。

那是东南亚一个贫瘠的小国，酒却卖得出奇地贵，一个外国同事陪他饮酒，越喝，他的表情越落寞。

那个皮肤黝黑的外国女同事问他：你是遇到了多么大的困境，怎么这么不开心？

她说：你身体健康，你喝得起这么贵的酒，在你的国家被人仰视——有什么事情值得你愁眉苦脸的？

她扬起漂亮的脸庞，说：来，我领你去看看另一个世界，然后你再决定是否要继续沉浸在自己的这点儿不开心里吧。

她带他坐出租车，然后换乘小巴，再在三轮车上颠颠簸簸。

马路消失后，是丢满垃圾的小径，尽头是一望无际的贫民窟。

只走了几步，锃亮的皮鞋就糊满了烂泥巴，空气中充满了热带独有的破皮革和烂水果的味道，三三两两神情茫然的人呆立着，赤膊，呆呆地看着他们。

她领他闯进一间破铁皮破石棉瓦搭成的小房子，一屋子人慌张地抬起脸，她不打招呼，直接把他拉到床前。

她指着一个卧病在床的老妇人说：她的儿子刚刚被人打死了。

再拽过来一个八九岁的孩子，说：他的爸爸刚刚被人打死了。

又指着自己的鼻子说：她的哥哥刚刚被人打死了。

她捂住眼睛哭了起来，一家人全都哭了起来。

这是一个素来以贫穷和危险著称的国家，她的哥哥得罪了一名有黑帮背景的警察，被当街爆头，惨死在离家500米的地方。

打官司？没用的。打了，输了，对方已经放出话来：等着吧，斩草除根。

最恐怖的不是被枪指着头，而是等着枪来指着头。

跑？这是个弹丸小国，没地方去的，且家里穷，她是唯一的经济来源，这么多人的车票船票是买不起的。

她摸着希有雪白的衬衫，哭着对他说：你知道你的一杯酒能换多少磅大米吗？你知道你的这件衬衫能换多远的车票吗？你知道别人多惨你多幸运了吗？你现在能开心一点了吗？
…………
希有回到酒店，独自喝了一夜的酒。
第二天他找来女孩，对她说：我有一个计划。

他说：我们可以去假装登记结婚，你会有个新的国籍。你年轻有能力，又会中文，好好努力，早点把家人都带出去，越早越好。
女孩二话不说，拉起他就往电梯口走去。
他问这是干什么。
女孩不看他，低着头说：去你的房间吧。我什么都没有，只能把我自己给你。
她说：我在你们中国工作过，我知道你们中国人的习惯……你放心，我这就证明给你看，我是处女。

希有挣脱她，苦笑着说：你不必如此，也不必对我抱有任何感激……反而是我需要谢谢你。

不久希有再度结婚。
婚礼在老家秘密举行，规模很小，只限亲友，没有闲人和媒体，外界并不知情。
从没见过父母如此地高兴过。

他们和外国亲家语言不通，只能不停地夹菜，又张罗着要找中医给外国亲家母调理。

他们抹着眼泪看着希有笑：好儿子，之前以为你当真狠心光棍一辈子，原来你是眼光高……

希有醉了，他走到父母面前跪下，一个头磕在地上：爸妈，儿子让你们操心了！

他久久地跪在地上，冰凉的水泥地，任旁人怎么拖拽也不肯起。

几年后，希有再次离婚。

其实婚礼之后希有和她就没怎么见过面，希有只是每隔几个月就飞一次她的工作地广州，拍几张照片邮寄给父母，报一个平安。

女孩起初不肯，她说：你救了我们一家人，我一辈子当你名义上的妻子也心甘情愿。

希有摇头：国籍已经快拿到了，家人也都安顿好了，听话，你走吧。

他说：你别哭，怎么全世界的女生都这么爱哭……

他说：你还这么年轻，应该对自己的人生负责任，听话，世界这么大，去嫁一个真正的爱人吧。

她问：希有哦，那你怎么和你父母交代?

希有说：不用管我，我会处理好的。

他说：你记住，你并不欠我的……

她拗不过希有，婚终究还是离了。

每隔几个月，她都会跑来找希有拍照片，希有躲她，怎么也躲不开，也就默许了。

因为照片的缘故，父母那边一直不知情。

又过了几年，她领着一个帅气的法国男生来到希有面前。

希有哥，她流着眼泪，搂着希有的脖子喊，我遇到我的爱人了，我要结婚了。

（七）

希有的爱人呢？

希有当然爱过，且正在爱着，并打算厮守终身。

季节未到，关于他的这段故事，原谅我尚且不能着墨太多……

两次婚姻都是在成全别人，希有何时为自己结一次婚？

结不了，登记不了，不会得到承认的。

这个国度的宪法有4章138条、婚姻法有6章51条，暂且没有哪一条能护持这种婚姻。

或许就像希有说的那样，只是一个遥不可及的奢望而已。

甚至，把这个奢望大胆掏出来和好朋友分享，都是一种奢望。

我汗颜，我替我汗颜，也替许多个我汗颜。

我想穿越回那个夜晚，踹开鼓楼东大街的那家小饭馆的门，指着肤浅的自己痛斥：

他伤害过你吗？他妨碍过你吗？包容他一下又会怎样？！

他赤诚待你那么多回，你就这么寒他的心吗？

你他妈算什么朋友！

…………

希有，我又能为你做些什么呢？鼓励你勇敢地出柜吗？你有老父老母，有事业有未来，更有难以言说的各种顾虑，我知道你尚不能迈出那一步。

这不是个生命价值平等的世界，却是个法则残酷的丛林，我没有任何权利鼓动你去冒险……

那畅想一下好吗？畅想一下你未来的婚礼。

畅想不犯罪。

你的婚礼必须在一个空气最干净的地方举行，在你最中意的秋季。

燕尾服是吧，你和你的爱人一人一身，庭院草地的小舞台上，帅气逼人。

还有结婚证，带照片带钢印、登记造册在案的。

还有奥斯卡式样的红地毯是吧，所有的来宾盛装而来……估计要来很多人吧，毕竟你善待过我们那么多人。

是的，不需要随份子，只需带着真心的祝福。

…………

还有父母的祝福是吗？我记得你说过的，奢望能和爱人一起，与父母生活在同一个屋檐下，每天早起请安。

是的，很难……

但为人父母的，哪个不疼爱自己的孩子，希有，他们未必不会包容你。

善巧方便地去守心静待吧。

或许"精诚所至"和"水滴石穿"这八个字，真的会灵验。

等等。

别忘了婚礼司仪。

必须是我来主持你的婚礼。

我等着呢!

一年不行就等两年,十年不行就二十年,等到你我都白发苍苍了我也等着。

不管你希有是什么身份。

你首先是我的朋友。

(八)

希有到底是谁?

打死我也不会说的。

自有水落石出、云开见山的那一天。

希有说了,就是未来婚礼那一天。

届时,惊讶慨叹随意,恍然大悟随便。

但在此之前,与其去八卦侦查当柯南,莫若起一个善念,环视一下身边。

常识构建底线,希有就在你身边。

…………

作家本应是每个社会的良心,但在某些时代,他们在某些问题上表现出来的某些勇气,甚至不如常人。

所以我希望你明了,写下这篇文章的不是什么狗屁作家,只是一个常人。

抱歉,我知道我行文用力过猛。

放心，打死我也不会改的。

这篇文章，我会拿到希有未来的婚礼上朗诵。
所以，同为常人的你，敢不敢帮我一起写完?

这篇文章的结尾就交给你了!
如果你乐意给未来的希有送上一份婚礼祝福，如果你愿意与所有的希有分享一点善意，请把想说的话，写到接下来空白的这一页上。

把这页纸写满。
把这页纸留好。
某年某月的某一天，我会公布一个婚礼收件地址，给你们发射一颗微博信号弹。

那一天来临时，希有会收到多少个祝福?
阿弥陀佛么么哒。
如果可以，我希望是一百万。

写给希有：

▶ ▷ 游牧民谣·靳松《烛光》

▶ ▷ 游牧民谣·小植《十一月的北方》

我有故事，你有酒吗？

▶ ▷　任何一种长期单一模式的生活，都是在对自己犯罪。
　　明知有多项选择的权利却不去主张，更是错上加错。
　　谁说你我没权利过上那样的生活：既可以朝九晚五，
　　又能够浪迹天涯。

没有任何一种生活方式是天然带有原罪的。

但任何一种长期单一模式的生活，都是在对自己犯罪。

明知有多项选择的权利却不去主张，更是错上加错。

一门心思地朝九晚五去上班，买了车买了房又如何？

一门心思地辞职退学去流浪，南极到了北极又如何？

生活岂是非黑即白那么简单，如果真牛B的话，别只用一只眼睛看世界，也别动不动就说放弃，敢不敢去理智地平衡好你的生活？

平衡的生活才是真正值得追求的。

阿弥陀佛么么哒。

请相信这个世界上真的有人在过着你想要的生活：既可以朝九晚五，又能够浪迹天涯。

（一）

午后一点，大冰的小屋。

隔着门，我们对视半天。

气氛非常尴尬。

我被他看毛了，开口问：看什么看，你要干吗？

他扶一把背上的吉他，一脸真诚地说：我是个浪迹天涯的孩子……我有故事，你有酒吗？

有你妹！我整个人都不好了。

又有"QQ空间文艺青年"来白吃白喝白蹭酒了，赶紧关门！

门关晚了，一只脚已经塞进来了……

他半张脸卡在门缝里，半个身体卡在门缝里，艰难地摇晃着一只手，艰难地喊：我是来报到的，我是来投奔你的歌手，我是你网上招聘来的……

我抵住门，我说我反悔了，就冲你开口说的第一句话。

他说他说的是实话，他真的是个有故事的人，不信就听他讲讲……

打出去！

二十啷当岁的小屁孩装什么沧桑？走走走。

他说：要不然听完故事再决定让不让我走，要不然把路费给报销了我立马走，毕竟是你招聘的我。

他说，听故事还是报销路费，你选吧！

他的手插进口袋里掏呀掏，掏出一张登机牌，又掏出一张联程机票单。

出发地：新西兰奥克兰国际机场……

我是个很有原则的人。

我说：那你还是先讲故事吧……

（二）

小S，成都人，草堂小学毕业，树德中学毕业。
金牛区营门口内化成营福巷长大，青沟子娃娃。

从某个音乐角度来讲，成都是中国的新奥尔良，府南河里音符流淌。小S从小在河畔练琴，从小到大，所有的零花钱全买了CD和卡带。
他自幼想当音乐人，奈何家人不乐意，大学时非要他去学土木工程，说"建筑是凝固的音乐"。小S孝顺，所以他后来遂了父母的心愿，成了一名年轻的建筑工程师，扣着安全帽，夹着施工图，盖楼盖房子。
认识他的人都说，他是盖房子的人里最会唱歌的，连在工地上走路时都是带着节奏的。

工程师的工作他干得很认真，工资很稳定，"钱"途很光明，娶妻生子买大房子，温饱体面的生活一眼可以看到头……所以，他跑了。
原因很简单：凭什么我只能有这一种活法？

当时新西兰刚向中国大陆开放工作旅行签证，名额1000个，他是其中一个。
家里当然反对，一个人去到异国他乡从零开始……脑壳里有乒乓吗（四川方言，大脑腔体里有乒乓球）？

他对父母解释说，他不是出国去当流浪汉，他想尝试一下边旅行边工作，有多大本事走多远的天涯。
他说：我不是在盲目放弃，这两年我认真地上班挣钱，你们帮我规划的人生我认真体验过了，现在我想去体验一下其他的生活。我还年轻，需要抓紧时间去体验这个世界，我不会浪费生命，我会对自己负责任的。

体验完毕后，我会负责任地做出选择的。

父母终究还是放行了，机场送行时，老汉抹泪叹息：瓜娃子，你以后外头有得火锅吃喽……

小S在新西兰的第一顿饭是猕猴桃。

其实头五顿饭，吃的都是猕猴桃，蘸的老干妈。

他给家里打电话：你们莫操心我，亲妈不在身边，还有老干妈陪着我……

他告诉家人，猕猴桃产自中国，却是被新西兰发扬光大的。新西兰的猕猴桃又叫奇异果，又大又甜又便宜，新西兰人称之为kiwi，也称自己为Kiwi。

所以，中国人是龙的传人，新西兰人是猕猴桃人。

小S啃着kiwi，在新西兰的奥克兰找到了第一份工作。

奥克兰是海港城市，千帆之都，港口帆船星星点点缀在海上。此地最繁华的街道上有很多街头艺人演出，水平秒杀"超女""快男"。小S啃着kiwi看Kiwi们演出，指尖耳畔，恋恋不舍。

再不舍也要去找工作。

新西兰生活成本很高，几乎是成都的五倍。国内带来的积蓄小S不想动，他在奥克兰商业街上的一家餐厅找到一份工作，第一天就工作了10个小时。

小S的故乡盛产美食和吃货，他对食物有着天然的敏感，加之学土木工程出身的人学霸基因强大，他一白天学会了做寿司，一晚上学会了烧烤。

大厨很惊讶，夸他聪明，说：You will instead of me in the future（你用不了

多久就会抢了我的饭碗）。

可惜，这份大有前途的工作他只做了一天。
店主是马来西亚华人，欺负他是新来的，只给他每小时6纽币（新西兰元）的工资，而新西兰法定工资是每小时14.25纽币，哪怕是试工。
换作其他华人或许就忍了，但小S不忍。
都说四川人儒雅，其实倔起来是根海椒，不辣得你满头大汗不罢休。
他雅思考了7分，口语流利，撵着店主从厨房到大堂，面带微笑摆事实讲道理，李伯清假打一样。

一同打工的华人当和事佬，说算了算了又没多少钱，别当着老外吵吵，多丢人啊……
他笑：丢人吗？没觉得嘛。老子付出了劳动，为啥子不能有等价的报酬？凭啥子要为了怕丢人而丢了尊严？

店主认尿，一边不情愿地掏纽币，一边说：S，没见过你这样较真儿的中国人。
小S问：为什么中国人就不能较真儿？
他说：你欺负老子是中国人就不懂啥子叫公平吗？

后来，听说那家餐厅的中国员工都拿到了法律规定的合理工资。
为表缅怀，他们把小S的名字写在了厨房的墙上。
用酱油写的。

（三）

小S的第二份工作在新西兰首都，风城惠灵顿。
世界上最南端的首都。

惠灵顿是《魔戒》（电影《指环王》）的主要拍摄场地，有甘道夫守护的城市
电影院，巨型的《霍比特人》电影海报比比皆是，连机场都是巨大的咕噜雕
像。傍晚6点，市区就不见人影了，整个城市只剩鸟在叫，好像半兽人大军
即将杀到。
旁人眼中，惠灵顿是神秘奇幻的，但小S眼中，惠灵顿是绿色的，一眼望不到
尽头的橄榄绿。

建筑工程师小S在新西兰的第二份工作，是当农场民工。
他在惠灵顿郊区的葡萄园找了份工作，负责grape plunking（拔树叶）。葡萄
需要冲出厚重树叶的屏障，方能见到阳光雨露和风霜，这是份重要的工作。

南半球夏日阳光毒辣，小S有生以来第一次涂抹防晒霜。他的家乡是盆地，盛
满了湿气和雾霾，从未见过紫外线如此丰沛的阳光。
葡萄架一行行，长，铁轨一样望不到尽头，惠灵顿风大，藤叶哗哗响，人像是
迷失在森林里……

工作在毛利人监工的指挥下开始，监工不停地对雇工发出警告：你们的工作不
错，但我们现在需要你们加快速度，现在的速度才值每小时7.5纽币，我们得
给你们补齐14.25纽币，你们一天工作9小时，这样我们得赔60多纽币……

加速加速加速，满耳朵都是加速。

按监工的标准，拔好一棵树的树叶有0.21纽币，若想达到14.25纽币最低时薪的标准，一小时需要拔好68棵树，平均一棵树不到一分钟……

三天后，一半的人被辞退了，太慢。几周后，人员大换血，第一批雇工里只剩下小S一人。

既然觉得打工旅行是一种有尊严的旅行，那就要认真工作，任何情况下，认真工作都是对自己最好的尊重。

同时，一个认真工作的人自然会受到旁人的尊重。

监工们并不知小S在中国的建筑工地上待过很久，从事的工作几乎和他们一样。

他们对农民工小S的干劲儿很吃惊，时常拿他当模板，动不动就夸他：S，你的动作真敏捷，猴子一样，你练过中国功夫吗？能不能给我们传授一下？

小S二话不说，葡萄架下教了他们一套……第六套广播体操。

后来，在他离开很久之后，惠灵顿的葡萄园里还流传着一套"中国校园拳法"。

据说，此套拳法的绝招是第三招，扩胸运动。

…………

小S离开惠灵顿后飞跃库克海峡，一路旅行一路流浪，从北岛漂到南岛。

旅费是在葡萄园里当农民工时挣的，国内带来的积蓄分文未动，不知为什么，打工挣来的旅费，花起来无比舒心。

到南岛时钱用完了，他轻车熟路地又当了一回农民工。

这次不是葡萄，是樱桃。
他在樱桃园里摘大樱桃，又叫车厘子。
樱桃园坐落在水果小镇克伦威尔，这里是水果天堂，坐落在雪山脚下。

农民工小S乐疯了，新西兰进口的车厘子在国内要卖一两百一斤，而在这里，雇工可以随便吃。
吃的哪里是车厘子，分明就是吃人民币！
吃到上火拉肚子也要吃，吃到流鼻血也要吃，一边吃一边眺望不远处的雪山，这哪里是在工作，分明是在度假。
吃完车厘子就去摘车厘子，他吃得多认真，摘得就多认真，收工时旁人告诉他可以休息了，他不休息，非要把自己吃掉的车厘子用加班劳动填还回去。
晚上回到住处，胳膊酸得像泡过醋。他仔细地算算账，按照国内车厘子的昂贵市价，到头来自己还是赚了。

第二天早晨是被惊醒的。
螺旋桨轰隆隆地转，直升机轰隆隆地响，睡袍被吹得不停上翻，怎么捂也遮不住底裤。
农场主一家人说：S，不要怕，没有地震，不需要撤离，我们这是在用螺旋桨的气流蒸发果树叶子上的露水。
农民工小S被感动了，抱出随身的吉他，给他们唱歌：新西兰的农场智能化很高，新西兰的农民都是土豪……

小S很快也成了个土豪。

最起码他自己是这么认为的，因为他买车了。

他人生中第一辆属于自己的车，是摘车厘子摘来的。

新西兰的二手车很便宜，樱桃园里四个星期的工资就能买一辆，和在国内买一部苹果手机的概念差不多。

这个国家的马路上跑的基本都是二手车，人们只把车当作一个代步的工具。除了中国富二代、官二代留学生，没人在乎谁开迈巴赫，谁开法拉利。

土豪小S的车是一辆老式敞篷二手TOYOTA（丰田）老爷车，1990年出产，几乎和他同岁。

他给它起名"车厘子"。

"车厘子"号穿行在南半球的碧海蓝天之间，沿着新西兰狭长的海岸线一路向南。

就这样，土豪小S开着他的小破车，每去一个地方就会找一份工作，每赚够一份旅费，就继续下一段旅程。

⋯⋯⋯⋯⋯

在新西兰的头一年，他共体验了九份工作：餐厅后厨、葡萄园工人、樱桃园农民工、洗衣厂工人、搬家公司员工、酒店服务生、地陪导游、社区大学编外文员、旅游公司reception（前台接待）⋯⋯

他也走过了许多地方：奥克兰、惠灵顿、库克海峡、皮克顿、布伦海姆、凯库拉、基督城、特卡波、达尼丁、因弗卡吉尔、布拉夫⋯⋯

而一年之前，他只是一个建筑工程师，最远只从成都天府广场到过成都双流机场。

曾经的建筑工程师小S开着他的"车厘子"号，沿着1号高速公路开往南岛偏南。

当视野中出现Queenstown（皇后镇）的硕大路牌时，小S并不知道他的人生将在这个神奇的地方发生转折。

在他25岁这一年，第十份工作在皇后镇等着他。

（四）

皇后镇，离南极最近的小镇。

长云漫天，南阿尔卑斯山和瓦卡蒂普湖环绕。

有人说这是全世界最完美的小镇，上帝把所有的眷顾都倾洒于斯，恩赐给人间一个天堂。

湖边有觅食的海鸥，水里有嬉戏的灰鸭，街头有来自世界各地的街头艺人。

巴适惨（成都方言，舒适）了！小S第一眼就深爱上了这个地方。

南半球的六月是寒冬。

他横穿完小镇，停了车，背上吉他，一个人沿着瓦卡蒂普湖安静地走，湖水若翠，一大坨蓝莓果冻一样。

隐约中听到空灵的钢琴声袅袅，一个长发男人飞舞着十指，坐在湖边的钢琴前。

二手的老钢琴，洗旧的衣裳，温柔的眼神，棕黄的胡须，他简直就像个沧桑版的精灵王子一样。

多好听的曲子，一弦一柱敲打在心尖上，从没听过这么空灵的钢琴乐……应该是他自己的原创。

小S站在钢琴旁，听得忘了时间，站麻了脚。

长发男人停下来揉搓冰冷的手指，微笑着与小S聊天。

小S问他冷吗，他说冷啊，但当你站到我身旁听琴时，我的心是暖的。

长发男人是皇后镇的一个小传奇，一个湖上钢琴师。

每到黄昏时，他推着自己的二手钢琴，从镇上走到湖滨，步履轻缓，仿如散步。

他习惯面朝着湖水弹奏，面前是巨人般的雪山、乱云飞渡间的夕阳。

钢琴上摆着一瓶Wild Buck啤酒，钢琴旁摆着原创音乐CD。

不招揽生意，不刻意，闻琴动容者若想购买，自己拿自己取，自己找零。

他只管弹琴。

或许是小S背上的吉他给长发男人带来了好感，他把自己的啤酒递了过去，并淡淡地向小S讲述了自己的过去。

40岁之前，他只爱两样东西，一样叫音乐，一样叫Malia（玛丽亚）。

3岁弹琴，学过很多种乐器，23岁时遇到Malia，一起去过世界各地。

他们一起走过星河，踏过瀑布，踩过无数个海滨，他和她的爱情生长在山河湖海边，开在旅途中。

一次，他们攀登一座山峰，Malia失足跌入深渊。

他傻在岩壁上，眼睁睁地看着爱人离去，自此忘记了什么是笑，不关心世界也不关心自己，浑浑噩噩，一抑郁就是十年。

十年后，他流浪到南岛北部的Motukaraka（新西兰某群岛），在一家旧货店门外看见一架二手旧钢琴。

钢琴桀骜地踞在雨中，仿佛在倔强地等着谁。

他心里一动，莫名其妙地买下了它。

对Malia的思念变成音符，在黑白琴键之间倾泻流淌，抑郁的心绪淌完后，指尖开始轻灵。

他留在了皇后镇，自此日日湖畔弹琴，弹给爱人，弹给自己。

他指着钢琴，对小S说：Malia又回来了，她变成了这架钢琴。

他说他明白Malia为什么回来——为了让他重新爱上这个世界。

他对小S说，皇后镇之后，他要带着他的Malia继续环球旅行，一路弹琴一路走，一路走到老去，一直走到死去。

"人生是一场不断校正方向的旅行，有人找到的方向是事业，有人找到的是信仰，有人找到的是爱……我们可以旅行，但不能没有方向。"

"Hey，guys（嘿，小伙子），"他问，"What are you looking for（你的方向是什么）？"

（五）

几天后，皇后镇的街头艺人中多了一张东方面孔。

或许是受了湖上钢琴师的影响，或许是回想起了自己年少时的音乐人梦想。

小S成了新西兰皇后镇第一个中国流浪歌手，这是他给自己选择的第十份工作。

职业不分贵贱，更何况艺术。

西方国家街头艺术家不受歧视，人们认为每一个艺人凭借才华和本领为大家表演，就是他们的工作，哪怕他们在街头，也应该得到报酬与尊重。

街头艺人们习惯了礼遇，很难相信他们在中国的某些同行是缺胳膊断腿的。

他们问小S：What's the Cheng guan（什么是城管）？

为何有此一问呢？

因为小S初次在街头唱歌时，特别放不开，嗓门儿压得很低，眼角垂得很低，做贼一样。

路过的其他街头艺人奇怪地问他，为什么害怕成这样子？

他脱口而出，怕琴被人没收……

唱了半天，没有城管，只来了个巡警。

小S唱歌的声音都哆嗦了，我的天，我这算不算是非法演出？算不算在公共场合扰乱社会秩序？……被抓到派出所怎么办？

巡警的佩枪瓦蓝，警棍漆黑，手铐闪亮，他抱着肩停到小S面前，听小S哆嗦着嗓子学羊叫。

然后，他伸手掏……

他掏出来的不是枪，是个卡片相机。

熊一样的巡警凑到小S面前，龇着大白牙笑，一脸晴朗地问：我能和你合影吗？

…………

巡警帮小S办理了街头艺人执照，街头办公，街头填表，然后一脸期待地站在一旁听他唱中国歌，还PIA PIA地拍巴掌。

小S快哭了，这太不符合逻辑了……中国逻辑。

更不符合逻辑的是，这里的路人对他的歌声总是报以微笑和大拇指，路过他身旁时，几乎没人是视而不见或一脸漠然。而那些驻足的人，哪怕只停下来听了半分钟，也会掏腰包给钱。

最不符合逻辑的是收入。

他本做好了艰苦奋斗的准备，但第一天的收入就让他傻了眼。

一个月后，他用微积分立体几何高等数学来加减核算收入，发觉每日平均收入是200纽币。按当时的汇率，200纽币相当于人民币1000元，而挣这1000元，只需要每晚唱两个小时。

新西兰法定的最低工资是每小时14.25纽币，平均收入是20纽币，而他的收入是一般新西兰人时薪的五倍，是国内当建筑师时的六倍。

个"锤子"！他心说，每天1000元人民币，搁在成都的话，天天打"血战到底"麻将也赚不来啊！

靠劳动吃饭不丢人，所谓有尊严的旅行，不过是有多大本事，走多远的天涯。接下来的旅行半径可以更大了，一想到这点，嘴就合不上。小S接下来的街头卖唱，开始满面春风信心满满，他本就长得不太丑，如今几乎可以算好看了。

（六）

一个东方街头艺人在白人世界的街头着实惹眼。

人们稀罕他的东方笑容，一些很优雅的女士走过来，微笑着对他说：Your smiling face so lovely（你的笑容很可爱）。

然后伸手，自自然然地摸一下他的脸。

摸就摸吧，反正摸一下又不会怀孕……话虽这么说，他却常常被摸得羞红了脸，愈发惹人想摸。

让他脸红的，还有毛利人。

一个满脸图腾的毛利人听歌听high（高兴）了，一把揽住小S的后颈，用力往脸上撞……毛利人的礼节是碰鼻礼。

那个毛利人的鼻毛好长，很扎人……

皇后镇就是一个这么可爱的地方，不排斥外来的异乡人，这里有世界各地的移民，每个人都把自己当成主人。好客的主人温暖地对待新来的主人。

人与人之间的快乐是相互的。

小S受到了启发，跟朋友一起，在圆形便利贴上一个个画笑脸，七彩的笑脸贴在琴包上面，弯成美妙的弧线，拼出一道彩虹的笑脸。

路人经过，看见彩虹笑脸，嘴角也跟着不自觉地上翘，自然心情大好。有一些路人讨来笑脸，贴在自己肩膀上，他们觉得这些笑脸会带来幸运。

有段时间，皇后镇的街道上晃满了笑脸便利贴，全是小S画的。

街头艺术首重创意，只要你有创意，人们就乐意为创意埋单。

小S的生意越来越好。

有时开工前，他抱着吉他在街上刚摆个pose（姿势），立马就有人过来给钱，还和他握手，说他是自己的幸运星。

那些人胳膊上都贴着彩虹笑脸便利贴。

....

其实皇后镇最有创意的街头艺人，是个隐形人。

他在街头摆了个木箱子，上面放了一双人字拖，箱子前面写了一句具有魔力的咒语：I'm an invisible man, thank you everybody（我是一个隐形人，谢谢大家）。

然后就见不停地有人往盒子里扔钱。

小S也给了，他笑着喊：我靠，这也可以！

接着情不自禁地掏钱。

一回头，那个街头艺人端着一杯咖啡，坐在一旁的咖啡馆前，手里还捧着一本莎士比亚的《麦克白》。

听众们也都很有创意。

小S遇到过一个很有创意的老人。

那是一个老绅士，西装革履的，听完歌后，给小S90度鞠躬。

他说，他很欣赏小S的生活态度。

小S说：是啊是啊，一个人漂洋过海过来卖唱也不容易……

老绅士报之以笑容，临别前，主动握手说再见。

但当他握紧小S的手时，两个大男人就在街上触电了。

当然不是因为爱情，而是因为一个小纸团，老绅士手心有现金，在握手的一瞬间顺势塞给了小S。

尊重也是可以有创意的。

....

（七）

街头卖艺时，常会发生各种有趣的事。

有人会给小S送来苹果，递来糖果，有的人听歌听开心了，手里拿着的汉堡也非让小S咬一口。

万圣节的夜晚最有趣，街上各种鬼。小S也应景地扮了中国清朝僵尸，有小孩儿来他摊前讨糖果，叫嚣着来，哇哇地被吓跑。

小孩儿跑了，来了一群海盗打扮的人，拿着张地图问小S，让他坦白从宽哪里有宝藏。小S很配合地给他们指了个地方，他们开心地寻宝去了，提着斧子扛着刀。

小S指的是Police Station（警察局）。

最最有趣的是，他见证了一个家庭的诞生。

有一晚，一男一女来到小S卖艺的摊前，让他当神父。

他们说他们刚刚决定了，结婚结婚马上结婚，但天已经黑了，教堂已关门，于是决定让遇到的第一个人帮他们主持婚礼。

于是小S一分钟变神父。

…………

男生说："Yes, I do（是的，我愿意）。"

女生说："Yes, I do。"

神父小S说："Now, you can kiss each other（来吧，你们使劲亲吧）。"

…………

仪式结束后，这对小夫妻的婚礼舞曲是由神父小S弹奏的，两个人在吉他前翩翩起舞。

神父小S给他们唱歌，唱的是陶喆的《今天你要嫁给我》。

一曲唱完，小夫妻停下舞步深情舌吻，神父小S在一旁热泪盈眶。

婚宴很盛大，在路旁最近的那家小酒吧举办，连小夫妻加神父，共有三个人参加。

新郎很能喝，17杯德国黑啤，每杯8纽币……

神父小S含泪埋单。

（八）

做街头艺人，最迷人的地方是，你根本不会知道下一秒会遇上什么样的故事。

小S在街头唱原创中文歌曲，也唱英文歌。

有时唱到老外们喜欢的英文歌曲，他们会很开心。

一次，有个20岁左右的新西兰人很激动地跳起来说：我一定要支持你，但是我没有现金，你能告诉我哪里有ATM机（自动取款机）吗？

小S说：算了算了……

他就算了，跑了。

没想到过了几分钟，他又回来了，弯下腰，在琴包里放了20纽币。

最近的取款机在两个街区外，难为他往返一公里跑得这么快。

还有一次，他遇到一个拿着吉他的小男孩。

是个冬日傍晚，小男孩牵着小妹妹，小妹妹手里拿着一个小钱袋，叮叮当当硬币响，一看就是街头小艺人收工要回家了呀。

小男孩停下来问小S：先生，今天收入怎么样？

小S逗他，摇头说今天不好，街上都没什么人。

小男孩很怜悯地看了小S一会儿，牵着妹妹的手蹲到路旁，两个人一枚一枚地数硬币，数出5纽币。
硬币被小心地搁在琴包里，小男孩说：先生，早点儿下班吧，外面很冷。
小男孩只有八九岁光景，小妹妹五六岁光景。
冬夜里的两只白翼小天使。

为什么他们这么小，就在街头卖艺呢？
国外的有些家长重视独立教育，鼓励孩子依靠自己的双手去收获。当街头小艺人，是在从小锻炼他们的独立能力。

小S把5纽币还给他们，买来冰淇淋请他们吃，三个人坐在路旁，呵着白气，聊着天。
小男孩比画着说，街头卖艺已经攒了那么一大堆钱了，过几天，他们还会把家里母鸡下的蛋拿到集市上去卖，这样还会有那么一大堆钱……
小S问，那么一大堆钱打算用来干吗？
小男孩搂着妹妹的脖子，亲妹妹的脸，说妹妹喜欢脚踏车呀，他也喜欢脚踏车，一人一辆脚踏车，太酷了！
两个孩子骄傲地仰着脸，啃一口冰淇淋，咝咝地呵一口白气。

转天，一个父亲停在小S面前，递过来一份包装精美的鸡蛋三明治。
他居然会讲中文，他说，谢谢你请我的孩子吃冰淇淋，谢谢你让我的孩子们那么开心。
他说，这是孩子们养的鸡下的蛋，请你吃一吃。

…………

小S有一个很迷人的邻居，两个人隔街相望，各做各的生意。

那人做的是赔本生意。

他来自澳洲，面前摆了一块很大的纸板，上面写着：Give me a story & I will pay you one dollar（你给我一个故事，我给你一块钱）。

真是个奇怪的赔本买卖，但好多路人都很配合。

很多人跑去写了故事赚了一块钱，横过马路，转手就丢进小S的琴包里。

小S问这个奇怪的澳洲少年，为什么要收集故事？是要积累写作素材吗？

他说不是，他只是在用自己的方式记录这个世界。

他说，这些来来往往的人，虽然是普通人，但一定都有属于他们自己的故事，值得被人记录下来。

他给小S看他之前收集的故事，巨大的本子，厚得像百科全书。

随便一翻，居然看到了中文。

大意如下：我后悔了，我浑蛋，我不该跑路，不该当贪官……

本子里还有一艘船。

澳洲少年自己手工折纸粘贴的，书本中页一打开，大船便昂然矗立在三维空间，好似一艘载满命运的挪亚方舟。

（九）

街头卖艺，1万件事里，9999件都是暖的，当然也会有列外。

有时会碰上酒鬼来捣乱，拖着琴包到处跑。

这时候，对面酒吧的工作人员就会大声呵斥这些喝醉的人。如果不听话，还会上来挽袖子相助。

最过分的就是遇到偏执的酒鬼，不停咆哮着"滚回亚洲"等种族歧视的话语。

没等小S冲上去理论，旁边的人就会立马过来道歉。

很多来安慰、道歉的，都是无关的路人。

好在这种事情发生的概率也就万分之一，大部分酒鬼很可爱，悄悄从琴包里抓一把硬币就开心地逃跑，孩子一样，边跑边笑。

…………

中国游客已经"攻陷"了全世界。

皇后镇的街头游客，当然有中国人。

异国他乡看见中国男生在唱歌，自然特别亲切。许多妈妈级别的阿姨，一见到小S立马念起万里之外的儿子，立马母爱泛滥，冲过来又亲又抱，千叮咛万嘱咐，让他在异国他乡照顾好自己，按时吃饭按时洗澡别忘了穿秋裤……

还遇到过四川老乡。

甚为亲切，非要拉着他去吃火锅，拉了半天才知道，皇后镇没火锅。

老乡很可怜他，唉，这个地方经济有点儿落后噻，火锅都有球得（成都方言，火锅都没有）。

奇葩也遇到过。

有一次遇到一个同胞，跑过来敬烟，低声问小S：帅哥，你知道皇后镇哪里可以找小姐啊？胸大点儿的，漂亮一点儿的……

虽然新西兰性产业合法，但你跑出国门来旅行，就为了这个？

海峡对面的同胞也遇到过。

是个无比老的老军人，一辈子住在眷村。

他拄着拐杖问小S的出处产地，念叨着：哦，街头艺人，流浪歌手，流浪……

他反复咀嚼着"流浪"二字，骤然间老泪纵横。

年轻人……

他撸着鼻涕说，我晓得你们年轻人的这种浪漫……但是不论流浪多远，别忘了回家。

（十）

南半球的圣诞节满是夏天的味道，阳光沙滩比基尼，皇后镇例外，较冷，但也没有风雪。

但大家会用灯光点缀出冰天雪地的感觉，

小S唱歌地点的背后是个冰天雪地的百货商店，圣诞节前，他们专门送来一个圣诞大礼包，祝小S在新西兰的每一天都开心。

一并转来的，还有几张字条，上面写着：请帮我把祝福转交给那个中国街头艺人，谢谢他的歌声给我们带来的好心情，祝他圣诞快乐。

都是卖唱时的熟客，他们记着他呢。

那时，镇上好多常住居民都熟识了小S，人们爱他，很多年轻人喊他Queenstown Asia Justin Bieber（皇后镇的亚洲版贾斯汀·比伯）。

他们告诉小S，Justin Bieber也做过街头艺人。

那个圣诞节，小S是唯一一个街头卖唱的艺人。

那天他没收任何人的钱，他的想法很简单，希望给那些圣诞夜归人再多一点儿陪伴。

路过的人说谢谢，他递给人家一个小小的中国结，自己编的。

他说：要感谢的是你们……

他忽然想起初来皇后镇时，湖上钢琴师说的那句话：当你站到我身旁听琴时，我的心是暖的。

圣诞餐是在鲍勃山上吃的，世界最佳观景餐厅。

服务生上菜时惊讶地发现小S在哭。

他的脸贴在玻璃窗上，低声地呜咽。

他指着脚下灯光璀璨的皇后镇说：你看，你看……

琴头琴身琴弦，惟妙惟肖。

皇后镇的夜景，居然是一把吉他。

言有尽而意无穷。

圣诞夜的皇后镇，展示给他的，是他终于在心中打磨成形的方向。

皇后镇，皇后镇，我穿越山河湖海，从一万公里外迤逦而来，本以为你是异乡，没想到你会成为另一个故乡。这辈子，我自己给自己选择的故乡。

谢谢你给我的真诚和美好，谢谢你教会我的真诚和美好。

你让我明白了只要拥有生活的勇气和对生活的热爱，就必将得到生活的褒奖。

皇后镇不仅仅是个地名，更是一种方向。

这个世界上应该存在许多个皇后镇。

所以再见，我的皇后镇。

世界这么大，我必会在别处与你重逢。

我还年轻，有生之年，每一个皇后镇，我都要努力去体验、去营造、去探访。

…………

次日，小S告别了皇后镇，开着他的"车厘子"号，继续他的江湖浪荡。

走之前，他去咖啡店买了一百杯最贵的咖啡，每遇到一个人，就分享一杯。

人们问他：S，何时再回来?

人们惊讶地喊：S，你抬头看!

在他平日里唱歌的地方，他抬头。

也许是巧合，也许是灵异。

南纬45度的天空中，舒展着一片心形的云朵……

也许是万事万物由心生由心造。

当一个人的内心充满了什么，感受到了什么，他所看到的就会是什么。

（十一）

小S从成都出发时，带着所有的积蓄——两万元人民币。

两年后，他从新西兰返程时，带去的积蓄分文未动，带回来21万元人民币。

小S说，打工旅行的生活，让他发觉原来人生还可以这样活：一个人不仅能做自己喜欢的事，而且还能赚到钱，这简直是世上最幸福的事了。

他坐在大冰小屋的门槛上，抱着吉他，说他很清楚自己接下来的方向。

小S只是个例，他的故事不应被拷贝，或应被借鉴，但无论如何，不要去误读。

我虽亦旅行了许多年，但是个笃定反对盲目流浪的人。我并不认为旅行是包治百病的万能金丹，也从未鼓动过任何人去搞"说走就走"式的盲目旅行，之所以洋洒万言来记录这个故事，是因其旅行和流浪并不盲目，并未远离生活，且有尊严。

一分钱不花的穷游不牛B，免费蹭吃蹭喝蹭车的穷游也不牛B，一个人有多大本事，才能走多远的天涯。

世界那么大，你是需要去看看，但记得带着尊严去看，看完后要记得回家。

另，我认可小S的部分行为及观点，但在我粗浅的价值认知中，我还认为：

健全的人生理应是多元的人生、多项选择的人生——先认真体验，再负责地选择。

没有任何一种生活方式是天然带有原罪的。

但任何一种长期单一模式的生活，都是在对自己犯罪。明知有多项选择的权利却不去主张，更是错上加错。

一门心思地朝九晚五去上班，买了车买了房又如何？

一门心思地辞职退学去流浪，南极到了北极又如何？

人生哪里是非黑即白那么简单？人的幸福确实不能仅从物质福利中获得满足，但良好的物质条件无疑为精神生活提供了良好条件，为什么要不屑于平衡好二者的关系呢？

如果真牛B的话，别只用一只眼睛看世界，也别动不动就说放弃，敢不敢去理智地平衡好你的生活？

谁说你我没权利过上那样的生活：既可以朝九晚五，又能够浪迹天涯。

至于小S……

我个人觉得，他这么有钱，还让我报销机票路费，实在是很不要脸。

为了不给他报销路费，我把他留在大冰的小屋自力更生当了歌手，酒可以随便喝……

当然，之所以留下他还有一个原因：

他确实有故事，并且故事正在继续。

…………

世界很大，有故事的人很多。

每个有故事的人都有一个共性：

他们有生活。

阿弥陀佛么么哒。

冒昧地问一句：

少侠，你光临地球已经多少年了？

你打算在人生中的哪一天，理直气壮地说出这句台词——

我有故事，你有酒吗？

▶ ▷ 游牧民谣 · 靳松《火车开往远方的城市》

▶ ▷ 游牧民谣 · 宋钊《皇后镇》

我的王八蛋

▶ ▷　人活一辈子，总会认识那么几个王八蛋：和你说话不
耐烦，和你吃饭不埋单，给你打电话不分时候，去你
家里做客不换鞋，打开冰箱胡乱翻……在别人面前有
素质有品位，唯独在你面前没皮没脸。

但当你出事时，第一个冲上来维护你的，往往是这种
王八蛋。

经常听人说：我喜欢的是……

唉，我觉得哈，你喜欢什么不重要。

重要的是，你如何去面对这份喜欢。

重要的是，你是否有能力去喜欢，是否有尽力去触碰，是否有定力去坚守，是否有魄力去取舍，是否有权利去选择。

喜欢就好好喜欢，别把执着当认真、放弃当放下、随意当随缘。

还有一句：

娑婆大梦，日日黄粱，若真的喜欢，就别抗拒遗憾。

（一）

老张给我打电话：喂，我心里头很难受，你陪我出去走走。

我一边骂街，一边起床穿衣服、洗脸、订机票……

他在重庆，我在济南，凌晨四点。

人活一辈子，总会认识那么几个王八蛋：和你说话不耐烦，和你吃饭不埋单，给你打电话不分时候，去你家里做客不换鞋，打开冰箱胡乱翻……在别人面前有素质有品位，唯独在你面前没皮没脸。

但当你出事时，第一个冲上来维护你的，往往是这种王八蛋。

你失业他陪你喝酒骂街，你失恋他陪你熬夜抽烟。
你缺钱时，不用打招呼，他会自动雪中送炭。
你干架时，不用回头，他自然脱掉上衣站在你旁边……

这样的蛋在我生命中为数不多，老张是其中一只，见了就烦，不见就想，再见再烦……
好吧，其实于他而言，我亦是同样的一只蛋。

飞机落地重庆江北机场时，我以为老张所谓的出去走走，是从朝天门码头走到解放碑。
打死我也没想到，这一走就是4000公里，往返横穿了整个中国。
更销魂的是，直到3999.99公里走完，我也没搞清楚他在为谁难受……

（二）

老张是重庆崽儿，和我同庚，比我疯。
他是我重庆酒吧的合伙人，酒吧名叫末冬末秋，在重庆的酒吧界有三大特点最出名：最文艺，最赔钱，老板最疯。
一句话：唱歌喝酒解放天性，挣钱赔钱听天由命。

冤死我了，我是莫名其妙地成为老张的合伙人的。

有一回在观音桥吃九宫格老灶火锅，两人都喝高了，他非要给我唱新写的歌。

重庆民间藏龙卧虎，谁能想到破破烂烂的火锅店里居然还备着吉他，连变调夹都有。

老张抡起吉他，张嘴就唱……

他是个善于自我感动的人，带着哭腔唱的。

一曲唱完，整个小火锅店都被感动了，服务员在抽鼻，隔壁桌好乖好乖的重庆妹子在偷偷抹眼泪，火锅店老板红着眼圈冲进厨房又冲出厨房，亲自送来了一盘毛肚。

老张很骄傲，夹起一片毛肚丢进嘴里大嚼。

他喝高了，忘了在锅里涮涮再吃的……

我就算没喝高，也不会拦着他的……

老张嚼着生毛肚，大着舌头问我：这首歌怎么样？

我注意力全在那片毛肚上，随口答：烂！

他问：有多烂？

我说特别烂！

他不甘心地问我：你说的具体点儿嗦（重庆方言中的语气助词），到底是哪种烂？

毛肚看来很难嚼，他半天没嚼烂……

我说：就是很不值钱的那种烂。

火锅白气腾腾，老张忽然呜呜地哭了起来，眼泪哗哗的。

他一边嚼着牛肚一边哭，一边哭一边问：那到底烂到什么程度嘛，到底值多少钱嘛？

他哭得像个精神病一样……

全屋子的人都在敌视地看着我，好似我刚飞起一脚把一个无辜儿童踹下了水沟一样。

我慌忙满世界找老张的脖子，搂着他哄他，告诉他，这首歌最起码值六位数，好几十万呢。

我记得我好像安慰了他半天，还帮他把嘴里那块生牛肚给抠了出来。

我们好像还很激动地拥抱，说了一锅底感人肺腑的话。

然后就喝失忆了，其余的我完全记不起来了。

…………

第二天酒醒，我哭着发现我卡上少了六位数的人民币。

还是用手机银行转账的！

好吧，人生已多风雨，往事不要再提，反正从此我成了末冬末秋酒吧的老板之一，年年拿分红，最多的一次有三位数……

总之一句话：打倒毛肚！

（三）

老张站在国内到达出口，胡子拉碴，满眼血丝。

我吓了一跳，怎么瘦成这样？怎么憔悴成这样？

除了火锅店那回之外，从来就没见他皱过眉，他向来不都是傻乐傻乐的吗？

到底出什么事了，怎么难受成这样？

老张一脸死水地看着我，说：航班快起飞了，咱们走吧。

走什么走？我不是刚下飞机吗？

我一头雾水地被他从国内到达拽到国内出发，办票、过闸，坐上了重庆飞上海的航班。

我没揍他，因为机票是他买的，而且他神情恍惚地说：

什么都别问，你就当是陪我再疯一次嘛。

说这话时，他望着忙忙碌碌的空姐，目光呆滞两眼失神，落拓得一塌糊涂……

陪就陪，疯就疯，再怎么说，他也是条小生命。

那个空姐可能被他看毛了，走过来问：先生，有什么可以帮您的吗？

他木呆呆地盯着人家不说话，睫毛都不带动，白痴一样。

丢死人了，我赶忙圆场：他想要条毯子。

起飞后，毯子送来了。老张蜷缩在座位里已经沉沉睡去，脑袋缩在脖子里，耳朵里塞着耳机。

空姐小声地问我：他还好吗？

老张睡觉时是皱着眉头的，额头上深深的一个"川"字，嘴抿得紧紧的。

空姐端详了他一会儿，细心地帮他盖上毯子。

川航的空姐就是好看，好温柔……

我眼馋，也想盖毯子，但人家说：不好意思先生，已经发完了。

…………

我睡不着，看着老张的脸，数他的胡子。

这个疯子是香港大学建筑学硕士，在当酒吧老板之前，是个建筑师。

他曾是某设计院的青年骨干，设计建筑过马来西亚兰卡威的游艇码头、泰国清迈的六星级村庄度假酒店，曾参与设计过的国内五星级酒店更是一长串。

有才之人难免狷狂，经常听说他为了一个设计方案和客户对骂的桥段。重庆男人脾气蛮，他敢指着客户的鼻子喊"锤子"，说人家屁都不懂。

听说他在英国利物浦大学做课程交换时也是这副狗脾气，他一和人辩论起来就挽袖子拍桌子，导师都绕着他走，怕极了他的重庆花椒英语。

说来也奇怪，这么不会做人的一个人，生意却不断，很多客户挨了骂还是乐意找他合作，夸他认真尽责，有想法有创意。

总之，又疯又轴的老张当时是个运势很好的建筑师。

正当我们以为这颗业界的小太阳冉冉升起时，他自己当后羿，把自个儿给射下来了。

都知道他疯，但没想到他会疯到在事业黄金期辞了公职、停了工作室、推掉订单，跑去开了一家酒吧。

酒吧叫末冬末秋，名字奇怪，位置奇怪，位于重庆江北的一个犄角旮旯里。

装修也奇怪，古典又超前。

墙壁是极品毛竹，地板是清水金刚砂混凝土，桌子是从泸沽湖千里迢迢运来的猪槽船，吧台是整棵巨树刨成的原木板，音响设备就算搬到人民大会堂里用也不寒碜……

总之，装修的投入翻新一家五星级酒店的大堂都足够。

反正，装修的投入给他二十年时间都回不了本。

建筑师老张投入了全部家产、全部精力，变身为酒吧老板。

还没开业就知道一定会赔本的酒吧老板。

旁人只道他脑子坏了，我却很欣赏他的这份疯。
谁说只有朝九晚五的成功才是正确的人生？
他已经是成年人了，又不是没体验过常规的人生，心智又不是不健全。人嘛，只要不伤天害理，只要对得起自己，只要不是盲目的冲动，干什么不行？

我专程跑去重庆给他加油，正碰见他在酒吧工地上搬砖，我帮他一起搬，差点儿累出腰肌劳损。
我问：老张，不是有工人吗？干吗要咱自己亲自上阵？
他说：砖头是用来垒舞台的，舞台是用来弹琴唱歌的，将来舞台上弹琴唱歌的是我，那舞台也理应是我自己垒嗦。

轴死你吧！全重庆数你最轴。
我陪着他操着瓦刀抹水泥。重庆热，满头大汗，他又怪我技术不过关，让我走开。
我像个泥猴儿一样蹲在一旁，满身土。
工人们惬意地坐在一旁，抽烟聊天……

他这个老板撅着屁股挥舞瓦刀，嘴里还哼着歌，一边哼歌，一边回头看我，神秘地笑笑，欲言又止地说：等到酒吧开业那天，我打算在这里办一场盛大的……

盛大的什么？
他又不说了，撅着屁股，一边抹水泥一边哼歌，每哼几句就给自己喝一声彩：

唱得好！……再来一个嘛！

我猜是一场盛大的民谣弹唱会，他自己的作品的发布会。
除了建筑师，老张还是个不错的民谣歌手，常说此生除了爱盖房子就是爱弹吉
他，盖过的房子和写过的原创民谣一样多。

可惜，住他房子的人比听他歌的人多得多。

所以我猜，这家民谣酒吧应该是他送给自己的一个舞台。
多数人在二三十岁就死了，他们变成自己的影子，往后的生命只是不断地重复
自己。
而老张懒得重复自己，他在建筑行业小有成绩后，抓住仅剩的青春来完成另外
一个梦想，选择继续生长，他又有什么错呢？
或许在旁人眼中，他简直错得一塌糊涂，为了开这家民谣酒吧，他承受了巨大
的压力，据说亲戚朋友全都不支持，只有女朋友支持他。
但压力再大，人也有追梦的权利，老张的行为不为过。
开业那天的弹唱会再盛大也不为过，我等着他抱着吉他裸奔。

结果酒吧开业那天没有个人弹唱会。
正常的开业而已，一点儿都不盛大。
或者说，本可以很盛大，结果没盛大。

来的人巨多，大夏天的，都按请帖要求穿了正装，有些姑娘还是穿着婚纱一样
的晚礼服来的，结果什么意料之外的活动都没有。
没有抽奖没有惊喜没有特殊节目，老张也没有搞作品汇报演出。

他端着杯子，只是一味傻乐傻乐地招呼人，挨个儿敬酒挨个儿干杯。他很快就喝大了，趴在舞台上呼呼睡，像只小猪一样。

众人面面相觑，没说什么，都散了，只剩我一个人坐在舞台边陪他。

他在睡梦中大笑，笑得哈哈的，笑得淌眼泪，也不知他梦见了什么。

我戳不醒他，任由他边睡边笑。

酒吧开业后的第二天，老张带我去吃老灶火锅，再次喝高，忘情高歌。

他涕泪横流地嚼着生毛肚，我痛心疾首痛失六位数的人民币。

那几乎是我当时一半的家产。

打倒毛肚！

…………

酒吧开业四个月后的一天，他凌晨四点给我打电话，隔着半个中国对我说：

喂，我心里头很难受，你陪我出去走走。

我坐在重庆飞上海的航班上满腹狐疑，他蜷缩在一旁沉睡。

插着耳机，死死地拧着眉头。

（四）

飞机到站，老张睁开眼。

睡眼惺忪，木木呆呆地往外走，我担心他撞到那个送毛毯的小空姐身上，拽了他一把。

他一脑袋撞到了舱门框上，然后貌似醒了一点儿。

他边走边揉脑袋，边揉脑袋边回头，不停地回头，依依不舍的，好像舍不得那个撞醒他的舱门框。

我们边走廊桥边打哈欠，一个打完，另一个跟上。

我问他接下来去哪儿。

他说：跑！

疯子老张跑成了个风一样的男子，我跟在后面一边狂奔一边骂街。

跑出国内到达又跑进国内出发，一路冲向办票区。

他边跑边问我要走了身份证，一脑袋撞向值机柜台，没等我反应过来，他又塞回来一张登机牌，拽起我继续狂奔。我边跑边看，然后一口血没喷出来！——上海飞重庆……

搞什么！怎么又要回去了！

满世界的人都在看我，我想我的模样一定很恐怖，全身的毛都是竖起来的，藏獒一样，奔跑中狂哮的藏獒。

老张不解释，只是扭头喊：快跑！快起飞了！

我们是最后两个登机的旅客。

还是刚才那架飞机。

一进舱门，我就揪住了老张的脖领子：有你这么散心的吗？你个王八蛋给我解释清楚！

他装傻，左顾右盼地不说话，二人一路扭打着摔进了座位里。

尴尬死我了，刚才那个送毛毯的空姐看着我们直发愣。

她播报起飞前安全注意事项时不停地往我们这厢看，我猜她一定把我们当成了两个智商有问题的傻瓜。

又不是城市公交，智商没问题怎么会往返着坐飞机玩儿……

果不其然，飞机还没起飞，那个小空姐就一步一个脚印地走了过来。

她礼貌地问：先生，还需要毛毯吗？

我说谢谢不用，不麻烦您了。

她一定是觉察到老张不正常了，睫毛一动不动地盯着老张问那句话，压根儿没搭理我的回答。

老张不说话，奇怪地沉默着。那个小空姐也不再说话，只是仔细地看着他。

空气在慢慢凝固，五秒、十秒……他们两个人的对视几乎快演化成一种僵持。

紧张死我了，这个小空姐一定是来刺探军情的，她会不会当我们是别有企图的劫机犯，把我们扭送下飞机呢？她如果一会儿喊人来捆我们的话怎么办？我是不是该冲上去捂住她的嘴？

…………

没人喊，也没人扭送我们，那个小空姐和老张对视了一会儿，忽然走了。

她走出两步，好像想起了什么，又转回身来，按照航空礼仪冲着我们微微点了点头，微笑了一下。

川航的空姐就是好看，好温柔……

一直到飞机起飞，我才松下一口气来。

一扭头，心再度揪起来了！

老张，老张，你怎么了？

（五）

老张变身了！

几个小时前，这疯子还沉默寡言一脸死水，现在满脸全是波漾。

他在笑，无声地笑，不间断地笑。

我无法描述清楚这种表情，不是开怀大笑，也不是难过苦笑，像是在呕吐，又像是在哮喘式地呼吸，吓人得很。

说来也奇怪，笑着笑着，血色一点点地恢复到他脸上，眉宇间的抑郁也在一点点退却。

他边笑边看着我，开始时眼神是散的、神情是散的，渐渐地，凝聚成往日里那副傻乐傻乐的模样。

笑到最后，过去的老张回来了。

他好像身心疲惫地去另外一个次元游荡了一番，之后重新元神归窍了。

我失声道：老张，你跟我玩儿川剧变脸哪？！

他边笑边说：哦……

他说：别担心，我快好了，马上就不难受了。

他用手捏住脸，捏住笑意，冷不丁又伸出另外一只手捏住我的肩膀：大冰，感谢你陪我出来散心，多亏了你，老子快扛过去了……大丈夫拿得起放得下。

王八蛋！谁他妈关心你难不难受，你这是演的哪一出？马上给我解释清楚，不然友尽，自此相忘于江湖！

老张说：大冰你冷静，让我想想该咋说……

黄昏已至，机窗外是橘黄色的云层，如广袤的大平原一般，三万英尺高空的平原。

老张拉下遮光板，遮住了橘黄色的平原。

这个水瓶座男人说，就先从末冬末秋酒吧讲起吧。

老张说，末冬末秋是个梦，不是一个，是两个。

一个是音乐梦。

没错，他做了这么多年建筑师，事业有成前途光明，但人到三十岁渐渐明白了什么是真正健全的成功，故而大胆地走出了这一步。

所有人都说这个民谣酒吧会赔钱，唯独他自己不信，他不仅想靠这个酒吧谋一份温饱体面的生活，更希望能有片自己选择的土壤，让自己的音乐发芽。

不是说兴趣在哪里，人生就在哪里吗？

不是说精诚所至金石为开吗？

他知道自己想要什么，也不信付出了努力没有回报。

阻力很大。

所有的人都不支持他，所有的人都在等着看他的笑话。

除了两个人。

一个是只王八蛋，叫大冰。

另外一个，叫佳佳。

佳佳是他的女朋友。

佳佳喜欢听老张唱歌，眼神似水，温柔得要死，听多久都不厌。

两个人约好了将来经济自由的那一天背着吉他浪荡天涯，一个唱歌一个伴舞，有多远走多远……

多好的女孩子，温柔懂事漂亮，总是给他打气：老张，想做什么就去做吧，只要你开心，不论你做什么我都支持你。

他爱死她了，认定她是上天对他一个人的恩赐，故而小气得连张照片都舍不得和别人分享。

别人问起来，他总是小气地说她忙，没时间。

佳佳确实太忙，需要常去外地，二人相处的时间很宝贵，老张舍不得拿出来和任何人分享。

包括他最好的王八蛋朋友大冰。

但佳佳再忙，每天都会和他煲电话粥，帮他给筹划中的酒吧出谋划策。

每次一回重庆，家都不回，拎着行李去找老张，进门就喊：酒吧进展得怎么样了？

她心疼地捧着老张的手：石灰又烧着手喽，你小心一点儿嘛……

说好了的，他亲手去垒造舞台，她永远当忠实的观众。

末冬末秋是他俩共同的梦想。

但佳佳并不知道，关于末冬末秋，老张还有一个梦想。

再疯的男人也会遇到缰绳，老张的缰绳是佳佳，他不把她当缰绳，只认定是吉他背带，套得心甘情愿。

他打算在开业的当天举办一场盛大的演出。

演出的中间，弹着吉他，向佳佳求婚。

戒指都准备好了。

求婚的事情却夭折了。

酒吧开业前的一天，佳佳的父母给老张打电话：小张，好久没来家里吃饭了，明天过来一趟吧。

老张抱着大包小包的礼物站在门口：叔叔阿姨好，佳佳呢？

佳佳不在，这顿饭只有他们三个人吃。

饭吃到一半，老张走了，失魂落魄地走了。

佳佳的父母是公务员，国家干部，措辞礼貌得很。

他们说：小张，你之前是个建筑师，年轻有为，好得很。现在马上要是个酒吧老板了，听说还要开始正式玩儿音乐，恭喜你，也好得很……

他们说：你就好好地开你的酒吧嘛（重庆方言中的语气助词），你和佳佳就算了吧。

他们劝老张：你也老大不小了，人到三十岁应该求稳定，不能乱折腾，明明那么有前途的事业你不去用心，开什么酒吧玩儿什么音乐嘛……

老张看着他们一张一合的嘴，听到他们说：……我们就这么一个女儿，不见得要嫁得大富大贵，但起码要嫁得有安全保障，可以嫁建筑师，嫁个开酒吧的嘛，一定不行！

他们说：小张你不用解释，你也是有父母的人，你愿意你的父母为了你的婚事，一辈子提心吊胆心里头不安宁吗？

他们说：我们不是不懂爱情，但我们更懂生活，也更懂家庭。

…………

老张走了很久，走到朝天门码头，坐在台阶上抽烟。

轮船的汽笛声响过，佳佳的电话铃声响起。

她在电话里开心地嚷嚷着：一想到酒吧下个月就要开业了，心里就好高兴啊。

老张，你给酒吧写首新歌吧，开业那天唱给我听……

老张在电话里问：佳佳，如果有一天我因为某种原因放弃了写歌唱歌，你会怎么看我？

佳佳笑，开玩笑说：那我就不爱你了呗，没有勇气追求理想的男人，我才不要呢……

她笑骂他：傻了吗你，是不是最近太累了脑壳都糊涂了？挺住哦！你不是说过吗，自己年龄大了，再不抓住机会会后悔一辈子吗？

她应该还不知情。

她应该没想到，她的父母刚刚从老张那里拿到了一个分手的承诺。

…………

（六）

飞机开始下降，起落架已经放下。

小空姐在做安全提示，她慢慢地走过，边走边说：……请收起小桌板，座椅靠背请调直。

路过我们身畔时，没等她提示，老张自己抬起了遮光板。

漆黑的夜空，灯火璀璨的重庆，越来越近，越来越清晰。

微微的失重感，微微的耳鸣。

老张望着窗外看了好一会儿，忽然开口问：火锅店里唱的那首歌，你还记得吗？

我说我记不得了，那天喝得有点儿多。

他轻轻点点头，说：哦，没关系，那首歌是写给佳佳的。

我想了一会儿，扇了他一记耳光。

厌货！我说，你个王八蛋！

…………

他没还手。

他捂着红肿的脸，笑了一下。

他把耳机递给我，我一把抓过来，把音量慢慢调大。

我低下头听歌，空姐应该看不到。

…………

佳佳，下次见面时给我微笑吧

想了这么久，没有答案，就别逞强了

佳佳，我们都向爸爸妈妈认输吧

我还有天涯，而他们，只有你啊

好吧佳佳，你可记得我醉了酒说的话

亲手做一件属于你的婚纱

好了佳佳，别再揭开你心口的伤疤

你再坚持一下，它很快就痊愈了

算了佳佳，别再接听我酒后的电话

我再坚持一下，很快就把你忘了

…………

其实末冬末秋酒吧开业那天，佳佳来了，穿着白色礼服，没人认出她来，没人知道她曾经差点儿成为这家酒吧的老板娘。

老张敬酒到她面前，手心里塞给她一个小礼物。

不是戒指，是一个MP3，里面只有一首歌。

杯光盏影中，他们曾有过简单的对话。

佳佳拽住他的袖口问：如果我肯放弃爸爸妈妈呢？

老张反问她：如果我肯放弃音乐和这家酒吧呢？

…………

他把她的手指一根一根掰开，又把耳机轻轻塞进她的耳朵里。

他端起酒杯去给其他人敬酒，再回头时，位置已经空了。

自此再没有见过佳佳。

四个月的时间，老张瘦了十几斤。

哀莫大于心不死。

有些难过，难得难以言说，他没和任何人诉说。

不停地说服自己，又不停地后悔，潮起潮落，每天都是世界末日。

终于有一天，他得知了佳佳重新谈恋爱的消息。

据说不是父母安排的。

先是感觉有种终于解脱了的轻松，之后是翻天覆地的难过。

难过之后，他做了一个决定。

（七）

猛的一个颠簸，飞机落地了，跑道疾速后撤，机舱里的灯亮了。

我说：老张，我懂，你是想见佳佳最后一面。

他点点头。

我捣了他一拳，说：我明白你为什么非要拽上我了……你这个疯子也有脆弱的一面，拽我来当担架是吧——万一挺不住了就往我身上靠？

他笑：唉，老子这不是没倒吗？

他喃喃地说：老子现在都已经快放下了……

但是老张，我不明白的是，为什么咱们到了上海不去找佳佳，机场大门都没出就返程了？

还有，你怎么莫名其妙地就想通了，就放下了？

飞机靠在了停机坪，舱门打开舷梯接上，微凉的风灌进机舱，人们开始起身。

老张没有回答我的问题。

这个王八蛋慢慢地起身，仔细地整理好衣领，之后迈步，随着人流往外走。

我跟在他身后，看着他一晃一晃的肩膀……

机舱口处，老张停下脚步。

他侧过头，轻声说：也祝你幸福……再见，佳佳。

那个小空姐一下子红了眼圈。

她微微点了点头。

礼貌地微笑了一下。

▶ ▷ 游牧民谣·张晏铭《佳佳》

玩儿鲨鱼的女人

▶ ▷　她说：你知道吗？走遍了大半个地球，才明白这两个
字多么弥足珍贵。
我问是哪两个字。
她轻轻地说：担心。

你敢拿根棍儿去戳醒印尼巨蜥科莫多龙吗？

你敢在金塔纳罗奥淋上半个月的雨水，等待美洲鳄吗？

你敢坐着导航失灵的船漂在龙卷风肆虐的巴拿马海域，三次被雷劈吗？

你敢擎着两只冰镐高原攀冰，在四川阿坝州双桥沟挑战WL4高原冰瀑吗？

你敢在南美海域自由潜，用渔枪捕猎海底十大毒物之一的狮子鱼吗？

你敢冒着被顶翻船的危险，去拍摄求偶期的大翅鲸吗？

你敢潜入海底贴身拍摄牛鲨、虎鲨、大白鲨吗？

你敢潜入海底零距离拍摄大青鲨吗？

你敢摸着两头护士鲨哄它们睡觉吗？

…………

以上种种，我也不敢。

但我的朋友小芸豆敢。

（一）

小芸豆是我认识的最亡命的女人，亡命得不要不要的。

很久以来，我对她的评价只有一句话：姑娘，你真是条汉子！

也有人评价她是个长得像林黛玉的孙二娘，那人是拍电影的，叫冯小刚。

还有人评价她真的很漂亮，漂亮到懒得把自己的男朋友介绍给她认识，那人是演电影的，叫Angelababy（演员杨颖）。

小芸豆不是演员没演过戏，但她的彪悍事迹海了去了，秒杀很多狗血剧。

有一遭，她去北欧旅行，打电话回来和我聊天，气喘吁吁的，令人浮想联翩。
我问她是不是正在啪啪啪，若是的话希望她礼貌地挂断电话，尊重一下我这个
单身狗，同时大家友尽。

她操着温州话骂我，BBBB了半天……
然后气喘吁吁地喊：老娘刚捉了个强盗！打电话来和你分享一下！

小芸豆在挪威首都奥斯陆问路，找海盗博物馆。
白天的奥斯陆荒凉得好比大城乡结合部，好不容易遇到一个穿着帽衫的小伙
子，又高又帅，还很热情。
小伙子热情地指了路，又关心地询问了小芸豆的国籍、星座、行程，以及是不
是一个人来玩儿的……
然后，小伙子掏出一把小折刀，热情地抵在小芸豆的喉咙上。

小强盗拿走了小芸豆的包包，临走的时候两个人还客气地互道再见。
小芸豆旅行的履历丰富，几乎蹚过大半个地球，她懂得明哲保身有多么重要，
反正包里也没什么钱，就当是赈灾了吧。
但走出几步后，她猛地一刹车！
不对，我相机的存储卡还在包里呢！

钱可以不要，几千张世界各地的照片不能不要。她张开双臂转身狂追，火影忍
者一样。
一边跑一边喊：包！包！包！包！包！

她一着急，喊的不是英语。

小强盗停下来看了她一会儿，然后夺命狂奔，撞了鬼一样。

小芸豆是温州人，温州人管包不叫"BAO"，叫作"BO"。

"BO"连续发音的效果，你自行脑补一下。

两个人一前一后冲过街道冲过小巷翻过围墙跳过栅栏……

小芸豆给我打电话分享战绩时，小强盗也在，他趴在地上，小芸豆的脚踩在他脑袋上。

小芸豆让我和他打个招呼，我英语不好，半天才憋出来一句：How are you（你好吗）？

话一出口，我就后悔了，这句话说得太不人道了。

三月的北欧积雪未消，他的脸一定很凉……

他一定很后悔招惹这个娇小的中国小姑娘。

南拳，擅长短手连打，以小打大、以巧打拙、以快打慢、稳马硬桥、以声助威。

温州南拳的精髓更是力从根起，势势相连。

小强盗一定不知道，这个边吆喝边揍他的小姑娘，还是个温州南拳推马高手。

他一定也不知道，这个小姑娘练拳舞剑的镜头上过CCTV（中国中央电视台）的频道宣传片……

警察赶到时，小强盗的脸已经快被冻在地面上了，眼泪鼻涕流了一地，结了冰。

勇斗挪威强盗的事迹和图片，小芸豆当天就发了朋友圈，过了一段时间，她又删了。

我问她，这么珍贵的资料干吗要删？

半天，对话框里才蹦出来一条回复：怕有人会担心。

怕谁担心？

她没回复我，这丫头片子不知又跑到了地球的哪个角落，忙着折腾生命。

（二）

小芸豆胆大，胆大心细人好。

她的胸和她的胆子一样大，她的腰和她的心一样细，她的皮肤和她的人一样好。

和她相处是件愉快的事，她朋友虽多，却很懂得照顾别人的感受，大家都爱她。

有一次在上海小聚，一堆人在上海一号唱K。

有个北京来的姑娘闷闷不乐，她搂着那姑娘的脖子安慰了半天，又把我喊过去，说：大冰是个婚恋情感作家，懂很多人生道理，让他开导开导你。

我慌忙逃，呸啊！我是个野生作家好不好，鬼才是"婚恋情感作家"呢，搞得我像个鸡汤段子手似的。

没逃得了，小芸豆力气大，掐着我脖颈儿把我给提溜回来了。

那个漂亮姑娘面临的问题司空见惯：和男票（男朋友）性格不合，生活方式不合，相处得越来越不合，她不知如何是好了。

她一脸期待地看着我，等着我指点迷津。

我既不认识这个姑娘也不认识她的男朋友，我能给她出什么主意？我抿着嘴不说话……

小芸豆的手掐在我脖子上，收得越来越紧。

她常年攀岩攀冰，手劲儿忒大了，脖子快断了。

我只好胡诌道：

……女人看男人，一般看他的社会属性；男人看女人，一般看她的自然属性。

一般来说，这是最基本的男女关系定律，但如果完全按照这两种属性来处理男女关系，势必反受其害。同理，若两种属性之间出现了难以调和的矛盾，缘分也是难免早尽……

那个姑娘眼睛一亮，点点头，说她明白了。

明白什么了？我什么也没说啊！

…………

几个月后在网上看到了那姑娘的照片，以及和"国民老公"王思聪分手的消息。

我郑重声明：我什么也没说和我没关系不许微博骂我。

我给小芸豆打电话，搞什么搞？干吗当时不把人家的背景给我说清楚！

小芸豆奇怪地反问：干吗要说背景？管她是什么背景，她当时都只是个需要人关心的小姑娘而已。

小芸豆说，你是我朋友，她也是我朋友，朋友就是朋友，理应互相关心、互相担心，和背景没关系。

我觉得小芸豆说得很有道理！

我再次郑重声明：我什么也没说和我没关系不许微博骂我。

（三）

小芸豆是个称职的朋友。

她是个很乐于分享的人，她常年环球旅行，每到一个地方都给我发照片。知我俗务缠身，没太多机会踏出国门，她专门拍些罕见的美景给我看：北极圈的剑芒极光，南极大陆的活QQ，东非草原的撒尿大象，汤加15米长的鲸鱼，东京涩谷的童颜巨乳，马丘比丘的旭日阳光……

有段时间，我的电脑屏保图片每隔几天就换一张。

她人物拍得也不错，我最喜欢她拍的一组孩子的照片。她那时给国内某个山区小学筹备图书馆，每年定期亲自背书进山，连续背了五年……

其实小芸豆最擅长的还是潜水拍摄，她基本上拍遍了大半个地球，全中国拍鲨鱼拍鲸鱼数她拍得最多最好，也最近。

她没被鲨鱼给吃了，没被鲸鱼的尾巴给拍死，真是个奇迹……

总的来说，她是个"五毒俱全"的女人：独立的处世观价值观，独立的判断思辨能力，独特的人格魅力，独特的生活方式，以及很爱读书。

我曾不止一次跟人说过，你们都认为我是个旅行达人，但跟这个小娘们儿比，我那点儿旅行经历当真是毛毛雨。不夸张地讲，小芸豆若有一天提笔写书描述自己的经历，基本可以给中国当下的旅行攻略文学画个句号了。

我劝她写书，她和我打哈哈。

她说：我的旅行不过是我个人的生命体验而已，我还这么年轻，有什么资格这么早就来总结人生？这是对我自己不负责任，对读者也不负责，万一误导了大家怎么办？

她说，将来再说吧，四十不惑后再写吧。

我说：小芸豆你看，那么多比你还要年轻的人跑了一趟欧洲、美洲，去了几次尼泊尔、印度、东南亚，就能写出连篇累牍的人生感言，也没见有几个读者跳出来骂他们一瓶子不满半瓶子晃荡啊，虽然无营养，但也无害啊……

她说：他们写他们的，关你屁事？关我屁事？

她横我一眼，凶巴巴地说：大冰，你把安全带扣上，安全第一。

说这段话时，我们在上海，刚在地摊儿边吃完小烧烤，她开车送我回住处。

刚吃完东西就扣安全带，太勒得慌。我说算了吧，总共两三公里的路，用得着吗？

她不依，我不扣她就不开车。

她皱着眉头说：把安全带扣上，安全第一！

我扣上，又偷偷松开，她嘎吱一声在路边刹住车，弯曲手指关节，往我脑袋上栗凿。

干吗这么凶，至于吗？一根安全带而已啊。

小芸豆认真地说：不系安全带，万一出车祸，你死了怎么办？

午夜的上海马路荒凉，半天才慢悠悠地驶过一辆出租车，怎么看也不像车祸现场。

我说：小芸豆，你不是出了名的亡命吗？你担的这是哪门子心啊？
我开玩笑说：反正你朋友那么多，又不缺我一个，死就死了呗……
我说：行了赶紧开车吧，别担心了。
我喊：小芸豆，小芸豆……
小芸豆，好端端的，你发什么呆？

我吓了一跳，小芸豆，你怎么哭了？

（四）

小芸豆头抵在方向盘上，眼泪顺着尖尖的下巴往下淌。
一滴，两滴，扑簌有声。
从没见过她这副模样，我傻了，我说错什么了吗？
小芸豆，如果我说错话了我道歉，你别哭了好吗？你吓着我了。
喂喂喂，小芸豆，你怎么不说话？

良久，她才开口：
大冰，你问过我为什么要删掉挪威的那条朋友圈信息，我回复过你，怕有人会担心……

她说她删掉那条朋友圈信息时，人在火葬场。

（五）

小芸豆慌着一颗心，从北欧挪威飞到中国广西。

广西南宁火葬场。

左数第一个房间是个老人，第二个房间还是个老人，第三个房间是个年轻的80后。

他是小芸豆的朋友，潜水伙伴，潜友。

冰柜上放着透明塑料杯，半杯白酒。旁边的人说：小芸豆，他一直念叨着要和你再喝一次酒，看来没机会了……

小芸豆不作声，也没哭，端起酒杯。

第一次见他穿正装，西装笔挺的，看起来胖了点儿……哦，不，是泡肿了。

听说水太深，压力太大，内脏全压坏了，不停地涌血，出水后只能把喉咙切开，把里面掏空，怪不得领结扎那么高。

绕着冰柜走一圈，他睡得安详，化了妆，口红有点儿不匀，脸上隐约有水珠渗出。

小芸豆伸手敲敲冰柜……

她也不知道自己这个动作是什么意思，好像是在催他快点儿起床。

鼻涕和眼泪忽然止不住地淌了出来。

特别难受，从未有过的难受。小芸豆整个人趴到了冰柜上，她大声地问：到底怎么回事，怎么这么不小心？你不是个洞潜高手吗？那个洞又不是第一次下……为什么下那么深？到底什么原因？

他开始变得模糊，小芸豆用力地抹去眼泪，他清晰了又模糊，模糊了又清晰。

屋子里有音乐，不知是谁的手机，他最喜欢的乐队是"美好药店"，是一首"美好药店"的《奇物葬礼》。

小芸豆浑浑噩噩地挪着脚步，跟着他。

他的遗体被推去告别厅，小芸豆跟在后面，看着人们忙前顾后地换照片，换挽联，稀里糊涂地听着不知道谁在讲话，稀里糊涂地，告别会结束了。

当工作人员要把他的灵床推出去时，小芸豆回神了，扑上去扒开众人要看他最后一眼。工作人员拦住她，喊：眼泪不要滴在遗体上！请让逝者安息。

她蹲在火化室边上哭，四处弥漫着诡异呛鼻的气味。

一位脸生的朋友走来问：你就是小芸豆吧……

那个陌生的朋友说：我也是他潜水时的朋友，他常和我们提起你，夸你人好……还说你这个小妹妹最淘气，总是让人担心。

那个人拍了拍小芸豆的肩膀，轻声说：安全第一，别再让人担心。

（六）

小芸豆和他在迈阿密认识，一起学习CCR（密闭式循环呼吸器）。

他们是志趣相投的潜友，要好的玩伴。

他是洛南人，性平和，极爱笑，笑声很有特点，一笑眼睛弯成一道缝。

十多年前从农村来深圳打工，从销售做起，搏出来十几家连锁店。

他和小芸豆一样热爱生活，他爱玩滑板，爱滑雪，爱探洞，爱潜水，是WUD（国内技术潜水组织）的资深成员，2014年，他的洞潜深度刷新过中国纪录。

他还是个很会照顾朋友的人。

一帮朋友去南美旅行，小芸豆喝开心了，在古巴的大街小巷里打着赤脚疯跑，边跑边开心地唱歌。凋零的巴洛克建筑群，潮湿腥咸的海风，一个东方女孩旋转着疯笑……

小芸豆跑累了，一屁股坐在石板路上。

身后颠儿颠儿赶来一头大汗的他，手里拎着小芸豆的高跟鞋。

他见她没有被车撞死，很欣慰地呼出一口气，像个父亲一样。

他们一起去墨西哥考洞穴潜水执照。

墨西哥乱，新闻刚刚报道发现了49具无头尸。他担心小芸豆的安全，晚上出门时保镖一样护卫在畔。

小芸豆漂亮，路遇的当地人吹着口哨调戏她，以为她不懂西班牙语。

他清楚小芸豆的战斗力，却在小芸豆脾气爆发前把她死拖活拽地拉走。小芸豆给他黑脸，他傻笑以对，说：姑娘，闯荡江湖，安全第一。

他喜欢小芸豆，兄长式的喜欢，常说：如果我有个你这样的妹妹就好了，又懂事又漂亮又有本事，就是有时候有点儿疯……

其实，他疯起来一点儿也不亚于小芸豆。

有段时间，他在斯里兰卡的YALA（雅拉国家公园）拍摄金钱豹，住在野生动物园区的空地上，湿气重，他们几个老爷们儿住在吊床上摇摇晃晃，身旁燃着驱虫的树叶，各种款式的虫子嗡嗡地飞。

小芸豆去斯里兰卡潜水，顺路去找他喝酒。他高兴坏了，把《妹妹来看我》的歌词改成"小芸豆来看我"，逗坏了每一个人。

小芸豆你要来看我，请你不要走路来；路上的坎坷多，我怕崴着小芸豆的脚；

小芸豆你要来看我，请你不要坐车来；车上的流氓多，我怕小芸豆被人摸；

小芸豆你要来看我，千万不要走水路；船上的风浪大，我怕小芸豆掉下了河；

小芸豆你要来看我，千万不要坐飞机；飞机上老外多，我怕把小芸豆拐出国……

他拎着酒瓶子又唱又跳，舞神上身，吓得夜栖的动物扑棱棱地飞，人们费半天的劲儿，把他捆在了吊床上。

他的确是喝高了，趴吊床上自己晃，荡秋千一样，开开心心地唱了一晚上。

第二天起来，他奇怪地问众人：咦，我怎么被绑上了？咦，你们怎么都是黑眼圈？

小芸豆给大家带来了好运气，小芸豆一来，金钱豹就交配了。

园区向导说五年来只看到过两回金钱豹交配，这么珍贵的画面赶紧拍下来啊！

小芸豆的镜头不够长，听着旁边咔嚓咔嚓的快门声，她急坏了，她抢过他的相机猛拍，他让着小芸豆，像个被抢了玩具的哥哥一样，在一旁眼巴巴地看着。

他伸过脑袋来眼馋地说：拍吧拍吧，好好拍吧陈冠希……回头我把你拍的小黄片保存好发到网上……

小芸豆吼：闪开，你挡着我镜头了！

她一个侧踢，他飞了出去。

小芸豆光顾着拍照，不知不觉离得太近，他揉着屁股跑回来，把小芸豆往后拖回来一点点，压低声音道：安全第一，安全第一……

远处的金钱豹支棱起耳朵，少顷，换了个姿势。

....

小芸豆离开斯里兰卡时带走了那架相机的存储卡，她带着满卡的金钱豹照片满世界游荡，一直到了北欧的挪威，差点儿丢了，又迅速抢回。

小芸豆并不知道，斯里兰卡之行，会是他们最后一次相见。
....

广西都安大兴九墩北洞穴。

水深120米，8/70主气瓶，气体剩余0。

HALCYON H75一级头因为强烈碰撞外壳损坏，并卡有大量岩石。

这是一次意外。

那个兄长一般善待过她的男人停止了呼吸。

34岁，正是壮年。

（七）

上海的午夜静悄悄，路灯昏黄。

我陪小芸豆坐在车里，一包面巾纸用完，又是一包。

我劝小芸豆：小芸豆，我理解你的心情，我也曾经历过类似的情形，雪山上、峡谷里，要好的玩伴殒命……

她摇头，泪水甩在车窗上，清晰的点点水印。

他不是玩伴！她哭着说，他怎么可能仅仅是个玩伴……

她泪眼婆娑地看着窗外，猛吸一口气。

如果他只是个玩伴，那我早就已经死掉了。

（八）

小芸豆本应死在红海。

那是一次深海潜拍之旅。

他们三五个人在北非的苏丹上船，情绪高昂，满怀期待，毕竟这条潜水线路第一次有中国人来。上了船后才发现潜水船条件较差，气瓶密封圈有些老化。船已出港，开弓没有回头箭，况且，瑰丽的红海海底，可以拍出那么多惊艳的照片。大家都是热爱冒险的人，认真开完了安全会议后，决定不推翻原计划。

第一天没事，第二天也没事。是啊，哪有那么高的危险概率！只要下水前检查好装备，怎么会那么容易出事故？

小芸豆那时候注意力全在拍照上，每次出水后，她都恼怒地喊：你过来看看，你老是离我那么近，老是破坏我的构图画面！

他在一旁呵呵傻笑，不辩解，任她发脾气，他让着她。

事故发生在第三天。

第三天，小芸豆扑通一声跳下水，轻车熟路地下潜到30米处拍照。正拍得兴起，突然听到一阵异响，紧接着，声音越变越大。小芸豆心一揪，马上抬头，头顶上全是泡泡，越来越多、越来越密，沸水一样。

坏了，背后的气瓶出问题了，该死！下水前忘记检查了。

水深30米处爆瓶是件恐怖的事情，按照这个速度，很快就会没气！

她下意识地去看气压表，心里更慌了——气压瞬间从60帕降到50帕再到40

帕……

完了！不出意料的话，不到半分钟气瓶就会空。

原本瑰丽的红海骤然变得恐怖，安静得像一座巨大的坟墓。

小芸豆心一横，豁出去了！吸完这最后一口气，做紧急上升！

不紧急上升一定会死，紧急上升一定得减压病，严重的减压病一定死，但起码不会这么快……两害相权取其轻，她用力吐出肺里的气，准备上升。

她一边吐一边慌，如果我坚持不到水面怎么办？还是会死！

但不吐气又不行，上升过程中由于深度变化，水压会变小，不吐气的话肺会膨胀爆炸……依然是个死！

就在这时，小芸豆用右眼余光看到一个身影，还没等她从慌张中反应过来，胳膊被人拽住了，一只呼吸器恶狠狠地塞进她嘴里。

小芸豆一下子就不慌了，他来了！

他顶流而来，奋力挟着小芸豆踢水，两人共用一个呼吸器共生了十来米。

经过这么一通折腾，再呼吸时都有些急促。小芸豆看了下他的气压表，立马又开始紧张了。怎么搞的？他的气压显示为10帕！

只够一个人升到水面！

小芸豆猛地想起《夺命深渊》那部电影里的场景。

简直是一模一样，也是两个人共用一个呼吸器共生上去，也是气体不够两个人用！

电影里的女人产生惊恐，抢夺呼吸器，无奈之下男人一脚踹开女人……

那个男人没做错什么。

潜水救援第一课：人有权选择不去救援，首先要保证自身的安全。

小芸豆紧张地痉挛起来，她飞速地思索：他虽然和我要好，但也不过是有共同爱好的玩伴而已。这里是深海，不是陆地，深海有深海的生存规则，他实在是犯不着为了我搭上一条命……要不，我别拖累人家了，我自己松手吧。
一想到自己将永沉海底，她整个脊背都僵了，漆黑的，没有一丝阳光可以照进去的海底哦……

就在这时，手松开了！
小芸豆还没来得及松手，他先松开手了。
小芸豆心里咯噔一下，好的，他决定扔下我了……
扔就扔吧，不要踹我。

小芸豆盯着他面镜里的眼睛，盯着他的动作。
他松开手后，把呼吸器塞进自己嘴里，贪婪地深吸一口气……又把呼吸器再次恶狠狠地塞回小芸豆嘴里。
小芸豆愣住了，你不是要自己逃生吗，干吗又把呼吸器给我？

隔着清澈的海水，小芸豆看见他一手举高，吐气上升！
他把气留给了小芸豆，自己选择紧急上升。

傻瓜！
小芸豆一边上升一边骂，一边骂一边流泪，泪水融进海水，都是咸的。
傻瓜，干吗找死！对你来说，我有那么重要吗？
傻瓜，这里是苏丹，全球最穷的国家之一，没有减压舱，治不了减压病，就算能治，哪里能找到直升机送你去医院？就算能找到直升机，你难道不知道潜水后18个小时内无论如何不能坐飞机吗？

小芸豆安全上船时，已经哭得睁不开眼睛，她看到他横躺在甲板上，以为他快死了，跑过去捶他，边捶边骂。

万幸，他没死，只是轻微的减压病症状而已，他体格好，红海留了他一条命。

他喃喃地说困，说想睡会儿，说小芸豆你别哭了，也别吵了。

他费力地伸出手，敲敲小芸豆的脑袋，说：记住哦，安全第一，别让人担心。

他说：小芸豆，哭什么哭，你是我的朋友哦……

他渐渐睡着了，沉沉地打着呼噜。

小芸豆抱着膝盖，坐在一旁抽抽搭搭。

船在红海的碧波中轻轻摇荡，头顶是耀眼的北非阳光。

不是爱人，不是家人，只是两个死里逃生的朋友。

…………

（九）

我问小芸豆：想他吗？

她沉默了好一会儿，点点头。

我问小芸豆：那你以后还会继续拍照旅行、继续探险吗？

她挂着眼泪点点头，说：嗯。

她说：以前的小芸豆是什么样的，以后就还会是什么样的，该用什么样的方式去完成生命体验，我自己清楚……但接下来不论我怎么折腾，都一定会安全第一，不再让他担心……也不再让身旁所有的人担心。

小芸豆顿了顿，伸手抹干眼泪。
她说：你知道吗？走遍了大半个地球，才明白这两个字多么弥足珍贵。
我问是哪两个字。
她轻轻地说：担心。

她一边慢慢地发动汽车，一边说：大家总说相识容易，交心难。但如果不关心，怎么可能交心……人和人之间的关系应该是相互的，不管彼此身份差异有多大、性格差异有多不同，既然走到一起做了朋友，那朋友担心你，你也应该担心朋友，不然还叫什么朋友呢？

我拥抱了她一下。
小芸豆，我懂你的意思了，很高兴能和你当朋友。
小芸豆，我以后也会经常去担心你的，其实你挪威抓强盗那次我就挺担心你的，万一你一个小姑娘叫人给揍了怎么办……

她一把推开我。
她指着我的鼻子，用温州话凶巴巴地说：
Fei yu xu gu lei, de ou yu da ji a qi!

翻译成普通话就是：
少废话，给老娘把安全带系上！

（十）

写完这篇文章时，是凌晨，我在云南丽江，小芸豆在北太平洋。
她加入了一个摄制组，计划把一只体长80米、体重50吨的大王乌贼从深海吸引到水面拍摄。

我很怕小芸豆被那只深海巨无霸给吃喽。
因为我们都是热爱吃烤串的好青年，一起吃过许多次烤鱿鱼……

我摸出手机，想问个吉凶，电话刚一接通，小芸豆在那头劈头盖脸地冲我凶：
这都几点了还不睡觉？天天熬夜是慢性自杀懂不懂？你想猝死吗？！

我咽了一口唾沫。
隔着一整个地球，我轻声对她说：
好了好了，别担心……

▶ ▷ 游牧民谣·靳松《独自旅行》

凭什么

▶ ▷　有人说，每一个拥有梦想的人都值得被尊重。

可我总觉得，除了被尊重，人还需自我尊重。

真正的尊重，只属于那些不怕碰壁、不怕跌倒、勇于
靠近理想的人。

梦想不等于理想。

光幻想光做梦不行动，叫梦想。

敢于奔跑起来的梦想，才是理想。

…………

就像老谢那样。

我是作者，你是我的读者。

我曾给过你一个承诺：微博上每一条留言或@我都会看。

我确实做到了，我都看了，包括私信。

知道我都看到些什么吗？

平均每十条私信，就有一条是在抱怨人生的。

活不下去了，打击太大了，人生一片灰暗……

失恋、失业、失去方向，职场不如意、家庭不如意、人生不如意……

高考失败、国考失败、考研失败……还有四级考试失败跑来哭诉的。

你们把面临的问题码成字，发给我，希望我给你点一盏指路明灯。

谢谢你们信任我，谢谢你们看得起我。

但抱歉，我是个野生作家，不会写鸡汤励志小清新，不善于走暖男路线安慰你。

去他妈的心灵鸡汤，我这只有一碗江湖黄连汤。

（一）

2014年8月3号，云南地震，路断了电也断了，房倒屋塌。

震中是昭通鲁甸，以及巧家，那里是我的兄弟老谢的故乡。

当天晚上，千里之外的广西柳州，流浪歌手老谢举行了一场义演。

地点是广西柳州偶遇酒吧。

60平方米的酒吧挤爆了，一个流浪歌手，一把吉他，一个晚上共募得近10万元人民币。

钱捐往灾区后，老谢拒绝了所有媒体的采访报道，一人一琴悄然离去。

躲开掌声，他跑了。

整整一个月后，他出现在大冰的小屋门前。

第一眼我以为是个乞丐，第二眼我吓了一跳，老谢，你怎么憔悴成这样？！

我递他一罐风花雪月，他一仰脖，咕咚咕咚往喉咙里倒。

长长的一个酒嗝打出来，他憨笑：这才是家乡的味道。

柳州很好，但云南才是家乡，他想离家近一点儿，于是和往昔多年间一样，走路回家。

鞋底走烂了，就用绳子绑在鞋帮上。

1500公里，他一路卖唱，一步一步从广西柳州走回云南丽江。

义演募捐那日，老谢也捐了，他掏空了钱包，捐光了积蓄，甚至连一分钱路费也没给自己留下。专辑也送光了，每个捐款的人他都送了一张，人们并不知道那是他最后的财产。

何苦如此呢，当真一分钱也没给自己留下？兄弟，那你的理想怎么办？

他憨笑：没关系，大不了从头再来……

他说他已经习惯了。

我傻看着他。

他拍着右胸说：冰哥，你莫操心我，最穷无非讨饭，不死就会出头……

我还能说什么呢。

沉默了一会儿，我只能对他说：老谢，心脏一般长在左边。

（二）

老谢的理想，已从头再来了好多次。

不同的城市，不同的地方，不停地从头再来。

其中一次，是在多年前的珠海。

珠海，拱北口岸的广场。

半夜，露宿街头的老谢从梦中醒来，包没了，吉他没了，遭贼了。

流浪歌手不怕无瓦遮头，只怕吉他离手，吉他是谋生工具是伴侣是鞋，鞋没了路该怎么走？

慌慌张张寻觅了好几圈后，他蹲在广场中央生自己的气，攥紧拳头捶地。

一边捶，一边用云南话喊：我的琴！

地砖被捶碎之前，有个人走过来，把一个长长的物件横在老谢面前。

老谢快哭了：我的琴！

他搂着吉他，腾出手来翻包，还好还好，光盘、笔记本、歌本和变调夹都在。

那人说包和吉他是在海边捡的，还给老谢可以，但希望老谢给他唱首歌。

一首哪够，老谢给他唱了五首，五首全是民谣原创。

二人盘腿坐在广场上，地面微凉，对岸的澳门灯火璀璨，好似繁星点点铺在人间。

那人说：朋友，你的歌我都听不懂，你唱两首真正的好歌行不行？

老谢问：比如什么歌……

老谢被要求演唱《九月九的酒》，还有《流浪歌》。

流浪的人在外想念你，亲爱的妈妈

流浪的脚步走遍天涯，没有一个家

冬天的风啊夹着雪花，把我的泪吹下

流浪的人在外想念你，亲爱的妈妈……

那人闭上眼睛跟着一起哼，哼着哼着，皱了鼻子。

他忽然起身，连招呼都没打，走没影儿了。

过了一会儿，那人拎着一瓶白酒和半个腊猪头回来了。

他立在老谢面前，斜睨着老谢。

他说没错，吉他就是他偷的！

这一带管偷东西叫"杀猪"，但老谢这头猪实在太瘦，包里连张100元的整钱

都没有……

他说谢谢你给我唱歌，谢谢你把我给唱难受了，你敢不敢和我这个小偷一起喝

杯酒？

他说：你看着办吧，反正酒和猪头肉，是用你包里的钱买的！

他是东北人，背井离乡来珠海闯天地，天地没闯出来，反而蚀光了老本。眨眼

间他没了未来，没了朋友，也没脸回家，最终因为肚子饿无奈当了小偷。

从业不久，刚一个月。

半瓶酒下肚，小偷有点儿醉了，指着自己的鼻子说：不是所有坏人生来就是坏人，有些是被生活逼的。

他逼问老谢：你他妈的是不是瞧不起我？

他哈哈笑着，淌着眼泪说：你他妈为什么要瞧得起我……

又哭又笑，他最后枕着老谢的肚皮睡着了。

老谢也醉了，醒来时天光大亮，已是中午，小偷躺在身边，仰成一个"大"字，手里还攥着半只猪耳朵。

有人走过广场路过他们身旁，没人看他们，没人关心他们为什么睡在这个地方。

小偷惺忪着双眼坐起来，瞅瞅手里的猪耳朵，啃了一口。

他对老谢说拜拜吧，他要干活儿去了。

老谢试探着问他，能不能别再去偷东西了？生活不会永远逼着人的，不是说当过坏人就不能再当好人。

小偷爽快地说好，他伸过来油乎乎的手：你立马给我五万元钱，我立马有脸滚回家去当好人。

他嗤笑：哎呀我去，装什么犊子，你现在十块钱都拿不出来吧？

老谢咬着牙不说话，拖着小偷去找小餐厅。

老谢是流浪歌手，但只是街头唱原创卖专辑的那一种，并非饭店餐厅里点歌卖唱的那一类。

珠海，是老谢头一回破例。

·拍照片的人与我失散很多年，很想再次遇到你
·照片中的人，你长大了吗

◎ 愿你知行合一。愿你能心安。

◎ 无量天尊，哈利路亚，阿弥陀佛么么哒。

◎ 缘深缘浅，缘聚缘散，随缘即可，
不必攀缘，惜缘即可，不必攀缘。

大冰的小屋

◎ 没有任何一种生活方式是天然带有原罪的。

但任何一种长期单一模式的生活，都是在对自己犯罪。

明知有多项选择的权利却不去主张，那更是错上加错。

大冰的小屋刚开业的那一年

◎ 世界很大，有故事的人很多。
每个有故事的人都有一个共性：
他们有生活。

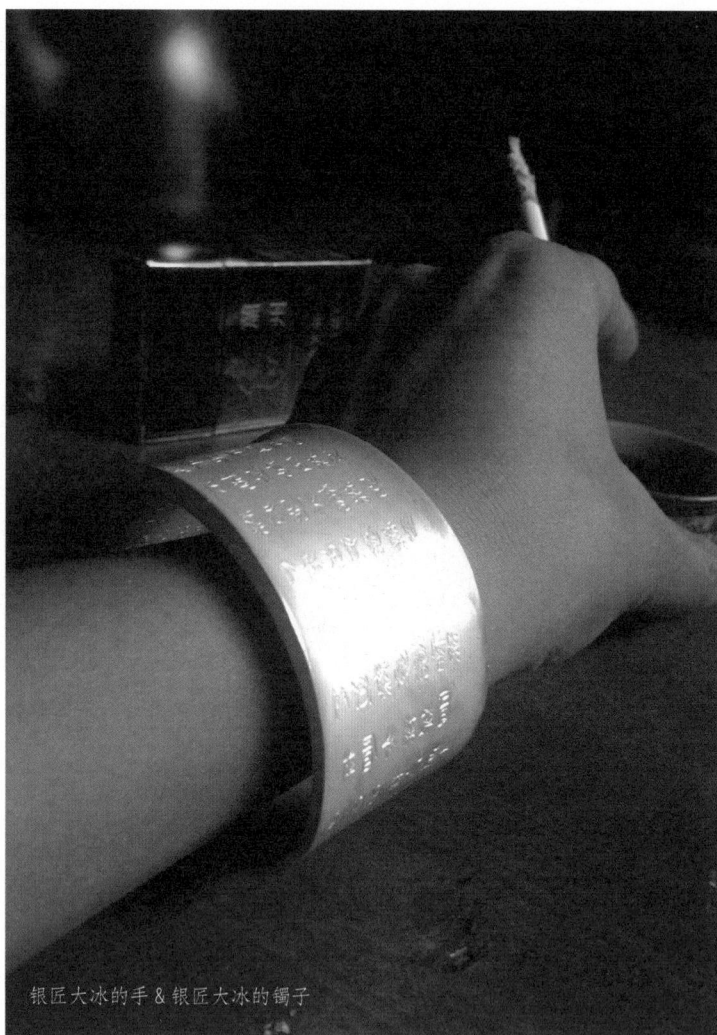

银匠大冰的手 & 银匠大冰的镯子

◎ 谁说有意思就一定要有意义?

◎ 诗难果腹养心肺，酒不解渴润平生。

◎ 到死之前，我们都是需要发育的孩子，
从未长大，也从未停止生长，就算改变
不了这个世界，这个世界也别想将我们
改变。

"先生，点首歌吧"这句话实难启齿，但看看一旁的小偷，他终究还是把话说出了口。

第一桌客人说走开，第二桌说走开。

第三桌客人酒意正浓，说唱吧，把我们唱开心了的话，一首给你五元钱。

唱什么呢？老谢看看小偷。

那几年网络歌曲风头正劲，流行《老鼠爱大米》，也流行《两只蝴蝶》。老谢拉着小偷一起合唱，老谢弹琴他打拍子，一开始他不情愿，后来越唱声音越大，几乎盖过了老谢。

半个小时后，客人给了一百元钱。

他们站在小餐厅门前，小偷捧着一百元钱发呆。

他猛地大喊：哎呀我去！早知道可以用这方法挣钱，我他妈何苦当小偷！何苦……

路人侧目，老谢扑上去捂他的嘴，手松开时湿漉漉一掌的泪。

小偷和老谢共同生活了一个月，吃住在一起，晚上睡不着的时候，唱歌聊天。

他们一起卖唱，小餐厅里、海边的烧烤摊、冷饮店门前，得来的钱一人一半。

一开始二人合唱，后来老谢只负责弹琴，小偷负责唱，他嗓门出奇地大，而且会唱所有的网络歌曲。

一个月后的一天，在初次卖唱的那家小餐厅里，老谢和他弹唱庞龙的那首《我的家在东北》。一遍唱完，明明客人没点，他却非要再唱一遍。

"我的家在东北松花江上……"

客人惊讶，他怎么抢过我们的酒端起来了？

他举起酒杯敬老谢。

走了！想明白了，也想家了，管他瞧不瞧得起，明天我就回家！

老谢送他去车站，站台上他死命地搂着老谢的脖子。

"你是我的纯哥们儿，纯纯的！"

车门关闭前的一刹那，老谢丢了一个纸包进去，报纸包着的，上面两行字：

五万元钱我没有，我只有13700元钱。

当个好人。

火车开走了，带走了车窗上挤扁了的一张脸，和老谢贴身银行卡里的所有积蓄。

13700元钱没了，几百次街头卖唱的辛苦所得。这本是老谢攒了许久，用来实现理想的。

火车开远了，老谢发觉自己还是有那么一点点心痛的。

他安慰自己，有什么啊？没什么，大不了从头再来嘛。

············

其实这段故事的句号，直到五年之后才被画上。

五年后，流浪歌手老谢在民谣圈有了一点点知名度，虽然理想依旧没有完成，依旧需要街头卖唱，但终于有一点儿资本展开全国巡演了。

规模不大，都是在民谣小酒吧里。

他的名气也不大，来的人能有三四十个，就已经很满足了。

2011年1月14日，南京古堡酒吧的那场巡演，来的人最多，几乎有二百多个，座位全部坐满了，不少人站着。

来的人出奇地热情，每首歌都热烈地鼓掌，不论是欢快的歌还是哀伤的歌，每首歌后都尖叫呐喊。

老谢一边弹唱，一边紧张。

这是怎么个情况？这些人有男有女，有穿西服打领带的，有黑T恤金链子的，打眼一看全都不像是听民谣的啊。

演出结束后，老谢的专辑全部卖光了，批发白菜一样，一个渣渣都不剩。

人们挤成团，找老谢签名握手，然后迅速全闪了，留下老谢一个人一头雾水地站在空荡荡的舞台上。

手真疼啊，这帮人握手的力气真大。

脚边不知何时多了几样东西。

一个厚厚的小纸包，一把价格不菲的新吉他。

一瓶白酒，半个腊猪头。

纸包是用的报纸。

那张旧报纸，老谢认识。

（三）

老谢的理想是什么？

老谢的理想，最初藏在4000斤沙子里。

那时他上小学，金沙江畔的二半山，没通车也没通电，没见过柏油路，没见过电灯，松明子夜夜熏黑了脸。

1994年的云南巧家县回龙村，村小学的屋顶摇摇欲坠，雨水淋垮校舍之前，村民从15公里外的集市背回水泥。

校长组织学生上山背沙，每个学生摊派2000斤沙，用背篓。

父母可以帮忙，如果乐意的话。

老谢的父母亲帮不上忙，他们早已逃走了。

计划生育工作组驻扎在村里，鸡飞狗跳，家被端了好几回。

为了保住腹中的小妹妹，父母逃到了江对岸，四川省宁南县的老木河水电站。

水电站的后山是彝族村寨，父母亲在那里开荒，种桑养蚕。

家里只剩老婆婆、老谢、妹妹和弟弟。

弟弟八岁，也是学生，也需要背2000斤沙。

两公里的山路，上学路上背，中午吃饭背。一次背30斤。

弟弟晚上开始趴着睡觉，说是腰疼，衣衫掀开，肩胛上已经压出了瘀血。

老谢九岁半，心疼弟弟，揽下了弟弟的份额。

没人奖励他，也没人夸他，山野贫瘠男儿早立，这是天经地义的事情，人们早已司空见惯了。

4000斤的沙子，老谢背了小半个学期，两公里的山路，每次背50斤。

上课时他不停挠头，痒，沙子钻进后脑勺的头发里，一待就是几个月。每天背沙子他走得最慢，每百步停下来歇一歇，胸闷，半天才能喘匀了气。

他想了个好办法，一边背课文一边前行，每一步卡住一个字。

日子久了，他发现最有用的是背诗歌，有节奏有韵律，三首诗背完，正好力气用尽，停下来休息。

江上往来人，但爱鲈鱼美。君看一叶舟，出没风波里。

"里"字念完，正好停下来喘气休息。

山野寂静，鸟啼虫鸣，远处金沙江水潺潺闪动，有些东西就这样在不知不觉中萌发了。
再起身荷重时，嘴里不知不觉念出来的，不再是课本上的文字。

山，这么高，我这么累，
山不会长高，我却会长高，
我长高了就不会累……

九岁半的老谢写出来的当然不算是什么诗，只能算造句，句子也不是写出来的，是被4000斤沙子压出来的。

（四）

学校修起来了，每个年级有了一间教室，后来还有了红旗和红领巾。
老谢毕业了，没来得及戴红领巾，他考上了初中。

当时小学升初中只考语文和数学，老谢考了178分的高分，考上了巧家县一中。这是一件大事，许多年来，整个村子没几个人上初中。
父母亲悄悄潜回来，带着省吃俭用存下的钱，以及一双运动鞋和一套运动衣。
父亲乐：我只上过三年学，现在你要上九年学了，谢世国啊谢世国，真没给你白起这个名字，你终于要见世面了。

松明子噼啪响，母亲穿针走线，运动裤的内腰里缝口袋，钱藏在里面。

老谢喃喃地念：慈母手中线，游子身上衣……

母亲抬头：你说的是什么？

又含笑低头：我儿子在念书……

母亲是彝族，生在宁南彝族山寨，17岁时被父亲用一头牛从山寨换来，没念过书，不识字，不知什么是诗。

她一生唯一在纸上留下的痕迹，是婚约末尾的红指印。

手印浅浅地压住一行字：谁反悔，赔双倍。

一年不到，老谢让父母失望了。

巧家县一中，同年级的人他最矮，最粗壮，也最穷。

宿舍每个月要交十元钱，他一年没吃过早饭，午饭一元，晚饭还是一元。

县城的孩子有闲钱，游戏室动不动五元、六元地投币，钱花光了，他们就勒索乡下的孩子，强行要钱，一毛、五毛、一元，有多少要多少。

反抗就打，不反抗就得寸进尺，有时还要搜身。

老谢从小干体力活儿，一个可以打好几个，他们几次勒索不成，愈发敌视老谢。

一日课间，他们擎着一个本子在教室里起哄。

我们班还有人写诗呢！

他们念：

小时候我总坐在家的门口

眺望山的那一边

有漂亮的玩偶和美丽的公主

长大以后，在这个不相信眼泪的世界里

孤独地走完四季

作者：谢世国

哎哟，还作者呢！还公主呢！这个公主是黑彝的还是傈僳的？吃洋芋还是吃萝卜？

呸！土贼，他们喊，养猪的还配写诗呢，你以为你是省城昆明来的吗？你以为你是北京来的吗？你以为你是外国人吗？

所有的孩子都在哄笑，不论是城里的还是山里来的。

不知为何，山里来的孩子反而笑得更大声。

老谢抢过本子撕成碎片，又把其中一个人打出了鼻血。

他追着其他人疯打，一直追到校门外，刚冲出门就被人绊倒了。

原来这是一场预谋，几个岁数大他一点儿的社会流氓摁住了他，抢起自行车链条，没头没脑地抽。

父亲找到老谢的时候，已是两个月后。

那时他已辍学出走，沿着铁路跑到了省城昆明，在凉亭村里当了搬运工。

凉亭村是昆明火车货运站所在地，老谢在这里当童工，上百斤的大米麻袋搬上搬下，一天10元钱。

成人搬运工是20元。

父亲找到老谢时，正逢午饭时间，别人蹲在麻袋旁吃饭，他趴在麻袋上铺开一张纸，正在写着些什么。

手腕粗的扁担拍在老谢脊梁上，父亲下死力打他，第一下就打出了血。

老谢跑，终究被打倒在麻袋堆里。

他举起胳膊抵挡，用攥着的那张纸当盾牌，他哭喊：我做错什么了？！我写诗有错吗？！

父亲不说话，只是一味打他，宗族间械斗一样狠心。

手被打青，失去了知觉，皱巴巴的纸片飘落。

上面的诗歌刚刚起了一个标题——《我来到了省城昆明，我可以有理想了吗？》

其实，童工老谢并没有真正去到昆明。

他去的昆明没有翠湖，没有春城路，没有金马碧鸡坊。

只有凉亭村的货运站，和货运站的麻袋堆。

（五）

老谢的理想真正发芽，是在1999年。

1999年发生了几件事。

老谢震撼了巧家县回龙村，老谢轰动了昭通教育学院，以及，父亲再次对老谢动了手。

震撼回龙村的，是老谢被昭通教育学院录取的消息，这是村子里有史以来第一个。

父亲买来带过滤嘴的纸烟，站在村口见人就发，女人也发一根，小孩子也发一根。

人们敬畏地接过他的烟，说不定，将来这会是个大人物的父亲啊。

山民对大人物的理解很质朴，能不靠在地里刨食的就算是大人物。

他们并不知道，昭通教育学院不过是中专，毕业的学生大多依旧要回到山村，一辈子当个乡村教师。

虽然只是中专，但昭通教育学院的生活也足以让老谢震撼。
首先是学费，4500元，全家人几乎集体去卖血。

其次是音乐，高年级有个乐队，留着长发弹着吉他，这简直是老谢活了十几年见过的最洋气的人。
乐队翻唱的是流行歌曲，老谢爱听，迅速地全都学会了。
他们夸老谢山腔山调嗓子好，老谢帮他们搬东西扛乐器，小杂役一样围着他们转。

他心想，我们应该是同类吧？我写诗歌，他们唱歌，我们的理想应该是一样的吧……
他渴望融入他们，渴望和他们分享自己的创作，但不敢直接拿着笔记本去当投名状。
老谢曲线救国，恳求乐队主唱教他吉他。
主唱答应了，但有个条件：他让老谢先买下他那把不用的二手吉他。

二手吉他卖300元，老谢没舍得买。
但一个学期后，他学会了吉他，而且明显弹得比主唱好。
300元他没有，但他有30元，小书摊上可以买好几本二手的吉他入门教材。小台球厅里有免费练习的吉他，只要他每天扛着扫帚去打扫地面。

那时候，他试着把写下的诗变成歌词，再套进和弦：

站在高山顶上放声吼吧

什么事都不去想它

到海边去看一看日出和浪花

自由的海鸥自由地飞吧

什么都不怕……

学会了吉他，乐队反而疏远了老谢。

他们甩着长发，在女同学面前说：老谢那模样像杀猪的一样，他弹的那叫什么啊？完全是野路子，他又不是明星，有什么本事还自己写歌。

他们也都还是孩子，或许在他们眼里，只要能发行专辑的，都算是明星。

老谢明白了，他们不是同类，一千多人的校园里，没人是他的同类。

万幸，他心想，我没和人们说起过自己的那个理想。

但老谢不明白的是，为什么只有明星才能写歌？凭什么长得不好看就没资格唱歌？

还有一件事情，他想不明白。

前途摆在面前：一个默默无闻的山区小学老师。虽然放下锄头拿起了粉笔，但还是要在大山里待一辈子。

没人敢不尊敬老师这份职业，老谢也不敢，但他不明白为何面前只有这一个人生选项：

凭什么我只能这么去活？

学院里能借阅到杂志，老谢时常在阅读室里发呆，为什么那些光鲜靓丽的人可以有机会走入丰富多彩的世界，为什么我这种金沙江畔的穷孩子就活该困死在穷乡僻壤？

这仿佛是两个世界，前者是主角，后者只能旁观。

前者轻易可以构设的人生理想，后者只能永生奢望。

世界是不公平的，他慢慢地明白，起点不同，人生的丰满程度就不同，谁让我穷呢，只能认命。

有时候他倔起来：凭什么只能过这样的生活，穷孩子就没权利做梦吗？！如果拿我全部的青春去赌一场呢？！

只是想要一个做梦的权利，只是想要一个选择的权利，只要肯让我去触碰一下这种权利，最后输了我也认了！

2000年6月的一个午后，老谢从阅读室的木凳上起身，收拾好书包，将面前的书籍小心地摆回书架，他轻轻地走了出去。

径直走，一直走出了校门，从此再也没有回头。

老谢的举动当时轰动了校园，有人说他傻B，有人说他牛B。

有人说他去了昆明，在呈贡的冷库里做蔬菜包装，裹着厚厚的军大衣，眉毛上一层白霜。

有人说他去了一个砖厂，打坯、码砖、烧砖、出窑，据说他的头发全卷曲了，窑里温度高。

父亲在砖厂找到老谢时，他正在推车，八分钱一车。

父亲抢起铁锨，他老了，力气小了，被老谢抱住了腰。

父子俩抱着腰，怒吼着，摔了一场跤。

父子俩瘫坐在泥巴地里，呼哧呼哧喘气。

老谢说：从小到大我没顶撞过你，今天也不是。我只是想自己选一次……

父亲坐在地上，满头大汗，他指着远处的高楼大厦，说：你不是生在那里的人，有什么本钱住进那里？人家有人家的皮鞋，你有你的草鞋，你为什么就是不安分？

老谢摇头，说他要的不是那种生活。他说：爸爸，我想当个诗人。

他给父亲念诗，诗念完了，他盯着父亲的眼睛看，换回来满眼金星。

父亲重重地抽了他一记重重的耳光。

父亲当然不知道什么是诗人，他听不懂老谢在说什么，也不想懂。

父亲走了。

父亲后来去过一次校园，把老谢所有的东西全部打包带走，连半张纸片都没有落下，每一样东西都是他的血汗。

过年时，老谢托老乡带了800元钱给父母，是他在砖厂挣的血汗钱。

他托老乡捎话：

爸妈，原谅我，我会好好挣钱养活你们，我也会自己挣钱去实现理想。

父亲把钱撕碎，撒在门外。妈妈一张一张捡起来，用米糊一张张粘好。

父亲一直没有消气，一气就是十年。

（六）

老谢的理想是一株草，十年才长了一寸高。

为了理想，老谢流浪了十年。

不是乞丐式的流浪，他有他的工作。

有时候他是个流浪歌手，有时候他是个工人。

他当过工人，当过许多次。
他打工攒钱搞创作，钱花完了就去工厂上班，他自幼苦出身，什么工种都啃得下。

深圳龙岗区五联村，他也当过金鑫鑫鞋厂工人，工种为补数，负责配对客服退货返单回来的鞋底，普工，工资300元，加班费一小时一元钱。
夜里他写诗、写歌，是全工厂最晚睡觉的人。

他在龙华、东莞、平安都当过工人……深圳深圳，到处都是工厂。
他在流水线上当工人，身旁的人永远一脸倦容，这里的人永远都睡不够。
他也睡不够，他有他提神的方法，一边忙碌一边琢磨歌词诗句，人瞬间就精神起来了。

他当过保安，当保安最好，值夜班可以拼命练琴，自由写诗……
他在一家手表工厂做保安，负责守门登记值夜班。
终究还是被开除了，有一次老板半夜开车回厂，他弹琴太投入，反应慢了一拍，福建老板骂人：赛连木（闽南语方言粗口）！滚！
老谢连夜被炒鱿鱼，保安服当场被扒下。

他进过跑江湖的民间草台班，原因很奇怪。
江湖草台班团租下电影院演出，他买票去看，这是他唯一能接触到的文艺圈。

台柱会搞气氛，会翻跟头，能跳到音箱上头倒立唱歌。

他倒立着逗台下的观众：谁敢上来帮我伴奏？弹琴也行打鼓也行，送一瓶啤酒！

老谢上台弹唱了《丁香花》，唱完之后被团长硬留下一起走穴，吃大锅饭，睡电影院。

草台班子分等级，团长、台柱是高级动物，睡化妆间，老谢是低级生物，睡舞台。

老谢负责弹琴伴奏，他力气大，后来也负责当苦力搬东西。

等级同样低的是脱衣舞演员，都是些来历不明的女孩子，不跳舞的时间蜷缩在角落里，低着头玩儿手机，谁也不理谁也不看。

草台班子专挑小县城的电影院，地头蛇有时来找碴儿，团长拽过一个跳脱衣舞的女孩子到他们面前窃窃私语一番……也不知他们在说什么，也不知他们一起干吗去了。

有一天，一个跳脱衣舞的女孩子蹲到老谢面前：听说你上过中专是吧？我也上过。

她说，听说你写诗？你说说看，诗都是说什么的？

老谢说，诗是努力在不美好的世界里捕捉美好，比如善良、理想、爱情……

女孩子笑出了眼泪，瞬间翻脸了，她骂：去你妈的美好世界！去你妈的！

她扯开胸前的衣襟，雪白的乳沟旁瘀青的指痕，她冲老谢喊：去你妈的美好！你个傻B死胖子！

女孩子脱衣服，跳到舞台中心脱裤子，一边跳一边脱一边骂：去你妈的美好！去你妈的世界！

她全裸了身体在舞台上旋转，眼泪鼻涕狂飙，旁边的人嬉笑着吹口哨。

女孩子疯掉了，草台班子团长带走了她，不知道送去了何方。

老谢去盘问团长，打了一架，被撵了出来，半年的工资没给结算。

临走时团长骂他：狗屁诗人！你离发疯也不远了！

没人呵护他的理想，也没有馅饼一样的机会从天而降。

他习惯了，压根儿不指望外界因为自己的理想而尊重自己。

唯一的机会，是来自老同学的善意邀约。

2003年"非典"那一年，当年昭通教育学院的乐队主唱联系老谢，说他在广州发展得好，在俱乐部当经理了，算是高管。

他在电话里说：老谢，其他同学全都回山里教书去了，闯出来的只有咱们两个，过去的事情一笔勾销吧，咱们要互相提携。你不是有个远大的理想吗？赶快来找我吧，我帮你一起实现。

当时老谢在琴行打工，白天练琴看店，晚上躺在钢琴底下的塑料垫上睡觉、写诗。老板怕他偷东西跑了，每天打烊后都从外面锁门，老谢大小便都用空罐头瓶子接着。

老同学要帮忙实现理想，真是开心死人，老谢辞掉了工作，按图索骥去了番禺城中村。

主唱隶属的公司很奇怪，公司里每个人都出奇地热情。

奇怪的是，公司租用的是民房，进门没有办公桌，全是地铺。地铺上的公司员工或躺或坐，所有人都穿着西装打着领带。

更奇怪的是，这里每个人都互相称呼经理。

老谢见到老同学，很兴奋地给他看自己写的诗和歌词，厚厚一笔记本。
当年的乐队主唱挡回他递过来的理想，拍着他肩膀说：别着急，理想实现之前，先吃饭！

饭是在公司里做的，地铺掀开，空出来的木地板就是饭桌，所有人围在一起吃。
米饭是糙米，炒莲花白，里面一点点肉。
老谢扒了两口饭，兴奋的心情怎么也平息不了，他端着碗跟主唱说：我边吃边给你背一下我写的诗吧。
他背在工厂里写的诗，背当保安时写的诗，他背了好多首，每一首都博得众人的喝彩。
从没听过这么多褒奖之词，这些人情绪真高涨，真是善于鼓励人，每句话都夸得人飘飘欲仙。
主唱的脸色却在变，一开始也跟着喝彩，之后慢慢苍白，到最后，他停了筷子，眼睛直勾勾地看着老谢，一额头的汗。

饭后，老谢兴致不减，非要给大家唱歌。他随身带着吉他，打工攒钱买的，和当年主唱要卖给他的那把二手吉他是一个牌子。
主唱盯着那把吉他，听着他的歌声发呆，副歌部分，主唱轻轻闭上了眼。
一首歌唱完，主唱忽然开口：老谢，咱俩下楼一起抽根烟。

旁边的人收敛起笑意，阻拦道：在屋里抽就行……
主唱的神情忽然多出来一丝紧张，他打着哈哈说：我们老同学见面，单独叙叙旧比较好，我想单独和他聊聊咱们公司的企业文化……

旁边的人慢慢围过来——饭都吃了，还是在屋里说吧，我们帮你做补充。

也有人说：聊什么聊啊，一会儿不是有培训课嘛，培训完了再聊嘛。

老谢奇怪地看着众人，什么培训？怎么回事？

主唱不再坚持己见，他引老谢到窗前，手插在裤兜里半天，掏出来一盒"广州湾"香烟。

他把烟递给老谢，老谢要拆开，他却示意老谢装起来。

他忽然用只有二人才能听懂的云南方言说：我身上什么都没有了，只剩下这盒烟。

他说：老谢，以前我对不起你，今天我也对不起你……你先别说话，等我把话说完。

他莫名其妙地呵呵笑起来，一边还亲昵地拍拍老谢的肩。

旁边的人竖着耳朵听他们聊天，看到他在笑，也都笑着松一口气，各忙各的去了。

主唱说：老谢，我记得你体育很好，跑得很快……

他说：窗口离门口不远，一会儿我一给信号你就跑，不要回头，不论发生什么都别回头。你相信我，只有这样今天你才不会被毁掉，你一定要相信我。

老谢的心怦怦跳起来，这是在干什么？

主唱愣愣地看着老谢，半天，他轻轻说：老谢，咱们都是穷孩子出身。真羡慕你的理想……

他猛地拽起老谢往门口的方向推去，口中打雷一样大喊：跑！

门在背后关上了，被主唱用脊梁顶住。老谢急急忙忙下楼梯，耳后只听得一阵阵喝骂声。

他慌着一颗心狂奔，跑出楼道，跑出小区，跑啊跑，几乎跑出了番禺。
累得瘫倒在路边时，老谢懊恼地发觉吉他忘带走了。
他没敢回去取，也不明白主唱为什么要他跑。

主唱自此联系不上，失踪了一样。
很多年后，从其他同学那里听说，主唱好像成了残疾人，重返家乡当了山区代课老师。
除了右腿骨折，他的右胳膊也骨折了，接得不好，没办法举筷子端碗，上课时写板书也颇为困难。
听说这个当年的乐队主唱，再没弹过琴。

那盒"广州湾"老谢没拆，一直留了很多年。

（七）

另外一次夺命狂奔，也是发生在广州。
老谢本应该死在广州。

火车站附近的一个水果摊旁，老谢卖唱。
路人扔一枚硬币，卖水果的递给他一块西瓜。一个好心的中年人走过来，告诉他在广州要唱粤语。虽然听不懂他唱的诗，但人们对他都很好。

最让老谢难忘的是一个捡垃圾的老人放下了五元钱。

放钱的时候，白发老人喃喃地说：我儿子也这么大了……

老谢收起吉他一路尾随他，想把五元钱还给他，终于追上时，是火车站后的一幢空楼下。

很多人，全是一帮捡垃圾的人。

有的在喝白酒，有的在吃捡来的饭，有的在抽烟屁股。这些人不是残疾人，也不是智障者，他们都很正常，全是老人，加起来有一千岁。

聊天后才知道，这些人来自贵州、河南、山东，是一群不想回家的老头。有的鳏寡孤独，有的被子女遗弃。

他们之所以流浪到广州，只是因为这里没有寒冬，不会冻死街头。

一个老人说，我们在等死，广州暖和，可以死得慢一点儿。

他指指旁边的老头，说：大家死在一起，不孤单。

他说孩子你走吧，别和我们这帮老东西待在一起，我们太晦气了，太晦气了……

开始下雨了，老谢走了，几十米之外，是高楼大厦的广州。

夏天的广州，大雨倾盆是家常菜，街头卖唱屡屡被雨水阻拦。

老谢想找个能唱歌的工作，他去了沙河桥的一家职业介绍所，紧挨着军区。

填完表格和资料，复印了身份证，他们说他什么工作都能找到。要找酒吧驻唱是吧，没问题，但不是广州市里的，周边县市的怎么样？

吉他他们留下了，介绍所经理说吉他就算是抵押物吧，将来付清手续费后再取。

老谢犹豫了一会儿，吉他留下了。

过了一会儿，一个手挎皮包的中年男人走进来，江西口音，他说上车上车，赶紧去工作了。老谢上了一辆车，窗玻璃是黑色的。

一车坐了十几个人，男女老少，还有几个大光头，都是大块头。

大块头们不说话，一车人都不说话，车摇摇晃晃，大家都慢慢睡着了。

车一个颠簸，老谢醒了，车玻璃是黑的，车里一片漆黑，他推开一点儿车窗透气，被吓了一跳。

天色怎么也快变黑了。

车开了这么久，这是要去哪儿？窗外哪有房屋建筑，全是树。

他本是山民出身，熟悉山路，车颠簸得这么厉害，明显是进了山。

老谢要找的是酒吧驻唱的工作，怎么被带到大山里来了？

他开口问那几个大光头，其中一个低声呵斥他：闭嘴！睡你的觉。

老谢合上眼，是喽，被骗了，如果没猜错的话，应该是要被带进山里的黑厂，砍树炼油当奴隶！

车速慢慢放缓，车里的人大都还在睡觉，几个光头却全精神起来。老谢眯缝着眼偷看……他们从后腰抽出了短棒和刀。

跑！必须跑，一有机会就跑！

老谢偷偷打量一下四周，暗自着急，大难临头了，怎么其他人都还在睡觉？

车终于停了，车门打开，两个大块头先行下车，剩余的三个站起身来凶神恶煞地喊：都他妈醒醒！老实点儿排着队下车！

老谢一个猛子蹿起来，炮弹一样往车门冲，打橄榄球一样撞翻了两个光头。

车门处他犹豫了一秒，扭头冲着车厢里喊：跑！

一秒钟的耽搁，车下的人棍子已经抢过来了，老谢侧身，砰的一声砸在背上。

这点儿力道算什么！有童年时4000斤沙子重吗！有少年时父亲的扁担狠吗！
坐了一天的车了，正好给我舒展下筋骨！
老谢浑然不觉得痛，他撞翻车下的光头，犀牛一样往山下狂奔。

追兵在后，棍子和刀子隔空掷来，还有石头。

他心里只有一个念头，跑！不能就这样困在这里变成一个奴隶！我必须自由地活着，我还有我的理想……
家乡贫瘠的山谷未曾困住我，巧家中学的嗤笑未曾困住我，教育学院的围墙未曾困住我，血汗工厂的流水线未曾困住我，世间的百般丑恶、世上的风餐露宿都不曾困住过我，跑！使劲跑！

边跑边伤心，伤心得几乎要哭出来。
这么大的世界，这么多的人，为什么不能给我这个蚂蚁一样的人一个机会，为什么不能让我好好地活着……
不能哭，一哭跑得肯定慢！
他想起那群捡垃圾的老人……
不能等死！我还年轻！我还有理想！

老谢跑完了山路，跑过了农田，实在跑不动了就走，实在走不动了，就躲进公路桥下的涵洞里。
他被卖到了广东省广宁县，从广宁一路逃到四会，再从四会市到三水市，又从三水到佛山。

四天后，他走回了广州。

广州沙河的职业介绍所里，经理吃惊地打翻了茶水。
他失声喊：你是怎么回来的！

第二句话出乎老谢的意料。
经理走上前来要和他握手，他热情地喊：人才！你是个人才！
经理说：我们这里就需要你这种人才，你跟着我们干吧，以后我还是2000元卖你一次，每次你跑回来就分你一半，干不干？

老谢说：我只想拿回我的吉他。

（八）

我曾说过这样一句话：愿你我带着最微薄的行李和最丰盛的自己在世间流浪。这句话指的不仅仅是我的兄弟老谢，指的是这个复杂世界里所有像老谢一样的老谢。

老谢的本尊，我是在北京认识的。
那时他第三次流浪到北京，在南城川子的酒吧驻场驻唱。

川子大胡子，成名曲是《今生缘》和《郑钱花》，人极豪爽，燕京啤酒七瓶八瓶漱漱口。

他捏着鼻子灌我酒，我边喝边问：哥，上面唱歌的那个胖子是谁？怎么长得像个土匪？

就这么认识的老谢，他的歌很怪，说不上来的一种怪。
他唱的明明是最普通的民谣原创，却总让人感觉是在读一篇散文，或者，一首诗。
明明是清清淡淡的弹唱，却每每勾得人莫名其妙地叹息。

有一天高晓松也在，他特意喊过老谢来，说了一句话：你的歌太悲哀，要多一些快乐的歌，这个时代需要快乐的歌。
我在隔壁桌看他们聊天，看到老谢憨笑，张了张嘴，过了一会儿，他才说了声"谢谢老师"。

我那时只知道老谢是个普通的歌手，并不知道他还是个流浪歌手。
我并不知道他藏而不露的理想。

我并不知道他那时已经走过了五十多个城市，一路边走边唱，一路攒钱，一路流浪。

贵阳市中心喷水池旁，他闭着眼睛唱完一首歌，一睁眼，琴包拿在城管手里，城管说：你再唱一遍好吗？不错，挺好听。
后来城管把琴包放下，走了。

昆明的南屏街，有人老远地扔过来一元钱。老谢捡着钱追着他跑，告诉他自己不是要饭的。

他说：不信，听我给你念首诗。

…………

南宁朝阳广场百货大楼前，有人蹲下来给他讲了半天营销学，他耐心地听，听完后问那人：你很孤独吗？送你张我的专辑吧，难过的时候可以听一听。

他的专辑是用网吧的麦克风录制的，电脑光驱里一张张刻录的。

那人道了谢，拿起专辑，少顷，鞠了一躬。

…………

南京新街口的地下通道，一个支着假腿的残疾人直接拔掉他的音箱，说抢了他的地盘。

老谢问能不能陪他一起唱，临走时，老谢没分钱，残疾人追出来，递给他一个苹果。

晚上经过一条街，一个东北的大姐把他扯进小屋，叫他挑一个姑娘。他说自己是歌手不是嫖客，大姐笑：哎呀妈呀，一把拉进一个艺术家。屋里的姑娘全都笑了。

他说：我给你们唱首歌吧，一曲终，一个姑娘抹着眼泪说：唉，忽然想家了。

…………

北京，中关村海淀黄庄，气氛很好，很多人坐在台阶上听，还有人鼓掌。一个自称是中关村男孩的人要赶他走，说这里是自己的地盘，他的歌迷等着他卖唱。

老谢笑着收拾琴包，旁人替他打抱不平，老谢拦，说：都不容易……

那时他在北京的卖唱伙伴有郭栋、王亚伟，王亚伟原本是个烤烤鸭的。两个人去鸟巢卖唱，走路回刘家窑，为了省路费，八个多小时生生走下来。

路过鼓楼时，两个人合买了一碗卤煮，吃掉二分之一，剩下的给郭栋带回去。

没能带回去，半路上忍不住吃了。

郭栋后来上了国家形象宣传片。

鸟巢附近，一个女人用她的结婚戒指换了老谢一张CD专辑。

她说这东西对她不重要了，相恋四年的男朋友和另一个女人好上了，边说边哭，眨眼跑了。

一个星期后，她又跑来说他们和好了。

老谢参加了他们的婚礼，唱了歌，也当了传送戒指的伴郎。

…………

长沙、武汉、杭州、上海、郑州……

珠海，他收留过一个小偷。

南京，他收到过一瓶白酒、半个猪头、一个纸包。

…………

珠海的故事其实发生了不止一次。

五十几个城市，每一个城市他都留下了故事。

当然也带走了一些东西：歌和诗。

老谢的许多故事，都是我们一起喝酒时，一点一滴获悉的。

酒是在丽江喝的。

那时候，他路过大冰的小屋，留下当了歌手。

说好了的，不是驻唱，他是个流浪歌手，终归还是要上路的。

小屋本是流浪歌手大本营，欢迎流浪歌手借着这个平台自力更生，但老谢在小屋不肯收工资，他只靠卖自己的专辑讨生活。

街头怎么唱，小屋里他就怎么唱，憨憨的，却又不卑不亢。

我尊重他的选择。

我也乐意给那个生长了足足15年的理想，提供一个避风塘。

（九）

流浪歌手老谢的理想是当个诗人。

他想出版一本诗集。

老谢长得黑，他不是一个肤浅的人。

老谢说他的理想藏在他的诗里，而他的诗藏在他的音乐里。

他唱歌，一路卖唱，一路卖专辑，一路靠音乐为理想攒钱。

他说他在画一个圆。

老谢的理想不停地生长，不停地夭折，不停地从头来过。

一半是造化弄人，一半是自找的。

云南鲁甸地震后，老谢为家乡捐出了所有的积蓄，再度成了个穷光蛋。

何苦如此呢老谢，那你的理想怎么办？

我想帮他，他拒绝了我。

他说我知道你是作家，有资源有人脉，也比我有钱，心意我领了……

我叹他做事不懂变通，不懂善巧方便。

他掐着一罐风花雪月，冲我憨笑：没关系，大不了从头再来。

他说他已经习惯了。

彼时老谢刚刚从柳州一路卖唱回来，风尘仆仆1500公里，走回来的。

我们蹲坐在小屋门前。

我傻看着他。

他拍着右胸说：冰哥，你莫操心我，最穷无非讨饭，不死就会出头……我只是不服，凭什么我自己的理想，我不可以靠自己去实现？

我还能说什么呢……

沉默了一会儿，我只能对他说：老谢，心脏一般长在左边。

…………

（十）

不奢望老谢的故事给你带来什么启迪，唯愿能帮诸君败败火。

老谢现在正在大冰的小屋，白天读书写诗，晚上唱歌，偶尔卖碟，一点点靠近理想。

其实从专业角度看，老谢的诗未必会多好，未必会成名成家，但他终究会是一个真正的诗人。

我擦，其实他现在就已经是了好不好……

但命运尚未停止对他的考验，他或许还要历经很多次"从头再来"。

最近一次"从头再来"就在上个月。

老谢的母亲切猪草时受伤，手指被齐刷刷切掉，右手，三根。

老谢给母亲治病，再次成了个一文不名的穷光蛋。

他的诗集再度遥远。

他是我的族人，将来有一天该出手时我自然会出手，管他乐不乐意。

前路且长，走着瞧吧。

有人说，每一个拥有梦想的人都值得被尊重。

可我总觉得，除了被尊重，人还需自我尊重。

真正的尊重，只属于那些不怕碰壁、不怕跌倒、勇于靠近理想的人。

梦想不等于理想。

光幻想光做梦不行动，叫梦想。

敢于奔跑起来的梦想，才是理想。

⋯⋯⋯⋯⋯

就像老谢那样，就像你我身旁许许多多个老谢那样。

好了，故事讲完了，其实不是故事，只是风雨江湖一碗汤，苦不苦？苦点儿好，你我已经甜得太久了。

若饮下这碗江湖黄连汤后，你依然自怨自艾⋯⋯

请一边大嘴巴子抽自己，一边回答以下问题：

你惨，你有老谢惨吗？

你坎坷，你有老谢坎坷吗？

你起点低，你有老谢低吗？

你资源少，你有老谢少吗？

他风餐露宿出生入死流浪十年都未曾放弃过理想，你凭什么轻言放弃！

你凭什么张嘴闭嘴就迷茫？

你凭什么受点儿挫折就厌世？

你凭什么指着理想说遥远？

你凭什么闭着眼睛说没有目标没有方向？

....

那些对尊严、勇气、善意、理想的追求，凭什么他可以，你就不可以？

凭什么他可以有梦为马、随处可栖息，你我就不可以？

来来来，说说看。

凭什么？

▶ ▷ 游牧民谣·老武子《忽然间》

▶ ▷ 游牧民谣·老谢《别纠结》

送你一只喵

▶ ▷　……其实，对于我们这种孩子来说，自暴自弃不过是
　　　　一念之间的事情，而挽救我们这种孩子的办法其实很
　　　　简单——一点点温情就足够了，不是吗？

难过时，无助时，落寞时，被命运的巨浪扔进人海时，你最想要什么？

一碗面，一根稻草，一个背后的拥抱，一个温暖的眼神……

或者一只喵。

谁会是你的喵？

你又是谁的喵？

（一）

有个小孩儿很可怜。

太丢人了，所有人都在看着他，看着他被妈妈拎着耳朵，跟跟跄跄往学校大门外拖。

小孩儿尽量低着头，能多低就多低，尽量小小声地喊：妈妈……

妈妈……疼。

妈妈一脚侧踹，牛皮鞋卷在肉屁股上，砰的一声闷响。

闭嘴！

下午两点半的天津市河北区增产道小学，正值课间休息，满世界跑来跑去嬉笑打闹的小学生。

跑过他们身边的，通通自动一个急刹车，一边惊喜地看着这一幕，一边脚下不自觉地跟着走。

受列祖列宗的基因影响，围观看热闹几乎已是种天性。

和父辈们一样，这些半大孩子或抱着肩膀或手抄着裤兜，老到地跟着当事人的移动轨迹踱步，却又老练地保持着最合理、安全的距离。

有些东西没人教，他们却早早就学会了，比如看热闹时的表情。

和父辈们一样，他们眯起两世旁人的眼，半张着嘴龇出几颗牙，挂起一抹笑。

妈妈的目光弹在那些浅笑上，又弹回到自己脸上，噼里啪啦，弹出一脸潮红。

该死……校门怎么离得那么远？

短短100米的距离，却走得人筋疲力尽，远得好像去了一趟塘沽。

终于站到学校大门外了。

妈妈放慢脚步，无声地喘了口粗气，掐着耳朵的手好像微微松了点儿劲儿……

小孩儿把头抬起一点儿，瞅瞅妈妈的脸色，再瞅瞅妈妈的鞋尖。

自行车铃在身旁丁零零地响，15路公共汽车拉着黑烟稀里呼隆开过眼前，白花花的天津夏日午后，纷乱嘈杂的成人世界。

小孩儿忽然央求：……妈妈妈妈，给我买只小喵吧。

妈妈：你嘛时候不打同学了，嘛时候再来和我提条件。（嘛，四声，天津方言"什么"的意思）

她沉默了一下，忽然暴怒起来，低吼道：你个倒霉孩子！你还有脸跟我要东西？！

小孩儿说：我不是故意的……他们都不跟我玩儿。

妈妈重新揪紧他的耳朵，把他提溜起来一点儿，一根手指杵在他脑门儿上，一下又一下地戳着。

人家为嘛不跟你玩儿？！不跟你玩儿你就揍人家吗？！土匪吗你！怎么这么横啊你！你还真是家族遗传啊你！

脑门儿上戳出白印儿，白印儿又变成红印儿。

小孩儿两只手护住脑门儿，隔着手指缝儿，轻轻嘟囔着：给我只小喵吧。

他抿着嘴，拧着眉，汪着两泡眼泪……火辣辣的耳朵，酸溜溜的鼻子。

买只小喵陪我玩儿吧。

毛茸茸的，软软的，小小的。

小小的小喵，一只就够了。

…………

掉了漆的绿板凳，小孩儿已经木木呆呆地坐了大半个钟头了。

他怯怯地喊：爸爸，给我买只小喵吧……

爸爸头也不抬地回骂一句：买你妈了个B！

爸爸在忙。

满地的玻璃碴儿，镜子上的，暖水瓶上的，电视屏幕上的。

爸爸撅着屁股蹲在一地亮晶晶里，忙着撕照片。一张又一张，一本又一本。

一本相册撕完了，又是一本相册。

结婚证早就撕开了，还有粮本和户口本。

妈妈呢？妈妈不知去哪儿了，妈妈摔门的动静好像点炸了一个炮仗，小孩儿被炸起了一身的寒毛，良久才渗出一脊梁冰凉的汗。

汗干在背上，把的确良的校服衬衫粘得紧紧的，小孩儿被包裹其中，紧绷绷的，一动不动。

天已经黑了，家里的灯却没有开。

他不敢开灯，摸着黑找到自己小房间的门把手。邻居家的饭香隔着纱窗飘过来，是烧带鱼和蒸米饭吧……他咽咽口水，背后只有刺啦刺啦撕照片的声音在响。

他试探着喊：爸……

砰的一声巨响，爸爸摔的是手风琴吧？噢……那以后我可以不用再练琴了吧？

心怦怦跳得厉害，门被轻轻打开，慢慢关严，他使劲地抵在门背后，大口大口地喘气，喘了好几口才终于喘上来。

孩子不是成人，头顶的世界没那么大，无外乎老师同学、爸爸妈妈，无外乎学校和家。

成人在成人世界中打拼挣扎时，时常会因挫败而沮丧无助，进而厌离心生或心灰意冷。

但我想，若无助感像疼痛感一样可以分成十二级的话，成年人再无助也难逾越一个孩子的无助感。

孩子不是成人，眼里的世界就那么点儿大。

一疼，就是整个世界。

关于九岁的记忆，大多数人都淡忘了吧？

对于那个孩子而言，九岁却是永生难忘的。

九岁生日的早晨，当他饿着肚子醒来时，他得到了一份特殊的生日礼物。

不是一只软软的小喵，是一个坚硬的消息。

爸爸妈妈要离婚了。

（二）

新家，新卧室，新床。

新床单的图案是一些小动物在海上航行，狗、马、大象……没有猫。

每天放学，小孩儿把自己搁在床上，不肯出门。

卧室门外是个难以理解的次元，他怎么也想不明白，为什么别人家都有爸爸妈妈，而自己只剩妈妈了呢？

他开始失眠，开始控制不住自己的脑袋，他摸着床单，不停地胡思乱想，陷入一环套一环的洞穴中不能自拔。

同时控制不住的还有自己的拳头，学校干架的次数愈发多，天津王串场增产道本是出大耍儿的地方，但就算是这么个卧龙宝地，所有人也都说他是个罕见的战斗儿童，易怒、暴力，随时随地乱发脾气。

没人喜欢和他说话，除了妈妈。

妈妈和他说话也总没有好气儿，看他的眼神也总是忽冷忽热。

他不知道自己做错了什么，她也不知道自己做错了什么。

每天只有一个时间她是和蔼的，每天凌晨之后、清晨之前，她将醒未醒时最温柔。

小孩儿熬夜等着凌晨来临，抱着枕头跑到妈妈的房间，贴着妈妈的脊梁躺下。

妈妈妈妈……

他抱着妈妈的后背小声说：给我买只小喵吧。
声音太小，妈妈迷迷糊糊地未醒，听不清。
她翻一个身，搂紧他，沉沉睡去。

这些话白天是不敢说的，妈妈是个爱干净的人，不喜欢带毛发的东西。
他用力把自己挤进妈妈的怀抱里，从1默数到1000，然后依依不舍地离去。

失眠加熬夜，小孩儿的暴力倾向越来越强，从每天打架演变成每个课间打架，
几乎成了一种病态。
老师和妈妈把他送到了天津市儿童医院，她们怀疑他有病。

大夫开始问问题，一些稀奇古怪的问题。
他问：世界上最小的鸟是什么鸟啊？
小孩儿愣愣地看着大夫，说：小鸟……
小孩儿最终被确诊为多动症儿童患者。

很多药，处方药，拿病历才能买到。
小孩儿开始吃那些治疗神经病的药，药吃了很久，脑子越变越慢，架倒是打得
少了，但一打起来反而比之前更暴力，不见血不算完。
满脸鼻血的孩子在前面哭着跑，他扬着拳头在后面追，旁人只道他是狰狞的，
没人知道他是恍惚的。
有一天，追打途中他晕倒了，眼前一片白，身体没有了任何知觉。
醒来后躺在妈妈怀里，妈妈在哭，撕心裂肺的那种，从此停止了给他喂药。
打架就打吧，随他去吧。
妈妈不再管他。

妈妈带着他过单身生活，过了很久。

有一天，妈妈出奇地和蔼。

妈妈平静地说，她要出差几天，让小孩儿先搬到奶奶家住。

小孩儿自己收拾好行李，出门前却被妈妈喊住，她看了他很久，说：走之前，妈妈带你出去玩儿一天吧。

妈妈拽下他的行李扔到一边，带他去吃麦当劳，带他去北宁公园玩儿。

小孩儿那时在生病，腮腺炎，脸像包子。

妈妈对包子说，北宁公园里还有哪些设施你没有玩儿过？跟妈妈说，妈妈今天全带你玩儿一遍……

妈妈带他去买衣服，买了春夏秋冬各季的很多衣服。

买完童装又买少年装，甚至买了一身西装……一大编织袋的衣服，足够他穿好多年。

妈妈发疯一样地花钱，从百货大楼到劝业场，她拖着他跑，好像在和什么东西赛跑。

小孩儿跑着跑着哭起来，一开始小声哽咽，忽然号啕大哭起来。

妈妈……我要死了。

他哭着喊：我高兴得要死了……妈妈你是喜欢我的！

他仰着包子脸说：妈妈我知道你要走很久，抽屉里的护照我都看见了，外国字的邀请信我也看见了。

他掏口袋，掏出一本护照递给妈妈。

一同掏出来的还有一盒火柴。

妈妈，我本来想烧了护照不让你走的，我舍不得你。

可是，我知道了妈妈是喜欢我的……我也喜欢妈妈，所以妈妈走吧，不管走多久我都喜欢你。

妈妈改签了机票，改签了几次，终究还是走了。

人生中第一次去飞机场，是给妈妈送行。

安检口外，妈妈抱着他的脑袋，哭得快昏厥过去。

小孩儿挣脱怀抱，远远地跑开，他站在熙攘的人流中大声喊：等我长大了，我找你去啊！

他喊：妈妈，不要生别的小孩儿啊！

妈妈消失在安检口。

小孩儿慌慌张张往回跑，眼泪鼻涕滴滴答答沾满胸前，同行的亲戚拦住他，他哇哇大哭，冲着安检口里喊：……可是，我想你了怎么办？！

北京机场回天津的一路上，他都在哭。

回到奶奶家时，小孩儿几乎已经哭崩溃了，迷迷糊糊的，只是一味地抽泣。

他摸回自己的新卧室，伏在熟悉的床单上。

身下好像压住了一个陌生而柔软的东西……

他翻身起来，只看了一眼，泪水便再次噼里啪啦往下落。

小喵！

他紧紧地抱住它。它睡眼惺忪地打了一个哈欠，之后温柔地看着他。

毛茸茸的，软软的，小小的小狸猫。

小喵，小喵，我的小喵……

他抱着它在屋子里打转，又哭又笑，满脸冒泡。

（三）

小喵陪了小孩儿许多年，家人一样。

它对小孩儿很好，从没挠过他，两条小生命夜里搂着睡觉，再冷的冬天也熬得过去。

有时候早晨小孩儿醒来，常看到小喵睡得仰面朝天，肚皮一起一伏。

他再没失眠过。

他吃什么小喵就吃什么，有肉吃肉，有菜吃菜。

有段时间他饥一顿饱一顿，小喵溜出门去半天，拖着长长一条死蛇到他面前。

小孩儿吓得蹦到柜子上嗷嗷叫。

蛇是小蟒蛇，隔壁家的宠物，当然吃不得，但这么大的一条长虫，它是怎么搞掂的？

都说猫傲，但小孩儿喊它的时候它会理他，一召唤就到。

有时夜里小孩儿想妈妈，哭着惊醒，怀里总不是空的，小喵的脑袋毛茸茸地蹭在脸上，吸泪安神。

他出门时把它驮在肩上，它老老实实地蹲着，爪子轻轻抠在衣服里，并没有弄疼他。

驮来驮去驮成了习惯，他去哪儿都带着它，直到它慢慢长大，保持不了平衡。

小孩儿16岁时，爷爷奶奶要卖房子，他搬了出来，拖着一床被子一大箱子衣服，带着小喵。

床单是从小睡惯的，衣服是妈妈买的。

小喵是他的，他也是小喵的。

偌大的天津，嘈杂的市井，一个小孩儿一只小喵，相依为命。

小孩儿需要吃饭，也需要让小喵吃饭，他借了张18岁朋友的身份证，跑去天津滨江道步行街上班。

他租住在沈阳道的一所老宅里。坑坑洼洼的老木地板，房东刷过厚厚的红油漆，油漆年久剥落，愈发坑坑洼洼。

他坐在木地板上拉手风琴，拉《赛马》，拉《喀秋莎》，小喵蹲在一旁伸懒腰，早晨的阳光铺满房间，小喵是带金边的。

他对小喵说：你看咱哥儿俩……哎呀，真浪漫！

一曲拉完，穿上工装，抱着小喵就跑，一是赶着上班，二是躲着房东老太太催房租。

第一个月的工资被扣在店里了，第二个月才会发工资到手里，不躲不行。

好在天津是个市民城市，包容度高，店里允许他带猫上班。

小孩儿每天的工作就是在门口鼓掌。

一边鼓掌一边喊：您老看一看，您老瞧一瞧，新款到店就打折，优惠少不了……

后来他学聪明了，抱着小喵在店门口摆pose，路人被小喵的憨态吸引，他一步一步把客人引到店里去。

每月1100元钱的工资，算是他和小喵一起赚的。

同事中的年轻人下了班喜欢一起喝扎啤吹牛B，喊他他不去，喊他砸红一他也不去，喊他打《传奇》（一款网游）他也不去。他有他的家庭生活，小喵等着和他一起看电视剧。

他们都爱看古装剧，他歪在破沙发里，小喵歪在他腿上，面前一个盘子，半盘子老虎豆，半盘子小鱼。

鱼是小死鱼，花鸟鱼虫市场一元钱一大兜子，用棒子面裹着在小锅里煮熟，小喵最爱吃。

看完电视剧，一起下楼练滑板，他摔得龇牙咧嘴，小喵蹲在一旁叫得幸灾乐祸。

滨江道小雪飞扬，冬天来临。

可他没有过冬的衣裳，妈妈当年给他买了好多衣服，但只顾了他的身高，忘记了青春期的孩子会长胖。

他想给自己买一件衣服，他当时认为那是这个世界上最洋气的品牌。

那个牌子叫G-STAR（欧洲时尚品牌），850元，他犹豫了整一个月才买下那件棉袄，剩下的钱不够吃饭，只够喂小喵。

小孩儿决定拓展自己的事业，进军零售业市场。

滨江道有很多老头老太太摆地摊儿，他加入他们的行列，卖起了槟榔和袜子。

冬天卖袜子，夏天卖槟榔。

下雨卖雨伞，刮风卖口罩。

夏天热成狗，冬天冻成球。

城管来了跑，东西没收就哭。

小喵乖得很，天天陪着他摆摊儿，袜子堆里睡大觉，经常把伸手翻袜子的客人吓一大跳。

袜子用床单铺在地上,城管来了卷起来抱着就跑。

袜子卷在床单里,小喵也卷在床单里,床单是从小他和小喵一起睡惯的那一条,现在派了大用场。

他图省事,新床单买来之前,夜夜抱着小喵睡在光板褥子上。

慢慢地,床单磨得破破烂烂,一个四方形的床单两边出来了两根布条。

他发现,如果直接拉起来两边的布条,就可以把四个边角全拽起来,这样就像一个网兜一样兜住所有的货,拿起来就可以跑,完全节约了收摊儿的时间,简直一秒钟就可以完成逃跑前的准备。

后来,整个滨江道摆摊儿的全用上了他发明的四角兜,恨得城管牙根痒痒。

更恨人的是,每回他逃跑时,床单包裹里都伸出个猫脑袋,高一声低一声地冲背后的城管叫,像挑衅,又像骂街,人跑远了,骂街的余音袅袅。

也遇到过流氓找碴儿。

三十多岁的人了,拿了东西不给钱,小孩儿理论,他们抬手就是一个嘴巴子,肩窝里咚的一拳。

小孩儿给打急眼了,抡起马扎子拼命,毕竟势单力薄,被打得滚藏在路旁的车底下。

流氓临走时骂:以后见你一次打你一次!

他躲在车轮后面还嘴:好!如果你不打我,你是我儿子!

一回头,小喵挨着他,一起躲在车底下,一起瑟瑟发抖。

小孩儿那时候认识了一个老师,教吉他的,50元钱一节课。

小孩儿那时的人生目标只有两个:自己和小喵能吃饱,自己能学会吉他,将来靠音乐吃饭。

吉他课一周要上四节，他每天和小喵一起摆摊儿的时间越拉越长。

天津冬天冷死狗，他手坏了，全是冻疮，练琴时速度跟不上。老师骂他不专业，让他平日里戴手套保护好手。摆摊儿是苦差事，寒冬腊月也要出摊儿，不然吃什么？学费拿什么交？

要摆摊儿就不能戴手套，戴手套怎么找钱？手不摸钱的话容易收到假钞。

半个冬天过去，他的手烂掉了。

狗会舔人手，没想到猫也一样。

摆摊儿时，小喵凑过来，脑袋搁在他手上。

小喵的舌头是粉红色的，麻酥酥的，它一口一口舔着他手上冻伤的地方。

他看着小喵舔他的手，腾出一只手来抚摩小喵背上的毛，它岁数很大了，毛色已没有那么光亮……

有人影挡住了路灯的光，他以为是客人，赶忙抬头招揽，话却卡在嗓子眼里，又咽了下去。

吉他老师领着孩子站在面前，应该是路过。

老师傻了一样看了他半天，他怎么也没想到自己的这个小徒弟是个摆地摊儿的。

半晌，老师被自己的孩子拉走了。

小猫还在舔他的手，他看着老师的背影，先是尴尬，后是羡慕。

老师的孩子穿得很暖和，揽着爸爸，戴着漂亮的毛线手套。

应该是他妈妈给他织的吧？厚厚的，一看就很暖和……

一周后，老师对他说，自己想在建昌道开家琴行。

老师客气地问他：愿意不愿意来琴行上班，这样既可以练琴，又能挣工资。

他搓着手，高兴得不知如何是好，一不小心搓到了手上的伤，疼得倒吸冷气。

老师用一种复杂的眼神盯着他瞧……

老师指着他怀里，说：你来琴行上班时，可以带着你的小喵。

（四）

几年后，小孩儿艺成，他当过婚庆歌手，也当过店庆歌手，还当过夜总会歌手。不论去哪儿上班，他都带着小喵。

后来他写歌，出专辑，开始了全国巡演，上过中国摇滚先锋榜，也登上过迷笛音乐节的主舞台，不论去哪儿，他都带着小喵。

又过了几年，小孩儿独自游荡到云南丽江，留在了大冰的小屋当歌手。

小孩儿叫王继阳，1989年生人。

王继阳是个水瓶座奇葩，笑起来像只猫，他津门市井中长大，方言像煎饼馃子一样，一套一套的，总能逗得人哈哈大笑。

他的主打曲是《小猫》，原创音乐，客人们很喜欢，几乎每天都点这首歌，高潮处和他一起合唱：喵喵喵喵，喵，喵，喵，喵喵……

南腔北调，一屋子猫组团叫春一样。

春节，王继阳和我一起过的，在我丽江的家中，和我爸妈一起包饺子。我妈发压岁钱红包，递给我一个，也递给他一个。

他愣了半天才接过来，摩挲在手中，财迷一样反复地瞧。

我说哎哟，怎么着，嫌少？

他说：岂敢岂敢，只是很多年没收到过压岁钱而已，一时高兴得不知如何是好。

他非要去给我妈磕头谢恩，我把他薅到一边剥蒜去了。

我那时并不知他是个无家可归的孩子，已经许多个春节没人给他发压岁钱红包了。

也并不知道许多年来和他相依为命的，是只小喵。

春节过后。

春末的一天夜里，王继阳唱完《小猫》，毫无征兆地向我辞行。

他抱着吉他，笑嘻嘻地对我说，他要滚去厦门了，不回来了。

王继阳曾背着吉他陪我横穿过整个中国，从海南岛到新疆石河子，八千里路云和月，大家有战斗友谊。

我对他说：你要走我不留，但我很舍不得。

他想了一会儿，说：那就留给你一个关于小喵的故事吧，算是送你个念想。

…………

故事讲到一半，他停下来抽烟。

手是抖的，打火机几次都没打着火。

他却笑嘻嘻地说：唉……小喵后来死了。

他的脸是笑着的，手却是抖着的。

他断断续续，自言自语道：

我以为谁都可以离开我，只有它不会……可它终究变成了一只老猫，趴在我的脚面上，再也跳不上我的膝盖。

我把它抱起来，它看着我，慢慢地闭上了眼睛，死在了我怀里。

它最后一次看我的眼神，和它第一次见到我时的眼神是一样一样的，很温柔哦。

…………

我抱了它很久，舍不得把它埋进土里。

我拿出一件我最心爱的衣服把它包了起来，爬上一棵最高的树，把它放到了树权上。

那件衣服是妈妈很多年前给我买的，是件西装。

那棵树种在我家门前院子里，每天出门一抬头就能看见它。

…………

忘不了小喵最后的眼神，好像是它的使命完成了，很累，也很欣慰。

是我太娇情吗？我怎么忽然发现自己已经不是个孩子了？我惊讶地发现自己居然长大了！

我去！有意思！我居然好好地长大了！

谢谢小喵，从当年它来到我身旁的那一天起，我就再没和任何人打过架……

如果没有它的陪伴，或许我早已当了马仔小弟拿安家费了，或许我早已蹲在监狱里啃窝窝头了，或许我不会去自力更生努力挣钱，也不会有心思弹琴唱歌搞音乐。

我不知道我算不算好人，但最起码我没变成一个坏人。

说这番话的时候，王继阳没有看着我，他在自言自语。

他继续自言自语地嘟囔着：……其实，对于我们这种孩子来说，自暴自弃不过是一念之间的事情，而挽救我们这种孩子的办法其实很简单—— 一点点温情就足够了，不是吗？

（五）

王继阳一个人长大，小喵陪着他。
就像他说的，因为有了这一点点温情，他起码没变成一个坏人。

他当下是个小有名气的民谣歌手，待人很幽默亲和，大家都喜欢他，也有人讨厌他，嫌他有时候絮叨、爱自说自话、自言自语，完全不管别人有没有在听。
讨厌他的人或许不知道，很多年来，他每天说话聊天的对象，只有小喵。
他只是改不了这个习惯，虽然小喵已经死了好几年。

小喵死后，他曾伤心过数年，曾一度背着吉他天涯浪荡，万幸，也没变成坏人。
他曾在许多地方驻足，采风写歌。
浪荡到西北时，在甘肃天水市白驼镇下车……发心动愿，一把吉他跑遍中国，帮扶了一所岌岌可危的山区小学。他刚开始在我的小屋里当歌手时，卖自己的专辑卖得很卖力，当时我并不知卖碟的钱中的一大部分，是攒来给他的孩子们买面粉的。
后来辗转得知，天水市白驼镇化岭村小学感念他的善举，非要让他当名誉校长，还要改名叫"继阳小学"。提起这所千里之外的山村小学，他开玩笑说：我算个狗屁校长，我才读过几天书啊，帮助过那所小学的人有好几个呢……我只是我孩子们的小喵而已。

停了停，又说：他们也是我的小喵。

那个学校有63个孩子，63只小喵。
关于王继阳和他的那群西北小喵的故事，他日有缘，我会专门攒辑成篇，就不在此赘述了。

但有一事我不明。
小屋本是个抱团取暖相濡以沫的所在。
王继阳，你在小屋待得不舒心吗？是大家给你的温情不够吗？
干吗非要离开小屋去厦门？

（六）

整整一根烟抽完，他才开口说话。
他说，小喵陪了他很多年，也已经离开他好几年了，小喵走后他一直是一个人，孤单，但不孤独……

他说他已经很多年没有见过妈妈了。
听说，妈妈回国后住在厦门。

是的，当年妈妈走后，他想过她，想完之后是恨，彻骨的恨。
恨她为什么那么狠心，恨她只留下一箱子衣服和一只猫。
恨完了是忘，既然你不要我了，那我就忘了你吧，我自己一个人长大。
说忘就忘，很多年来，他强迫自己忘记了许多事情……他几乎忘了自己是个有妈妈的人。

但不知为何，今天唱《小猫》时，忽然回想起了许多事情。

潮水一样的往事，汹涌得让人无法喘息。

…………

安检口外，一个妈妈抱着一个孩子的脑袋，哭得快昏厥过去。

那个小孩儿挣脱怀抱，远远地跑开，他站在熙攘的人流中大声喊：等我长大了，我找你去啊！

他喊：妈妈，不要生别的小孩儿啊！

…………

25岁的王继阳坐在午夜的小屋，微微眯起眼睛。

烟头夹在指间，吉他抱在怀里。

他又开始了自言自语。

我早已经长大了，妈妈也快变成个老人了吧？

也不知道她现在过得好不好……

留给我们的时间不多了……

他笑着说：或许，妈妈现在需要一只小喵。

（七）

当你读到这篇文章的时候，王继阳已定居在了妈妈身旁。

阿弥陀佛么么哒，他离开了丽江，但没离开小屋，我让他把小屋带到厦门啦。

若有一天你路过厦门，或许你们会偶遇在曾厝垵街头，或许你们会擦肩而过在环岛路上。
很好认，他微胖，眯眯眼，笑起来像猫。
听说黄昏散步时，他总爱挽起妈妈的胳膊。

听说厦门是个盛产海风的地方。
海风拂平所有难过的往昔，也许此刻正轻轻拂在他们身上。
一个久违的妈妈。
一只久违的小喵。

▶ ▷ 游牧民谣 · 王继阳《划过夜空的繁星》

▶ ▷ 游牧民谣 · 王继阳《小猫》

厦门爱情故事2007

▶ ▷ 写完《乖，摸摸头》那本书以后，无数人跑来问我，
2007年的厦门到底发生了什么？
关于毛毛和木头2007年的故事，我想我可以给我的读
者们一个交代了。

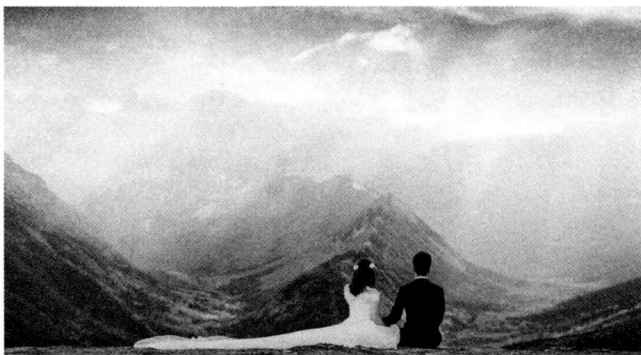

向鱼问水，向马问路
向神佛打听我一生的出处
而我呀
我是疼在谁心头的一抔尘土
一尊佛祖，两世糊涂
来世的你呀，如何把今生的我一眼认出

　　　　　　　　　　　　　　　——张子选《藏地诗篇》

（一）

毛毛不让我喝乌鸡汤。

黄澄澄香喷喷的乌鸡汤，那么大一罐子，你一个人根本喝不了，干吗不让我喝！

毛毛说偏不让你喝，留着留着……

请给个解释，为什么要留，留给谁？

他犹豫了一会儿，没正面回答我的问题，只是一味地说：留着留着……

留你妹啊留！我端起罐子跑，院子小，几步就跑到了门口。

我在门口水沟旁冲他喊：你知道我的脾气，我可什么都干得出来，分分钟给你倒掉信不信！

他狞笑着说：你给我端回来放好，我保证不打你。

我说：啊呸！别以为我看不见，你另外那只手在背后藏着什么？是大汤勺是吧！

他不接话茬儿，指着桌子说：松茸给你吃好不好？烧驴肉给你吃好不好？全给你吃……只要你把乌鸡汤给我端回来。

提到这个我就气不打一处来：毛毛，我难得来你家蹭顿饭，我守着满桌子的菜咽口水，干坐了半天你都不喊开饭，还用筷子敲我的手！

我说：今天这乌鸡汤我打死也不还给你，我端回小屋喝去，你敢追，我就敢当街倒掉。

他快哭了，他说：大冰……有什么条件你随便提，只要你把乌鸡汤还给我。

这罐乌鸡汤当真就这么重要？

我眼前一亮，我抱紧罐子对毛毛说：

我写完《乖，摸摸头》那本书以后，无数人跑来问我，2007年的厦门到底发生了什么？只要你如实告诉我，我保证完璧归赵。

毛毛丢掉扫帚，说：此话当真？！

（二）

毛毛要疯了。

他挠着方向盘，心说，这百分百是个女司机！

三分钟了，那辆宝马X5堵着车道，怎么也倒不进车位里去，宝马车正好别着后面的小飞度，小飞度里坐着毛毛。

满腔尿意憋不住，一江春水欲东流。

毛毛跳下车，大步走过去啪啪拍车窗。

开门开门，我来倒车！

他拍着车窗，怒气冲冲地叫：开门开门，我来倒车，不用谢我，我不是好人。

车门怯怯地开了，女司机唰地鞠了一躬，怯怯地开口：对不起，我不是故意要挡住你……

毛毛倒吸一口冷气，哎哟，还是个大美女。

厦门莲花路口停车场，晚9点。

老天保佑，两辆车终于都倒进了车位。

大美女说：麻烦你了，点心请你吃……

她端着一小盒点心，客气地递到毛毛鼻子跟前，紧接着她吓了一跳。

这个一脸凶相的金链汉子怎么兔子一样跑了？

不仅没接点心，还扭头夺命狂奔。

不跑不行，有些滚烫的东西已经自己滋出一点儿来了……

毛毛是个铁血真汉子，流血流汗都不惧，但在美女面前湿裤子是万万不行的。

终究还是晚了一步，冲到洗手间时，裤子终究还是湿了一小片……

干手器的感应不太灵敏，风量也太小，毛毛气急败坏地捧着裤子，等着风干。

暖烘烘的氨水味四溢，毛毛穿着三角红内裤，光着大腿。

洗手间里的其他人怕怕地望着这个金链汉子，不敢过来洗手，谁过来他瞪谁。

他的面相太狰狞了，咬牙切齿目露凶光，腿上黑毛森森，根根竖起。

大美女可怜巴巴的模样让他越想越生气。

真想掐死那个开车的美女啊，他心说，歌里唱得真没错，美丽的笨女人……人凡美女都笨，是不是外貌和智商成反比。

毛毛那时并不知道，大美女刚从日本回国，岛国交通依船行旧俗，她习惯了开右舵车。

晚宴迟到了，主人罚完毛毛的酒后，大口地呼吸，咦，毛毛，你今天用的是什么牌子的香水，运动香型的吧？

毛毛阴沉着脸运气，夹着腿……还有一小片水渍没来得及风干，他运用大多数人在幼儿园时期就掌握的一项生存技能来应对。

焐干。

焐了整整两个小时，裤子终于干了，晚宴也结束了。毛毛焐得太专心，连面前的海参盅都没吃完。

他失落地去停车场提车，一抬眼就看到那辆宝马X5，再次气不打一处来。

宝马车正在打火启动，启动了两三次也没启动起来。

不会开车就别开啊！

毛毛实在忍不住了，他横到车前抰起了腰，打算好好说说这个美丽的笨女人。

且慢，车里怎么是两个陌生人？

一男一女，男的埋头打火，女的一脸慌张地盯着毛毛。

那个美丽的笨女人呢？

毛毛不由自主地走上前两步。

脚下咔嚓一声轻响，低头一看，是两个小时前他没接过来的那盒小点心。

（三）

毛毛终于平静了下来，不平静不行，他饿得没力气了。

他坐在派出所的长椅上，饿得前胸贴后背，不停咽口水。

满腹肠鸣藏不住，一腔酸水向东流。

此时，他脸上多了两道抓痕，T恤上少了两颗扣子，右手指骨关节处破了一点儿皮。

毛毛跑去问警察，我先去吃碗阳春面，回来再做笔录行不行？

人家瞅瞅他脖子上的金链子，瞪他一眼：万一你跑了呢？事情没搞清楚之前，你还是老实坐着吧。

毛毛怒了！

我也是一条小生命好不好？！我万一饿死在你们派出所怎么办？！我打的电话我报的案，凭什么把我当坏蛋？！管你事情搞不搞得清！我要吃饭！给我饭吃！……

大金链子闪闪亮，几个警察摁住了他这条小生命，但没上铐子，反而给了他一包趣多多。

给他趣多多的，是那个让他老实坐着的小警察。

小警察幽怨地看着他嚼曲奇饼干，幽怨地说：这是我女朋友给我买的……

饼干太干，毛毛噎着了，一边拍胸口，一边随手端过小警察面前的茶水咕嘟了一口。

透明茶水杯里，点心渣子在漂，半天没沉底。

小警察愈发幽怨，他看看毛毛，再看看杯子，仿佛也被噎着了，半天没喘上气来。

…………

毛毛确实是报案人，在他打跑了那对陌生的男女之后。

如果没踩到那盒小点心，或许他就不会起疑心；如果他没起疑心，就不会走到宝马车后排车窗跟前往里望。

如果毛毛没往后排车窗里望，或许他就不会发现横躺着的大美女。

大美女紧闭着双眼，被捆成了个"粽子"。

如果没发现这只"粽子"，也就不可能发生接下来的这场搏斗。

我的天，那个陌生女人的战斗力惊人，十指尖尖鹰爪铁布衫，招招抠眼。那个男人的战斗力也惊人，上来就揪头发勒脖子，近身肉搏反关节。

但是万幸，毛毛圆寸、宽肩，是个货真价实的金链汉子……

那对陌生的男女惨败，头破血流地跑了，毛毛笨手笨脚地给大美女解绳子。

解啊解啊解啊解……满头大汗了也没解开。

绳子是死结，一环扣一环，一看就是女人捆的，恨死人了，捆人就捆人，打什么中国结！

他拍大美女的脸：喂，你给我醒醒！

大美女闭着眼睛，没反应。

毛毛接着拍……

接着拍接着拍接着……

不能再拍了，再拍脸就要肿成猪头了。

大美女不知被下了什么药，睡得死去活来，居然还轻轻打着呼噜……毛毛想学电视剧里的桥段，找冷水喷醒她。
没有水，没找到。

毛毛一着急就爱挠头皮，唰唰唰，头皮屑在狭小的车厢里飞扬。
他毕竟是个充满智慧的金链汉子。
所以，片刻的犹豫后，他毅然地，开始酝酿口水……

毛毛在派出所里闪亮登场时，吓了所有人一跳。
他肩膀上扛着个大"粽子"，还是个罕见的美女"粽子"，大"粽子"打着呼噜睡得正香，脸上黏糊糊湿漉漉的……

毛毛是开着自己的小飞度来报案的，宝马车他也没能发动起来。
后来在笔录时他感慨：多亏了宝马变态的操作系统，否则那对男女早就带着车和"粽子"一起窜了。
给他做笔录的正是那个损失了一包趣多多的小警察，他感慨道：是啊，否则后果不堪设想，那女的躺在医院里到现在还没醒……
毛毛嚼着最后一块趣多多，说：是啊……

小警察赞许地看看毛毛，又看看自己的茶杯。
然后，他伸手把自己的茶杯移开了一点点。

（四）

毛毛当时在夜场上班，不是保安，他那时在某演艺集团任职，也是某演艺酒吧的舞台总监。

停车场事件后的第二天，他正组织演员排练，老板抱着膀子走过来，没好气地说：毛毛，又有女人来找你了。你烦不烦啊，一天到晚招惹女孩。

毛毛那时颇有女人缘。

他的形象极为类似孙红雷饰演的黑道反派。

虽然乍一看不像个好人……仔细一看还不如乍一看。

但在一众小模特儿小演员眼中，是十足的爷们儿范儿。

夜场彩蝶飞，欢场粉蝶多。厦门虽然是全中国最盛产文艺女青年的城市，但夜场里习惯了美瞳和假睫毛的女孩子和女文青们不同，她们就好毛毛这口。

她们觉得毛毛够野，有安全感，故而，时不常一脑袋撞上来飞蛾扑火，扑扇着翅膀。

烧焦过多少女孩的翅膀，毛毛记不得了，只知道隔三差五就有女孩子跑来抹脖子上吊，要求分手或复合。

这次来的是谁呢？他一边往接待室走，一边哼歌：从Mary到Sunny和Ivory，就是不知她的名字……

门一推开，毛毛乐了。

这不是"粽子"吗！

他问：你本事挺大哦，你是怎么找到我的？

大美女职业套装，愈发漂亮，她腰弯成90度，深鞠躬，鞠完一个又一个。她眼泪汪汪地说：您是我的救命恩人啊，我给您添麻烦了。

啪，又是一个深鞠躬。

毛毛怕折寿，跳到一旁躲开大礼，怎么搞的？他心想，这孩子的礼数和日本人似的。

停车场的那晚，大美女锁好车，溜达去ATM机上取现金，取完钱后没走出两步，被一对夫妻喊停。

他们从外地来旅游，半夜迷路找不到酒店，问路的。

大美女刚接受完毛毛的憋尿相助，正沉浸在"赠人玫瑰，手有余香"的情怀中，故而很细心地指了路。

那对夫妻很受感动，说厦门真是个文明城市，厦门人就是热情，他们伸过手来致谢，握住大美女的手使劲摇晃。

起初，大美女有些不好意思，晃着晃着，她就迷迷瞪瞪地什么都不记得了。

依稀记得三个人一起重新回到ATM机前，还依稀记得一起回了停车场，他们说什么她就照着做什么，傀儡木偶一样……

她被下药了，卡里的钱全被取光，车也被瞄上，最后，人也被觊觎。

被捆绑时，她稍微清醒了一点儿，挣扎了一番，点心盒子拨到了地上。

也不知那对夫妻使了什么方法，她再度迷糊，并沉沉睡着……

幸亏毛毛出现，不然不知她是会被杀被剐，还是被强奸被囚禁被绑架勒索或者被卖器官……

大美女在日本料理店请毛毛吃饭，手藏在桌子底下。她眼泪汪汪地看着毛毛，好像看着一条英年早逝的小生命。

毛毛给看毛了。

毛毛用筷子指着盐烤秋刀鱼，问：是不是菜点贵了？

大美女慌忙摆手：不是不是，我只是感激你感激得不知如何是好，不知该如何报答你……

毛毛说：打住！

他把筷子插进秋刀鱼里，低头看一眼裤子，怒气冲冲地抬头：

只要你从此别开车，就是对我最大的报答了。

他说：姑娘，你某些方面也许聪明得像猴，但开车方面你一定笨得像块木头，你见过有木头桩子开车的吗？

木头美女用力点头：对对对，我是块木头，我听你的话，以后我都不开车了。

她举起三根手指对着灯发誓：我听话……我保证！

毛毛心说我去，这孩子长得这么好看，怎么说起话来呆头呆脑的？

他猜她是个养尊处优惯了的富家女，开好车吃好饭，但接触社会少，应该也没什么正经工作，故而说话孩子气。

这类人和毛毛不是一个世界，他皱眉看着她，心下先存了三分看不起。

美女呆头呆脑地琢磨了一会儿，龇着牙对毛毛乐，她说：我觉得我很多方面都很像木头耶……

秋刀鱼快凉了，毛毛吃饭时从来懒得多说话，他说：OK，OK，那你以后就改名叫木头得了，你快别说话了让我吃口东西吧谢谢哈……

毛毛没想到，她后来真的改名叫了木头。

毛毛也没想到，美女木头从此真的再没开过车。

毛毛也万万没想到，木头的报恩故事，才刚刚发芽。

（五）

先是送饭。

给毛毛送过饭的女生不少，他倒是没太放在心上，况且救命之恩换几顿饭又能怎么着？

他是单身汉，不擅长开伙做饭，吃送的饭和吃工作餐本没什么区别。

不过，美女木头不知是哪根神经搭错了，送毛毛的永远是日式便当。

也不知她是从哪家日料店订做的便当，粉红的饭盒，菜精巧地拼成图案，铺在米饭上。

第一天是车，豆腐干雕成车窗，鸡蛋车轮，车身是条秋刀鱼。

第二天是车，虾片拼成车窗，牛丸车轮，车身是条秋刀鱼。

第三天还是辆车，胡萝卜车轮，车身还是条秋刀鱼。

…………

秋刀鱼被细心地剔去了皮，柠檬汁提前浸在肉里，滋味着实不错，但连着吃了一个星期后，毛毛觉得自己也都快变身秋刀鱼了，打嗝都是深海的气息。

一周后，毛毛对木头说求求你别送饭了，我受不起你的秋刀鱼。

木头抱着饭盒冲他笑，说不要客气，一点儿心意而已，请一定笑纳。

毛毛呵气给她闻：你闻闻你闻闻，我现在喘气都是秋刀鱼味儿，天天秋刀鱼天天秋刀鱼，你还真是块木头，怎么就光记得我爱吃秋刀鱼了呢，早知道那天就点帝王蟹了！

他说：你已经送了一个星期的便当了，心意已经表达得差不多了，行了行了，该干吗干吗去吧。

木头立刻眼泪汪汪了，问：你生气了？

她怯怯地掀开饭盒：那今天的便当你还吃吗……

肉脯车窗，扇贝车轮，秋刀鱼车身。

毛毛叹口气，铁青着脸下筷子，吃药一般。一旁的木头松了口气，乐呵呵地看着他吃，看得饶有兴趣。

她美滋滋地说：看来做的是正确的……

什么正确的？怎么莫名其妙蹦出来这么一句话？

毛毛不理睬她，闷头吃饭，吃药一样。

转天还是有便当送来。

门卫说，毛哥，那美女搁下便当就跑，说不敢亲手送给你，不然你会生气。

毛毛掀开便当盖子，眼前一黑，又是车！

菜叶车窗，香肠车轮……毛毛把车身夹起来，尝一尝，蟹肉？

终于不是秋刀鱼了。

连吃了四天蟹肉便当后，毛毛躲在门口逮住了来送饭的木头。

她已连送了十几天便当，打破了之前所有女生的送饭纪录，大家又不是在谈恋爱，这又是何必？

毛毛不耐烦地问她：你到底几个意思？

毛毛说：求求你别再送饭了好吗？

木头紧张地问：啊，不好吃吗？

毛毛懒得沟通，于是点点头，想了想，又重重地点了点头。

她好像很委屈，又开始眼泪汪汪……这姑娘真奇怪，很容易眼泪汪汪，却从没见泪往下淌。

她泪汪汪地站了一会儿，没说什么，也就走了。

接下来四天，木头没再来送便当。

第五天，她又杀回来了。

（六）

毛毛苦笑，他抱拳说：女侠，你能不能别来找我了？你饶了我行吗？

木头尴尬地站在门口，马上又要眼泪汪汪的表情。

毛毛最见不得她这招，转身要走，她拽住毛毛，猛吸一口气，自己反而别过身去。

毛毛探头看她，哎哟，好厉害，她在调节自己的表情。

真神奇，她像漫画里的机器人一样，一点一点地调节面部表情，像上发条一样，终于重新拧紧了一脸的笑意。

她转过身来冲毛毛笑，掏包，抖开一件衣服。

针脚缜密，是双行的，款式也蛮新颖，唐装的底子时装的样子，一看就是大品牌的设计，一看就长得很贵的模样。

木头一脸期待地说：毛毛，送你件新衣服，你试试看……

好嘛，不送便当改送衣服了。

一天一个便当或许能忍受，但如若一天一件衣服叫怎么回事？

木头说，停车场那晚毛毛被扯坏了T恤，她有义务送件新的还给他。
掉了两颗扣子而已，至于买件这么贵的衣服还人情吗？
这话毛毛不敢说，怕她从此以后天天来送扣子。

毛毛不是婆婆妈妈的人，他当机立断套上那件新衣，之后果断脱下来递回去，
口中只有一个解释：小了，不合身，送别人吧。
衣服好合身，面料也真舒服，但毛毛心说，这次不论你怎么眼泪汪汪，我也不
再心软了。

木头果真又眼泪汪汪了，但她抱着衣服不肯走，眼睛不停地上上下下打量，还
绕到背后去弯腰看毛毛的屁股。
还没等毛毛开口询问她为什么研究自己的屁股，她抱着衣服噔噔噔地跑了。
也好，总算能清静了。

只清静了四天。
四天后，木头站在门口，怀里还是抱着那款衣服。
她一副很害怕的样子，好像随时要逃跑。
毛毛大步流星地走过去。
她缩起肩膀，倒退了两步，又停止倒退，举起手中的衣服，结结巴巴地冲毛
毛喊：
这……这……这次能大一点儿了……

（七）

毛毛说：木头，咱们做个了断吧，我目前最大的人生愿望就是你能早点儿还完人情，从此别在我面前出现。

木头低着头，不用猜也知道，又是眼泪汪汪。

她低声问：我很惹人烦吗？

简洁合体的连衣裙，修长的腿和手臂，桃子一样毛茸茸的脸蛋，粉红的嘴唇……虽然素面朝天，但扔在哪个人堆里都是货真价实的美女，怎么可能惹人烦？

但毛毛说：嗯！烦！

毛毛心说，不嗯不行啊，不然你永远纠缠不清。

你开宝马我开飞度，大家不是一个世界的人。你是富家千金，我是靠自己的打拼好不容易在厦门端上饭碗的金链汉子打工仔，才懒得和你交朋友呢。

再说，我毛毛喜欢的是短裙美瞳假睫毛火辣美女，红唇大胸的那种最好，你漂亮归漂亮，漂亮的太水果蔬菜了，而且人又笨，木头一样……

她头垂得更低了，半天才嘟囔一句：真的烦吗？才不信呢……

毛毛问：你嘟囔什么？

毛毛说：这样吧，你去想个主意，不论什么主意，只要能让你一次性还完人情就行。

木头不说话，噘着嘴站在原地抠手指。

二十几岁的大姑娘了还抠手指？毛毛看得直打哆嗦。

他把衣服脱下来塞回去，把她撵走了。

她走出去不到十米，泪汪汪地转回头来：衣服是不是又不合身？是不是太肥了？

她说好好好，我走我走我这就走，你别生气。

…………

好像有个奇怪的规律，每隔四天她都会执着地出现一次，让毛毛的血压升高一次。

毛毛提心吊胆地又等了四天。

这次木头终于没出现。

她没出现，但毛毛接到了一个同样让血压噌噌升高的电话。

电话是旅行社打来的，通知毛毛提供户口本、护照、财产证明、个人资料，以方便办理旅行手续。

双人双飞温泉七天度假旅行手续。

款项已预付，目的地日本箱根温泉。

（八）

毛毛说：去什么日本！还要泡七天？是泡澡还是炖老鸭汤？！

他说：厦门旁边不就是日月谷温泉吗，泡个澡还要去趟日本？我才懒得去呢。木头你的主意太不靠谱，还是按我的主意来吧……你陪我来过完这个"六一"，就算是还完人情了，就这么愉快地决定了。

他说：你跟紧点儿，小心一会儿走散。

毛毛举起一只胳膊，振臂高呼：保卫白鹭！……保卫中华白海豚！

他喊：反对PX（二甲苯），保卫厦门！

不是他一个在喊，成千上万的人都在喊。

权力制约的本质不是权力制约权力，而是公民制约权力。

权力被公民制约，这不是权力的耻辱，恰恰是权力的光荣。

2007年6月1日的厦门街头，成千上万的人，成千上万的黄丝带。

不是游行，只是集体散步，没有过激行为，只是一场光荣的环保抗争。

毛毛说：木头，你怎么这么紧张？抓得松一点儿好不好？胳膊都快让你拽下来了。

木头委屈，不是你让跟紧点儿的吗？

她应该没经历过这种阵仗，脸都是白的，两只手拽着毛毛的胳膊，跟跟跄跄，小女生一样。

毛毛训她：你看你看，旁人都是T恤衫运动鞋，就你一个穿高跟鞋的，还戴了珍珠项链，还穿了小礼服……你是来相亲的吗？

人太多，挤掉了木头的高跟鞋，她怕被毛毛骂，深一脚浅一脚地跟着走。毛毛走得太快，她开始单腿跳。

毛毛说：你是在学袋鼠吗？

他低头一看，抬头瞪了木头一眼，甩开她的手，掉头回去帮她找鞋。

鞋找到了，人却不见了，乌泱乌泱的人头，毛毛找了一会儿没找到，怏怏地作罢。

几个小时后，人群散去，毛毛在市政府旁的马路牙子上找到了木头，披头散发，半身的鞋印，从裙角到裙腰。

木头撇着嘴说：我被人踩了……

珍珠项链也不见了，另外一只高跟鞋也丢了，她光着脚丫。

毛毛把她拖起来，塞进一辆出租车，隔着车窗说：行了，你终于还完人情了，咱俩从此两清了，就此别过。

木头挣扎，脑袋一探出来就被他摁回去，一探出来就被他摁回去。

木头委屈地喊：这次不算……

毛毛扯过安全带，把她捆在座位上。

他嘭的一声把车门摔上，对司机说：师傅，麻烦你把她有多远拉多远。

木头摇下车窗，眼泪汪汪地冲着毛毛招手：那下次见……

毛毛没回头，没应声。

她看见毛毛撒丫子跑了起来，青皮的后脑勺，一闪一闪的大金链子。

（九）

再见到木头，是四个四天后。

那时毛毛刚刚失业。

他自己倒是无所谓，夜场的工作干得太久，女朋友交得太多，生物钟也太紊乱，正好独自蜗居一段时间，练练哑铃练练吉他，借机休整。

穿着红内裤的毛毛打开门，又嘭的一声关上了。

他隔着门喊：我勒个去！你怎么阴魂不散？

木头轻轻敲门：毛毛毛毛，他们说你好几天没下楼了，失业而已啊，你不要饿着自己，我带了便当给你吃……
又是秋刀鱼吗？又是蟹肉吗？又是车吗？
毛毛拉开一点点门缝吼：我跟你说，你别逼我！小心我打你啊知不知道！
他说他打起人来连自己都害怕，所以木头最好赶紧跑远一点儿比较好。

木头确实很害怕，一边害怕一边敲门，就是不走。
她说：毛毛，我知道你烦我，但这是最后一次还人情了，我保证是最后一次。
她不仅仅是来送饭的，还送来一份工作。

毛毛那时收入颇丰，他是个抢手的夜场管理人才，不找工作，工作也会找他，本不需要她救济。
不过既然是最后一次，那就遂了你的心愿吧。
毛毛刮了胡子，被木头领去面试工作。
毛毛没想到，这个叫木头的笨姑娘能量居然这么强。
没有面试，没有入职考核。
她直接把毛毛领进环岛路上的一家堂皇森严的大公司，指着一张办公桌，怯怯地说：你以后在这儿上班行不行？

她说：我了解过你之前的工作履历，你是个策划能力很强的人，这份工作你肯定能胜任。
旁边的人七嘴八舌插话：就是就是，你看你看，毛毛先生一表人才，哇，脖子上的金链子还这么粗……一看就很时尚很有品位，咱们公司就缺这种个性人才。

木头一脸红晕地飞走了，两只手捏成小拳头，攥得紧紧的。
毛毛怀着满腹的狐疑，在这家知名公司的企划部办公室里坐下。

木头和毛毛说话总是怯怯的，好奇怪，怎么公司里的其他人见到木头也是小心翼翼的？
同事对毛毛客气得要命，完全不把他当新人。
毛毛揣测，木头貌似是个富家女，说不定这家公司就是她爸爸的，人们是看在小公主的分儿上才对我这么客气的吧……
白手起家打天下的苦孩子大都自尊心强，毛毛有点儿后悔应承这份工作了。

他上班不到一天，就跑到部门主管面前嚷着要辞职。
主管客气地字斟句酌：毛毛先生，你就这么走了，总经理面前我不好交代……
毛毛说：你不用交代，让总经理的女儿自己跟总经理交代就好。
他忿忿地说：我靠自己的能力吃饭，不需要富二代的可怜！

主管看毛毛的眼神开始迷离。
他张着嘴，好像看着一只忽然开口说话的南瓜。
…………
总经理没有女儿，总经理就是木头，同时她也是这家公司的股东。
木头不是富二代娇娇女，也没有毛毛想象的那么木头脑袋。
宝马车是她自己一分钱一分钱挣出来的，她是普通设计师出身，从厦门拼到了东京，又从东京杀回厦门，一砖一瓦白手起家。

毛毛搞错了。

主管说：毛毛先生您冷静，您您您别挽袖子，我说我说我都说……

主管说：总经理木头每年一半时间在厦门一半时间在东京，最近她刚从东京回来，一回来就变得好奇怪……

先是卖了宝马车，每天打的士上下班，接着爱上了逛菜场，上班时手里经常拎着两条秋刀鱼，一看就是刚逛完早市……

她还爱上了做饭，专做便当，在公司的小厨房里一待就是一个中午，搞艺术创作一样。

旁人要帮忙，她打死不让，自己搞来钳子钳蟹螯，一丝一缕地抠蟹肉。

她还猫着腰，守着烤箱烤秋刀鱼……

一边烤一边傻笑，笑得旁人骇然。

更骇然的是，她时不时边烤边喊口号：做正确的事！正确地做事！

谁都不知道她喊的是什么意思……

便当一做好，她抱着就跑，也不知是去哪家医院看病号。

一边跑一边傻笑，笑得旁人骇然。

…………

主管说：最奇怪的是，公司主营服装，产品面向国际，招聘门槛向来严，总经理从未直接安插过任何人来上班，毛毛先生你是破天荒头一个。

主管喊：毛毛……毛毛先生您等等，毛毛先生您别跑……

主管整个人都不好了，他拖着哭腔冲着毛毛的背影喊：我可什么都没说……

尾音袅袅，在走廊里飘，拐角处只看见毛毛的大金链子闪了一闪。

（十）

毛毛说：你还打电话来干什么？说好了是最后一次，你怎么老要赖皮？

他说：我上了一天班也算上了，你人情还完了，别再和我联系了行吗？你这个姑娘怎么这么烦人！

电话里，木头急急地解释：对不起对不起我又搞砸了，我以为我做的是正确的事。我只是想，如果你能来我公司上班，我就可以每天都看到你……

一句话出口，她下意识地捂住嘴，好似毛毛并非在电话那头，而是正站在面前。

毛毛问：你干吗要每天都看到我？

沉默了一会儿，毛毛问：我发现了，你不只是在报恩，对吧？你……你想和我谈恋爱？

不等木头接话，他紧接着笑了：有病吧你，拉倒吧……

他急急忙忙地说：你知道我是什么样的人吗？你知道我过的是什么样的生活吗？你知道我能在厦门留多久吗？

毛毛觉得心在怦怦跳。

搞什么搞？这个呆头呆脑的笨姑娘干吗要和我谈恋爱？

嘴像水龙头，拧开了就哗哗淌个不停。

他说：是的，其实你也没有那么讨厌……之前误会你是个无所事事的富二代，所以总躲着你。

就算你不是个富二代，咱们也不可能在一起啊！

鱼找鱼虾找虾，鲸鱼怎么可能爱上海马？你知书达理年轻有为，人也漂亮，找什么样的男朋友找不到？而我呢……从安徽到福建，我16岁起就四海为家，早已经习惯当浪子了。

假设我们在一起，我会迁就你吗？……不会的！

让你来迁就我吗？凭什么要你迁就！凭什么让你一个女人迁就我一个爷们儿？

大家的生活环境不同，生活方式不同，前途和方向也大不相同，所以，谈什么恋爱！拉倒吧……

他说：你快别闹笑话了，挂了挂了，别再给我打电话了。

电话挂断了，木头挂的。

听筒里嘟嘟的忙音，毛毛丢开手机，但怎么也丢不开怦怦的心跳声。

他抄过吉他转移注意力，刚弹了两下琴弦就断了。他跑到厨房打开冰箱找吃的，莫名其妙地拿出来一条冷冻秋刀鱼……

不知何故，他只要一恍惚，眼前出现的就是木头那副眼泪汪汪的模样。

秋刀鱼在手里捧了半天，毛毛猛然发觉自己已许久没有谈过恋爱了。

每天光顾着防木头了，貌似自打停车场事件后，他就和之前所有的女朋友中断了联系。

他吓了一跳，罕见罕见！这是为什么呢？

"难道我喜欢上那块又呆又笨的木头了？不对！我身经百战谈过那么多次恋爱，如果喜欢上一个人怎么会自己都不知道？"

他烫手一样把秋刀鱼扔飞，慌慌张张地从厨房跑到卧室，又从卧室跑到客厅。

毛毛本自负情场大灰狼，却莫名其妙地踩上了捕兽夹。

他第一反应自然是挣扎，手机抄起来，短信群发，所有有过瓜葛或有过暧昧的姑娘他全发同一句话：有空没？陪哥吃饭去。

吃完午饭吃晚饭，吃完晚饭吃消夜……毛毛夜场舞台总监出身，当时手机里存了上百个大长腿姑娘的号码。

饭吃了整整一个星期，姑娘得罪了一大帮。

那些戴着美瞳、抹着小粉唇的姑娘忿忿地摔筷子。毛毛哥，她们挑着眉毛说，什么意思呀？一顿饭吃完都不说话，光知道在那儿抽烟发傻！

她们说，我今天妆化得不好看吗？衣服穿得不漂亮吗，发型做得丢你的人吗？你干吗正眼都不看我一眼？有你这么约会的吗？

也有些脾气好的姑娘默默吃完一顿饭，期待而羞涩地问他：哥，接下来咱们干吗去……

接下来她们通通被卡着脖子塞进了出租车，费解而幽怨地离去。

剩下毛毛一个人，插着兜在厦门夏夜的街头溜达。

一个多星期，木头没有给他打过电话。

之前每隔四天她必来烦他一遭，现在两个四天过去了，她死哪儿去了？

他约姑娘们吃饭时，愈发心不在焉，手机攥在手心里，隔一会儿就看一眼。

终究有细心的姑娘心疼他，知他有心事儿，饭后非要送他回家多陪他坐一会儿。

那是个极为明艳的姑娘，夜场模特儿，腿长得几乎从肚脐眼就开始分叉，银亮的小裙子勒在大腿根儿，大眼仁大红嘴唇大波浪卷儿。

大波浪卷儿姑娘挽着毛毛往小区里走，一边走一边问：毛哥，我记得以前你挺没皮没脸的哦，逮着空就揩我的油，今天素质怎么这么高了呢？
毛毛不说话，手老老实实地插在裤兜里，闷着头走路。

楼道黑着，用的声控灯，他用力跺脚制造动静。

一脚猛跺，两声大喊。
灯唰地亮了。
木头！
他惊喜地叫：你藏到这儿来了？！

（十一）

木头脚肿了，毛毛跺的。
她龇牙咧嘴地看着毛毛，又看看挽着毛毛的大波浪卷儿。
脸上的痛意一点点消融，最后一片空白。她看着毛毛，眼里也是空的。

毛毛伸手去拉她，她躲开。
她抱着肩膀低着头，一瘸一拐地冲出去，毛毛跟上，一把抓牢她。

又是眼泪汪汪的，她怎么永远是眼泪汪汪的？
眼泪汪汪的木头挣扎，眼泪汪汪地喊：我懂了，咱们的生活方式确实不同……
毛毛说：你懂个屁！

她边挣扎边喊：松手！你就是嫌我不够漂亮！

木头的力气忽然大得惊人，她挣脱毛毛的手，抢出去两步，又转身回来，把怀里叠得整整齐齐的衣服递到毛毛胸前，摁在毛毛胸上。
毛毛，衣服我给你改好了，如果还不合适，你去找别人改吧……
她说：毛毛，我以后保证不来烦你了，这次真的是最后一次，我发誓。

大颗的眼泪落下，砸在衣服上，烫在毛毛手背上。
木头走了，一瘸一拐地走了。
认识她这么久，看惯了她的泪汪汪，却是第一次看到她泪如雨下。

…………
一直以为这件唐装买自品牌店，原来是她亲自设计，一针一线亲手缝制的。
唐装挂在吊灯上，毛毛站在吊灯下，一看就是一整个晚上。

他傻了一样站着，满脑子都是木头落泪时的模样。
见过那么多女人的眼泪，为何唯独这个姑娘的眼泪会让人心慌？

他打电话，打不通了，被屏蔽了。
毛毛一夜没睡，天亮后跑到木头的公司门前等她，从日出等到日落，不见踪影。
他又等了一天，第三天他撞翻了保安，冲进写字楼。

那个聊过天的主管被他揪住了衬衫领子，紧张地直眨巴眼。
毛毛先生毛毛先生……

他说：有话好说有话好说，马上给马上给！总经理的家庭住址我马上给你。
主管冲着毛毛的背影哭喊：毛毛先生，你说话要算数啊，你要记得啊，我什么都没告诉你……

毛毛在楼前迟疑地停步。
那个没骨气的主管给的地址对吗？
木头不是总经理吗？不是开宝马车吗？怎么会住在这么普通的家属楼里？

毛毛哐哐地砸门，管它呢，管它地址是真是假，砸开门再说。
门开了，一个头发花白的阿姨上下打量着他，最后目光停在金链子上。

她说：孩子，你进来吧，先换一下鞋。
她说：我知道你叫毛毛。

阿姨说：坐，吃不吃水果？哦，不吃，那不吃就不吃吧……孩子，你先别问我木头在哪儿，你先听我给你说说我们家姑娘。
阿姨慢悠悠地说：每个父母都会夸自己家的孩子，但我们家姑娘，真的值得夸……她从小懂事乖巧，很小的时候就开始学着去疼人。每周末去探望奶奶，书包里装满了好吃的，捧到奶奶面前说：这是妈妈让我带给您吃的……

木头生在厦门一个最普通的家庭，客家人最重家庭和睦，她在爱里成长。
从小学开始，每晚爸爸都陪着她一起学习。妈妈坐在一旁打着毛衣，妈妈也教她打毛衣，不停地夸她打得好。母女俩齐心协力给爸爸设计毛衣，一人一只袖子，烦琐复杂的花纹。

爸爸妈妈没当着她的面红过脸，她从小没学会什么是吵架、什么是脏话。

有一个暑假的傍晚，爸爸妈妈在房间里关起门说了很久的话，门推开后，两个人都对木头说：没事没事，爸爸妈妈聊聊天哦……

长大后才知道，原来是有同事带孩子去单位玩儿，小孩子太皮，撞到妈妈的毛衣针上弄瞎了一只眼睛，家里赔了一大笔钱。

这么大的事，爸爸没说妈妈一句重话，却自己跑去干了很久的兼职，筹钱、还钱。

木头的学业是不需要人操心的，她的生长环境单纯，学习起来心无旁骛。

高三那年，爸爸问木头：是不是想考军校啊？当然是了，那是她小时候的梦想，穿上军装那该多帅啊。

体检、考试，折腾了大半年，市里最后只批下一个名额，市长千金拿到了录取通知书。

木头抱着已经发下来的军装在房间里哭了一整天，妈妈再怎么耐心地劝说都没有用，这是她第一次受伤害，难过得走不出来。

妈妈关上门，搂着她的腰，附在耳边悄悄说：不哭了好不好？不然爸爸会自责自己没本事的，咱们不要让他也难过好吗……

木头一下子就止住眼泪了，她去找爸爸，靠在爸爸的肩头说：爸爸，我想明白了，上不了军校没关系，我还可以考大学。

爸爸说：咱们家木头怎么这么懂事儿？

妈妈笑眯眯地说：就是，咱们木头最乖了。

第二年暑假，木头接到了北京服装学院和湖南财经学院的录取通知书。

爸爸妈妈一起送她去北京报到，爸爸专门带了毛衣过去，见人就说：你看，我们家木头从小就会做衣服。

"你确实擅长做衣服！"
2000年，日本著名设计师佐佐木住江也是这么评价木头的。
那时，木头已大学毕业，在厦门某家公司从事最普通的服装设计师的工作。
普通设计师木头按照著名设计师佐佐木住江的指引，去日本进修培训，费用自己承担。

佐佐木对她说：中国的服装市场不能总是抄袭，必须首先解决人才问题，需要建立亚洲人自己的人体模型。你是个天才设计师，如果肯吃苦，如果肯把生活的重心全放到设计工作上，前途不可限量。

木头去了大阪。深秋淅沥的小雨中，在迷宫般的小巷里找到町京公寓。
她开心地给爸爸打电话，一点儿孤单的感觉都没有，上天厚待她，一切都顺利得无以复加。

她开开心心地去上课，第一堂课老师问了一个问题：正确地做事与做正确的事，你愿意选择哪个？她举手问：只要正确地做事，做的不就是正确的事吗？
老师点点头，说：扫得斯奈（是这样的），这是做事的原则，也是人生的道理啊。

五年的日本生活，木头过得开心极了。
她半工半读，最喜欢在道顿堀街区发传单，可以赚到时薪1000日元，又可以看新潮时装美女。挣到钱就去收集日本时尚杂志，《JJ》《MISS》《Mina》……
虽然是过期刊物，但专业学习用得着。

第一个LV（路易威登）的钱包就是在那个时候赚到的，一直用了许多年。

一个外国女生，凭借着自己的天分和打拼，在东京成为一名崭露头角的新锐设计师，有高薪水、有专车，穿着高田贤三（Kenzo）、三宅一生（Issey Miyake），甚至有了为自己定制服装的专属日本师傅。

本可以终生留在日本发展，但她想爸爸妈妈，既然想，那就回国，只有正确地做事，做的才是正确的事，她为自己做出了一个正确的选择。
她把工作的重心一半放回厦门，组建自己国内的公司。

闽南人说：三分靠天命，七分靠打拼。
木头是工作狂人，没有周末，可以为了送展品随时往返日本……短短的时间内，她在国内的事业风生水起。
她离开工作岗位后不善言谈，喜欢独处，没谈过恋爱，没有什么朋友，只有工作伙伴及合作伙伴。但她不寂寞，她住在父母家，进门的世界就是孝敬父母，出门就是工作。

她一直住在父母家，计划着再多挣些钱，买一座大房子，还是和父母住在一起。
宝马车也是为了父母才买的，因为他们年纪大了，坐起来舒服。
车买来，她却不常开，因为发现自己在国内开车技术太差，担心吓到爸妈……

父母安排她相亲，她不肯去，搂着爸爸的脖子说：不着急的，上天对我一直很好，我将来不会嫁不出去的，让我再多陪你们两年吧，这是我当下最应该正确做好的事情哦。

她对人生是感恩的，她很知足。不要求不索取，生活简单快乐。

直到她遇到毛毛……

阿姨说：毛毛你知道吗？我们从来没有见过木头那么开心，也从没见过她如此难过。

阿姨说：毛毛，你救过木头，你是个好孩子。你们年轻人的事情，我们老人不好多说……不是我夸自己家的孩子，我只是希望你知道，木头是个和你一样好的孩子。

她说：送你的那件唐装，是她目测了你的身材尺寸，我们娘儿俩在台灯下一起动手做的。

没错，她是个设计师，也是个客家女人，但从小到大，她只给两个人这样做过衣服，一个是她爸爸，另外一个是你……

我问过木头怎么对你这么上心，木头只说喜欢上毛毛你，是在做一件正确的事。

她说她相信只要正确地做事，做的就是正确的事，所谓正确，无外乎上心……

她说：木头已经走了，回日本了。毛毛你也走吧，你没做错什么，是我们家女儿太单纯了，不懂得太过上心会伤心……

她说：可惜了那件唐装，做了拆，拆了做，听说不是大了就是小了，总不合身……

（十二）

夏天过去了，秋天过去了。

冬天也快过去了。

2007年马上就要过去了。

木头从日本回来了。

不回不行，她是公司的总经理，工作可以电话遥控，公司的年终尾牙却无论如何不能缺席。

她问过公司楼下的保安，有没有人每天来楼下等我？戴着大金链子，青着头皮。

答曰没有。

她回到家，仔细地检查门口，地毯下，门缝里。

没有字条没有信，毛都没一根。

父母早已接到日本，没人告诉她是否有人再来哐哐敲过门。

她不是没想过再给毛毛打个电话，不是没想过再次走到毛毛家楼下。

终究还是算了，她学着毛毛的口吻对自己说：拉倒吧，闹什么笑话……给自己留点儿自尊吧。

年终尾牙如期举行，同事们见到许久不曾露面的木头，都很欢欣。

没人看得出她心里是恍惚着的，没人知道她刚刚做了决定：从此定居日本，不再回厦门。

舞台上演员在佐餐助兴，一首闽南歌完了是另一首闽南歌。

她想起莲花路停车场初遇时的场景，毛毛拍着车窗，怒气冲冲地叫：开门开门，我来倒车，不用谢我，我不是好人……

她端着红酒杯笑，好凶啊，这家伙，总是凶得人心里一颤，又一软。

就此别过吧，我的金链汉子，我不难过，只是遗憾没能亲口告诉你，你是我真正爱上的第一个人。

开门开门，开门开门，拍车窗的声音不停地在她身旁响起……回忆如刀，再三把心削，唉，也不知何时方能真正放下。

半天，她才反应过来——当真有人在狂拍宴会厅的大门！

门咣当一声被撞开了，两个抱成一团的人滚了进来，全场骇然，鸦雀无声。

先爬起来的那个是公司企划部的主管。

主管一脸紧张地满场打量，最后远远地看着木头打哆嗦，他失声喊道：真的不关我的事，我什么都没说……

一只大手从背后伸过来，主管的脑袋被扒拉到了一旁……

木头站起身来捂着心口，眼泪汪汪地看着那条忽然现身的大汉。

圆寸头泛着青光，大金链闪着金光，还有这身衣裳……

那身衣服她认识，那是她一针一线为他缝制的唐装。

（十三）

后来呢？！

我追问毛毛，后来你在众目睽睽之下是如何向木头表白的？

他说他当时没表白，他当时只对木头说了一句话：衣服还是不合身，我来找你再帮我改改……

我差点儿把鸡汤罐子摔到毛毛脑袋上！

你个糙老爷们儿！你半年没找人家，一见面就让人家姑娘给你改衣服？

他委屈地喊：我找了啊，拒签了啊，日本领事馆把我撵出去了啊……我等了整整半年，那天本来是想去给她弹琴唱歌表白的，结果一看到她，不知怎么的就说了那句话。

我恨恨地叹气，问毛毛：后来呢？她当真扔下一屋子人给你改衣服去了？

他说是啊，改衣服去了……去改衣服的路上，我求的婚。

我重新抱紧鸡汤罐子，赶紧说！

毛毛说：木头当时说手头没有针线，让我陪她先去买……我就陪她逛街买针线。路上我鞋带松了，她发现了，自自然然地蹲下来帮我系上……我扭头看看四周，此时此刻这个世界没有人在关注我们，我们不过是两个最普通的男人和女人……

然后呢，别光心理活动，老实交代，你怎么表的白？

毛毛给我装纯，这个曾经的金链花心大灰狼艰难地组织着语言：

……我就伸手捧住她的脸，把她拔了起来，然后亲她，我没闭眼，她也没闭眼……她噼里啪啦地掉眼泪，抱着我的脖子不撒手。我就对她说，木头你别哭，亲都亲了，咱们必须谈恋爱了。

木头用力点头说好，蹭了我一脸眼泪鼻涕。她又问我，她漂亮吗？我说漂亮，一开始就觉得她漂亮，在我眼里她最漂亮了，其他女的都是狗屎。她就闭上眼睛，说让我再亲亲她……

我牙酸倒了，我呲嘴。

……毛毛，你们俩年纪加一起都快60岁了，怎么玛丽苏得一塌糊涂？搞得好像初恋一样……

后来呢，后来木头又给毛毛系过一次鞋带，然后他们结婚了，2009年结的。

再后来呢，两个人各自打理着自己的工作，各自经济独立，又共同创出了一些事业。

他们在全国各地开了好几家服装店，取名"木头马尾"，每年这里住几个月，那里住几个月。

木头挖掘出了毛毛的商业天分，毛毛培养出了木头的旅游兴趣。他们经常开着车全国各地自驾游，半年工作，半年旅行。毛毛后备厢里永远搁着吉他，副驾驶上坐着老婆，身上穿的衣服永远都是老婆亲手给他做的……

好了毛毛，后来的事我都知道了，关于你和木头2007年的故事，我想我可以给我的读者们一个交代了。

我言而有信，乌鸡汤还给你……

且慢！

我把罐子重新抱紧，高声嚷嚷：你还没告诉我为什么这罐鸡汤这么重要，为什么打死不让我先喝？

他比出一根手指竖在嘴边，嘘嘘地让我小点儿声。

他扭头看一眼卧房，又低头看看手表，压低声音说：……小点儿声，别叫唤，她午睡快醒了，乌鸡汤马上就能喝了。

毛毛的目光开始变得柔软，他慢慢地开口说：

我们年纪都大了，一直想要个孩子……木头前段时间摔了一跤，孩子没保住，大夫说有可能以后希望也不大了。

我对木头说，哭什么哭，没了孩子不是还有我吗？下半辈子不管有没有孩子，你都有我……

他伸手探探菜的温度，说：她现在身体弱，需要滋补……其实我做菜的手艺一般，也就汤炖得还算不错，木头也爱喝。我这个人没什么优点，也就每天这一罐汤了……

毛毛忽然严肃起来，他比出一根手指，威胁道：

木头是我老婆，我的！所以每一罐汤，第一口都必须让我老婆先喝！

（本故事为《乖，摸摸头·一个叫木头，一个叫马尾》前传）

▶ ▷ 游牧民谣·老武子《花》

▶ ▷ 游牧民谣·毛毛《怎么办》

周三的情书

▶ ▷　再普通的人，也会在一生中某几个节点上隆重登场，
　　理所应当地成为主角——比如新生儿的落草，比如驾鹤
　　西行者的入殓，比如新嫁娘的婚礼。

Normal，普通。

你是普通人，我是普通人，他也是普通人。

世人大都是普通人。

大部分普通人大都信步漫行在普普通通的人生中。

大部分普通人，大都习惯了在周遭旁人林林总总的故事中扮演路人甲。

谁不想成为引人注目的主角呢？

都想，是个人都会想。

又想又怕又想，然后微微害着羞，自己跟自己说：呵呵，还是算了吧，哈哈哈。

从三叶虫进化到灵长类，生物对安全感的追求决定了一些自然法则，乃至社会生活法则。

故而，在庸常的生活里，普通人难得成为众目睽睽下的主角。

但世事无定法。

诸君明鉴：再普通的人，也会在一生中某几个节点上隆重登场，理所应当地成为主角——比如新生儿的落草，比如驾鹤西行者的入殓，比如新嫁娘的婚礼。

所以满月酒很重要，所以证件照很重要。

所以婚礼仪式的酒店预订很重要，伴娘的人选和颜值很重要，冷焰火和香槟塔很重要，婚纱是租是买是长是短带不带水钻有没有面纱……很重要。

严格意义上讲，婚礼不重要，如果你是封红包随份子去喝喜酒闹洞房的话。

但严肃意义上来讲，婚礼对你我每一个人都很重要，如果你打算结婚的话。

你自己的婚礼一定很重要。

因为这个世界上谁不是普通人？谁不曾经是个普通人，谁不终将是个普通人？

因为对于每一个终须泯然于众的普通人而言，当一次主角，很重要。

我主持过很多场婚礼，我所有好朋友的婚礼都是我主持的。

我乐意去主持，因为可以省下份子钱不用给红包。

他们也都乐意让我主持，因为我随机应变主持得好，还自备西服领带。

2012年6月10日，我在云南丽江的大港旺宝酒店给一对普通人主持过一场婚礼。

这是一场我永生难忘的婚礼。

因为我主持砸了，但大家却都很满意。

主角们也都很满意。

（一）

证婚人小松捏着话筒，动情地说：我们家三爷三嫂搞破鞋，终于搞成功了！

我要疯了。

这是我主持过的最奇葩的婚礼，这是我见过的最二B的证婚人。

奇葩的不仅是证婚人，伴娘也一样奇葩。

大喜的日子，伴娘出幺蛾子，收完开门红包后仍然堵着门死活不让新郎进，非说之前没正式求过婚，非要新郎隔着防盗门补上，喊不够100声"我爱你"绝对不开门。

新郎周三是个老实人，老老实实单膝跪下，一声接一声地说：嫁给我吧我爱你！

他说一声，门里的伴娘们数一声，数到八十多声时也不肯开门……怎么着，真要凑个整数啊。

门外接亲的伴郎们已经开始撬锁了，门里的伴娘们不急不慢地数着：91……92……

数到第97声"我爱你"时，门咣当一下开了，闪倒了一堆伴郎。

白衣飘飘的新娘子扶着门框抹抹眼泪儿。

又哭又笑满脸冒泡，泪珠顺着手指头往下滴答，假睫毛眼瞅着快要被冲掉。

隔着一堆东倒西歪的伴郎，周三傻呵呵地说：老婆你莫哭，还差三声就数完了。

他单膝跪着，认认真真地喊：嫁给我吧我爱你……嫁给我吧我爱你……嫁给我吧我爱你！

新娘子伸手把他薅起来，另一只手冲屋里挥舞。

她带着哭腔说：值了！这是周三第一次对我说我爱你！

周三：啊呀，老婆你不哭好不好？

他一边说一边摊开手掌给她擦眼泪，一不小心把假睫毛给蹭下来了，伴娘们冲上来，七手八脚地粘睫毛。

新娘子睁一只眼闭一只眼对她的法定夫君说：好！不哭！你肯对我说这么多遍我爱你，我以后都要笑着。

新娘子抻着腰，仰天大笑，刚粘了一半的睫毛又被扯下来了。

我从没见过这么奇葩的新娘子。

她还真是说到做到，接下来的整场婚礼都一直在笑。

理所应当的娇羞和端庄她全忘光了，只是一味兴高采烈地笑，像吸了一氧化二氮笑气。

按规矩，新娘子一登台，婚礼司仪一般要问：新娘子跟我们分享一下现在的心情吧。

常规回答是"好幸福"或"好激动"，唯独她不按章法出牌，我的问题刚问出口，她立马扭头看着新郎周三说：哈哈哈你是我的了，这辈子你都跑不掉了哈哈哈……

一边狂笑，一边还伸手捏了个拳头捣了周三一拳。

结结实实地捣在肩头。

头回见到这么豪迈的新娘子。

也是头回见到这么娇羞的新郎。

新郎周三红着脸，娇羞地回答说：……老婆，我不跑。

没错，娇羞。

我脑子不够用了。

这都是什么世道……

婚礼还要继续，优秀的主持人大冰打起精神问周三：新郎说说看，你是靠什么手段打动了这么美丽动人的女人，让她愿意心甘情愿陪伴你一生的？

其实这个问题怎么回答都行，一般人愿意幽默一下或者吐露深情，大可自由发挥，走个过场而已。

但我忘了新郎周三真的不是一般人。

我忘了周三是个较真儿的老实人。

他张着嘴想了一会儿，紧张地看看我说：用的什么手段？……我我我，这个这个，我忘记了。

忘了？

台底下几百人盯着呢，你忘了！

这是谁的婚礼啊这是，怎么还有自己砸自己场子的！到底是你婆媳妇还是我婆媳妇！

你闪死我吧，你让我这个优秀的主持人该怎么接话！

我头发都参起来了，咬人的心都有，还没等张嘴圆场，手中一空，话筒被人摘走了。

新娘子把话筒摘走了，她兴高采烈地说：我记得我记得，我来说我来说！

我快哭了，这是婚礼现场还是知识竞赛抢答现场？

好吧你说吧。

新娘说：他有一次对我说，虽然我没钱，但我只要有一碗稀饭，一定会分你一大半……

我虎躯一震……好了好了，终于拨乱反正步入正轨了，多感人的一句话啊，整场婚礼浪漫感人的基调还是很有希望实现的。

一个优秀的主持人最宝贵的特质就是学会倾听，然后抽丝剥茧顺杆儿爬，机会电光石火稍纵即逝，我火速跟进，凑过脑袋去张嘴插话道：

爱侣喝稀饭，胜过吃海鲜，有道是有情饮水饱哦，新娘子，你还记得你身旁的这个男人是在哪次花前月下时对你说的这句话吗？

兴高采烈的新娘子兴高采烈地回答：是在我们俩私奔的前夜，他发短信对我说的。

私奔？！

你弄死我好吗……

你弄死我吧！

一万只羊驼从我脑袋上踩过……

给我一块板砖好吗？给我一根绳子好吗？给我一把尼泊尔军用廓尔喀狗腿弯刀好吗……

私奔……这是婚礼上该有的台词吗？这是哪个次元的桥段？！《屌丝男士》都不敢这么演，《万万没想到》都没这么演过好不好！

新娘子的手劲儿颇大，我掰不开她的手指头拽不回话筒，大家云手暗夺了两三个回合后，被她一肘子蹭在我下巴上，上下门牙嘎巴一声脆响，舌头舌头舌头我的舌头……

台底下几百人看着呢，我眼泪汪汪地捧着咸乎乎的舌头在舞台上蹦。

自打1999年出道当主持人，什么大风大浪没经过过，居然会有我大冰hold（掌控，稳住）不住的场子？

这次第，怎一句尴尬了得！

我边蹦跶边喊：周三！我服了！……这是你亲生的媳妇儿吗？

舌头肿成发糕了，"亲"发音成了"今"。

周三愣了一下，腼腆地回答：……我希望，她来生也是我媳妇。

这都是哪儿跟哪儿啊……

乌云怎能留得住落下的雨水，眼眶怎能留得住我掉下的眼泪？

好吧，我投降，你们爱说什么就说什么吧，不管说私奔还是说裸奔我都他娘的不管了，我戳在旁边呜咽我的就行。

我蹦跶到舞台一侧……给我个洞好吗？

舌头好痛……

新娘子果真大方，完全视我为空气，她一手薅着新郎的手腕，一手攥着话筒，迈步向前三尺三寸。

瞬间，仙气十足的长尾白婚纱被她穿出了绿林响马披风的气势。

手攥得那样紧，指甲盖都攥白了，她把话筒戳到鼻子上，朗声道：

……有些人认识了七十年都没在一起，有些人认识了七天就可以在一起。是的，我和周三认识的第七天就订了终身，就私奔了……既然是对的人，为什么要矜持，为什么要死要面子，为什么要擦肩而过？

我是个普普通通的女孩子，我来到这个世界上什么都想要，就是不想要后悔！
我从没有后悔过和他私奔，我从没有后悔过把攒了半辈子的这唯一一次疯狂用
在他身上。
我知道在座的一半以上的人从一开始就不看好我和周三，觉得我们不可能有结
果，但你看，今天我们共用一个户口本了……谁说处女座和天秤座没办法修成
正果？

她扭头冲着伴娘群的方向叫嚣：
你们老说我找的男人又土又木还是处女座，不懂浪漫没有激情不值得我赴汤蹈
火……是的，他一点儿都不浪漫，他甚至都不懂向我求婚，他只对我做过一件
浪漫的事情——他每天弹着吉他、唱着歌喊我起床，我每天都是在他的歌声中
醒来的……每天每天，每天都是！

我半夜起来上厕所，刚坐到床边，他会忽然坐起来一把抱住我，说：萱萱你要
去哪里？
我说：三爷不担心呵，我只是上个厕所。
每次都是我上完厕所回到床上，他才肯躺下，我去多久，他都迷迷瞪瞪地闭着
眼撑着胳膊等我。

睡觉的时候他永远都是抱着我，我挪一点儿他也挪一点儿，我滚到床底下去
了，他就把我捞上来……然后接着挪。
我体质弱，一年四季手脚冰凉，周三每天睡觉时焐着我的手，夹着我的脚，他
从来都不嫌我的脚冰，他就是我的电热毯，我和他睡在一起的这三年，就再没

生过冻疮。

台下主桌一阵骚动，有对老人家此起彼伏地喘了两口粗气。
老头儿开始解领带，老太太开始捂心口。

新娘子眨巴眨巴眼，普通话瞬间换成四川宜宾方言：
老妈、老汉儿，不要叹气，我和周三都在一起三年了，咋个可能不滚床单？实话跟你们说噻，幺儿在你姑娘肚皮里头已经四个月喽。

新娘子挺挺腰，伸手拍拍肚皮，隔着雪白的婚纱，拍得肚皮PIA PIA响。

台下两个老人集体愣了一下，然后组团乐开了花。
老太太下死力在老头子胳膊肘子上拧了一下，说：太好了，杨老头，以后你麻将打不成喽，陪我去带孙孙喽。
老头子哆嗦着手，激动得起身端起酒杯：……托大家的福，我先干为敬。

（二）

一堆人七手八脚地把老头儿摁坐下，打手势咬耳朵地告诉他：婚礼还没结束呢，菜还没上酒席还没开始呢，还没轮到岳父丈人老泰山敬酒呢……

场上新娘子的工作报告还在继续，她望着父母的方向，声音忽然柔了下来：

……老汉儿，接下来，我想和您单独说两句话，好不？
老汉儿，那时候你剪了我的银行卡，藏起了我的身份证，还用那么大的锁头把我关在门角角后头……我那个时候哭、挠门……但我晓得你是疼我的。

我后来偷偷跑出来，那几个星期没给你们打电话是我错了，不是不想，是不敢……不敢在电话里头听你叹气。

我从宜宾去云南，一千多公里的路，没手机，没得钱，一路说好话搭顺风车。
45个小时的汽车坐惨了我，我饿着肚子，揣着剪子……一路不敢睡，人家好心给我东西吃我也不敢吃……一路都在流泪。
你关起我的时候，我为见不到周三哭，我逃开你的时候，流的泪都是为了你和妈妈。

……好几年过去了，你和妈妈从心底头原谅我了吗？

我是个不孝顺的孩子吗？……我不是哦。
孝顺就是百依百顺百分地听话吗？
每个孩子都应该找到自己真正想要的生活，照顾好自己，这才是最基本的孝顺，不是吗？自己过得都不舒心，拿什么去谈孝顺父母？

我要让自己过得好，我一定要让自己过得好，老汉儿，真的，我觉得我现在过的就是一直以来我想要的生活，我现在爱着的男人，就是从小到大我一直想嫁的男人。
他遇到了我，我找到了他，我有了一个老公，你们多了一个儿子，我们会一起孝顺你们。

那时候，你们觉得周三是个穷歌手，怕我一个女娃娃离家千里去和他耍朋友会受欺负，可他真的从来没有欺负过我，都是我欺负他！

老汉儿，从小到大你是咋个疼我的，他就是咋个疼我的。

周三不会甜言蜜语不会浪漫，但他总会在不经意的时候感动我，他和你一样，走路的时候让我走安全的那边，在我看电影哭了的时候他也会抱着我哄我。

他是处女座，有洁癖，但会把我所有吃剩的东西直接拿过去吃，从来不忌讳。

我头发再油他也不嫌我油，和他在一起后我再没减过肥，我穿什么衣服，他都觉得好看……

新娘子顿了顿，目光扫过全场，略带骄傲地说：

他从来没忘记过我们的任何一个纪念日，他所有的密码都是我的生日。

新郎周三今天基本是个摆设，除了娇羞就是憨笑。

新娘松开攥紧的手，抬到了半空中，我以为她又要捣他一拳，没承想，她轻轻地摸了摸他的脸。

新娘望着众人，说：

我们在决定在一起的时候，就已经决定过一辈子，好像以前就已经在一起很久了，默契得连我自己都觉得奇怪。

刚跟他在一起的时候，是他人生最黑暗的时期。他前女友骗光了他所有的钱还有感情，跟别人跑了，他曾经每天把自己关在家里，不交流，不吃饭，不出门，只练吉他，陪着他的只有吉他。

我们刚在一起时，他的生活起居习惯无比地差，经常一份炒洋芋一瓶可乐就打发一顿饭。

很多受过伤的孩子喜欢抱着娃娃公仔睡觉，他那时候睡觉时喜欢抱着吉他。

我喜欢他，所以我心痛他，所以我要慢慢融化他、改变他。
我买了做饭的用具，每天每一顿都做不一样的菜，只要他吃一口我就开心
了……

新娘子忽然望着场下某一个角落笑了一下，说：
我经常跟周三说，你要感谢你的前女友，而不是恨她，因为她的离开才成全了
我们的相遇。
有人说每个人一辈子都会遇到三个人：一个你爱的但不爱你的，一个爱你的但
你不爱的，还有一个爱你的你也爱他的。
我真心祝愿周三的前女友早日遇到第三个人，遇不到也别回头了，你不要的我
要了，你再想要也要不回来了。
我不是在挑衅哈，我一点儿也不紧张我们家三爷，现在都是他紧张我。他每天
晚上去酒吧唱歌，我都陪着他，他在台上唱歌，我在台下帮忙招呼人。
每次看见我和别人聊天聊得稍微久一点儿，他都会扔了吉他走过来一把搂住
我，说：哎，老婆，这是你朋友啊，介绍认识一下啊……

台下哈哈一阵大笑，不少人举起手来向舞台上示意。
有人喊：原来如此啊，真伤人啊，下回去喝酒，三嫂记得打个折啊！

新娘子双手抱拳，团团作个揖，问：
我说了这么久，你们没听烦吧?
不等众人搭话，她歪着脑袋自顾自地说：
烦了也给我听着，今天是我结婚，我是主角！

连伴娘团都开始鼓掌了，噼里啪啦的一阵掌声后，新娘子扳正新郎周三的肩膀，双手捧着话筒，看着他的眼睛，一字一句地说：

他们一定觉得我今天很强势，不够女人……我强势也只强势今天这一回，我不需要别人懂，只要你懂我就足够了。从明天起，我依旧是那个给你洗袜子、给你炒菜、给你拎吉他的小媳妇……

周三张张嘴，手比画了半天也没憋出来半句话，他挠挠头，捧起新娘子的脸，瞄准了亲了下去。

好狠的一口，牙磕在话筒上，音箱咔嚓一声嚣叫。

两个人捂着嘴，看着对方乐了半天，完全忘记了周遭世界的存在，也忘记了我这个戳在一旁舌头受伤的优秀的婚礼司仪。

我贼心不死，猫步上前，试探着，想从新娘子手中把话筒抽出来……

我活该。

我欠。

人家四目相对正浓情蜜意着呢，看都不看我，抬手一拨楞。

这次是鼻子。

耳朵里钲儿的一声，全镇江的米醋都叫我一个人咕嘟下去了，从鼻子尖酸到脚指头，我捂着鼻子蹦跶，哗哗淌眼泪。

我欠。

我活该……

泪眼婆娑中，影影绰绰的，看到那个穿着白色婚纱的姑娘仰着头对面前的男人说：

认识你时，我22岁你31岁……

现在我24岁你33岁……

可是我却觉得时间一直停留在我们初见的时候。

三爷，谢谢你娶我……差9岁的爱情，是单数的最大值，也是我幸福的最
大值。

新娘子的年终工作总结报告终于结案陈词了。

她终于肯正面面对我了，远远地伸手，她把话筒递了过来。

我是接还是不接……

我舌头痛，鼻子也痛，我我我还是不接吧……

不接又不好……

我还是接吧，我把胳膊伸长了接还不行吗……

我这边天人交战方酣，那厢已风云突变。

话筒在新娘子手中画出一道漂亮的弧线，自自然然地交到了新郎官周三手中。

就那么自自然然地，交到了周三手中。

我的话筒……我的滑板鞋……我去年买了个表买了个登山包……

我干笑了两声。

哭了。

鼻涕冒泡，透明的……噗一声就炸了。

（三）

周三结结巴巴地开口了，浓重的云南曲靖普通话，像半生不熟的炒洋芋：

我不知道该说些什么……萱萱刚才说的，全是我想说的……

台下人开始起哄鼓掌，有人站在凳子上喊：三爷别尿，今天你是主角，多说几句多说几句，坦白从宽抗拒从严嘎！

周三看看新娘子，新娘子跟着众人一起在鼓掌起哄。
他呆萌地咧开嘴笑了会儿，说：
……2005年，我辞了高速公路收费站的工作，和我的兄弟小松一起出去闯荡。
我们去了成都，带着吉他，想当歌手，想靠唱歌安身立命，原本以为外面大城市的机会更多，没想到最后连饭都吃不上了。

那个时候我们住在最便宜的违建屋顶层里，每人每天两块钱的生活费，跑了所有酒吧和可以演出的地方，可是别人一听说我们是云南人就再也不联系我们了……

小松说人要坚持梦想，可现实是今天一天都没吃饭了，房东又敲门说房租水电费该交了，拿什么去交……拿梦想还是拿理想交？

最后我们黯然地回到了曲靖。
回到曲靖后本来打算去新疆，那里有我喜欢的冬不拉，但小松拦下了我，叫我一起来了丽江。

我们在街头卖唱，被人欺负，被人打……也认识了很多玩音乐的好朋友，比如大松，比如靳松、路平、大军，还有今天的婚礼主持人大冰，那时候我们兄弟伙经常在一起卖唱……

他伸手指指我，我装没看见。
别指我，我不是司仪，我不是主持人……我没有话筒。

周三说：
……后来我们攒了点儿钱，开了个小酒吧……
谁不想过得好一点儿？谁不想又有爱情，又有理想，又有米饭？可现实……

他沉默了一下，抬起头接着说：
有理想的时候没有米饭，有米饭的时候没有了理想和爱情……就这样颠颠倒
倒，直到三十多岁，直到我遇到了萱萱……

他抹了一把脸，抹出一脸的泪水，湿漉漉的手掌心。
他呜咽着，重复着说：
我遇到了萱萱……
我终于遇到了萱萱……

新娘子帮他擦眼泪，他躲开伸过来的手，半弯着腰，自己拼命在脸上擦着。
他说：……哎，大家见笑了，我这个人不会说话。
他终究还是没躲过新娘子的手，像个孩子一样被擦拭着脸。

话筒垂在手边，台下的人听不见他们俩的对白，只有同样在舞台上的我听到他
呜咽着说：老婆，有了你，我什么都有了，什么都回来了，我要让你过上好日
子……

良久，周三恢复了平静，他抱歉地冲台下的众人笑着，说：

我话说不好，我还是用唱的吧，我曾经写了一首歌给萱萱，是写给她的情书……写在她私奔来找我时抵达的前夜……我想再唱一次给她听，顺便也唱给大家听。

顺便？

好吧，顺便。

新郎临时起意要唱歌，吉他立马就送上台了，丽江歌手单身的多，民谣吉他是老婆，不少歌手随身背着吉他，来喝喜酒时也不割舍。

吉他是有了，话筒架找了半天找不到。

话筒架这么专业的设备哪个婚礼现场也不可能预备哦。

大家急着听歌，有人喊着让周三清唱。

清唱？

这么大的场地，清唱鬼能听清。

实在是没办法了，周三只好抱着吉他把话筒搁在了脚面上，勉强能收到一点儿声音是一点儿。

有道是时穷节乃见，说时迟那时快，有一个伟岸挺拔的身影一步一个脚印地走上前去，坚毅地攥起了话筒，稳稳地擎到周三嘴边，当起了名副其实的人肉话筒架。

只见此人紧抿双唇，眉宇间凝结着一股似悲似喜的惆怅之气，虽不动声色，却当真是此处无声胜有声。

·············

那个叫大冰的主持人，终于拿到了话筒。

不重要。
不要在乎这个人的忽然出现。
事实上当时也没有人在乎他的出现……
不同年龄、不同血型、不同星座的男男女女皆屏住了呼吸。
女人捧起了心口，男人抱起了肩膀，每一个人都竖起了耳朵，准备聆听那个叫
周三的男人，写给他爱人的情书。

他唱：

这二十多年来，我一直在唱歌，唱歌给我的心上人听啊
这个心上人，还不知道在哪里，我一直在寻觅着她

又过了十年，我一直在寻找，没有找到心上人
到处都是高楼大厦，到处都是飞机汽车，压得我喘不过气
现在该如何是好，这世界变化太快了
我没有存款也没有洋房，生活我过得紧张

心爱的姑娘你不要拒绝我，每天都会把歌给你唱
心爱的姑娘你一定等着我，我骑车带你去环游世界
心爱的姑娘你快来我身旁，我的肩膀就是你的依靠
心爱的姑娘虽然我没有车房，我会把我的一切都给你
心爱的姑娘你快来我身旁，我的肩膀就是你的依靠

心爱的姑娘虽然我没有车房，我会把我的一切都给你

这三十多年来我坚持在唱歌，唱歌给我的心上人听啊
这个心上人，还不知道在哪里
感觉明天就会出现
…………

写于私奔会师前夜的一首歌。
很好听的一首歌。
我记不得新娘子听歌时候的反应，因为看不清。
潮湿的水汽蒙住了双眼，眼底心底的渠堤被掘开一道豁口，清清亮亮的水静静
地往外流。
真丢人，流泪的话筒架。

好吧。
那是我有史以来主持得最糟糕的一场婚礼。
那也是我有史以来在婚礼现场听过的最动听的一首歌。

那天婚礼现场去了很多人，数年后，很多人忘记了那婚礼是我主持的，但很
多人记住了这首歌。

这首歌叫《一个歌手的情书》。

（四）

几年后，同时拥有爱情和米饭的周三把这首歌唱到了CCTV。

他的云南乡音不改，在一个叫《中国好歌曲》的节目里唱哭了一个叫蔡健雅的导师。

然后除了爱情和米饭，他又收割了理想。

我坐在电视机前起开一瓶啤酒，一边喝，一边跟着合唱。

时而哑然失笑，时而引吭高歌。

酒瓶攥在手心里，好像攥着一支话筒。

镜头扫过观众席，众人或捧着腮沉默，或泪花盈眶，唯独有一个女人笑得满脸灿烂，边笑，边大珠小珠断了线。

是的，传说中的羞羞羞又哭又笑满脸冒泡。

一边冒泡，一边还打着拍子。

身为主角，她当然有资格打拍子了。

这封情书本就是写给她的。

（五）

世人大都是普通人，大部分普通人大都信步漫行在庸常的人生中。

大部分普通人，大都习惯了在周遭旁人林林总总的故事中扮演路人甲。

普通人就只能扮演路人甲吗？

普通人就不能遭遇那些传奇的故事、神奇的际遇吗？

周三和萱萱也都是普通人。

他们的故事并没有多么感天动地，不过是一场婚礼、一封情书、一点儿真心而已。

不过是两个普通人敢于去同时拥有爱情、米饭、理想而已。

不过是两个路人甲敢用自己的方式，去出演一幕普通人的传奇。

为什么你听过了许多道理，却依然过不好这一生……因为您老人家光听，而没有去做啊。

其实世间大多数传奇，不过是普普通通的人们把心意化作了行动而已……

咄！

再普通的路人甲，只要敢大胆抢镜。

谁说他的主角故事，仅限一场婚礼而已？

▶ ▷ 周三《一个歌手的情书》

▶ ▷ 周三&蔡健雅《一个歌手的情书》

铃铛

▶ ▷　小师姐沿着石板路走远了，那一日是罕见的晴天，她
　　　脚下的青石板路泛着光，胸前的银铃铛叮咚轻响……
　　　拐了一个弯，也就听不见了。

世上没有什么命中注定。

所谓命中注定，都基于你过去和当下有意无意的选择。

选择种善因，自得善果，果上又生因，因上又生果。

万法皆空，唯因果不空，因果最大，但因果也是种选择。

其实不论出世入世、行事处事，只要心是定的，每种选择都是命中注定的好因
果……

这篇文章说的不是因果和选择。

说的是铃铛。

还有银子。

（一）

《禹贡》曰"唯金三品"，金银铜。

这个故事里也有唯金三品：银子、银子和银子。

这个故事里还有三品，不唯金，却唯心，阅后仁者自知。

故事发生在银器店，那时我是个学徒的小银匠。

银器店悄悄生长在边陲小镇。

老师傅老手艺，几十年的老房子，老街老巷。

哪有什么春夏秋冬，小镇只有旱季和雨季。
雨季来临，寒气静悄悄地升腾，领口袖口一凉，偌大个喷嚏猝不及防。

街面上行人寥寥，湿漉漉的狗颠颠儿跑过，一簇簇不知名的菌子撑开在木头
墙角。
木头柱子木头墙，木头的小镇。
雨季里，老木头有种清冷的霉香，图书馆深处的味道。
老师傅身上也有这种味道。

铺子临街，老师傅猫着腰，踞坐在门口木墩上，火焰艳红，灰蓝的手掌。
青石板路冰凉，一天到晚水汪汪。马帮时而缓缓踱过，大胡子马锅头揣着酒
壶，马鞍上摇摇晃晃，铜铃儿叮当叮当响。
川马滇马没驴大，步子迈得小，铃声也碎，碎碎的钝响从街头淡到街尾，再没
入田野那头的远方。

马铃声远去，打银声渐起。
叮叮叮，叮叮叮……
铜声钝，银声脆，老师傅的锤子缓，余音钲儿的一声袅袅上天，好似黄雀儿鸣
叫着蹿入层云。

我时而停下手中的活计，眯起眼睛，侧着耳朵。
多好听呀，真好听啊。
一声来耳里，万事离心中，听着听着，人就魔怔了。

一根纸烟丢进怀里，老师傅瞅着我呵呵笑。

我一抹下巴，真丢人，出神儿就出神儿，怎么还淌口涎了？

纸烟别上耳朵，我拱手道：哈……不好意思啦阿叔，我又偷懒了嘎。

他摆摆手，笑眯眯地问我：洋芋吃得惯？

吃得惯吃得惯……我学徒来的，阿叔吃什么我自然跟着吃什么。

又问：馋肉了吧？

哪里哪里……我学徒来的，阿叔吃什么我自然跟着吃什么。

他点着头，笑眯眯地说：……学不学徒不要紧，要紧的是早点儿多学个手艺，靠手艺吃饭，想吃什么就吃什么。

我是莫名其妙留下来当学徒的。

彼时我年少，拎着小画箱背着大背包满世界游荡。

半背包颜料，半背包煎饼和大蒜。

袖子吸饱了松节油，指缝里嵌满黑泥，牛仔裤膝盖处脏得反光，裤腿上花花绿绿的颜料嘎巴儿，整个人胡子拉碴马瘦毛长。

要多砢碜有多砢碜。

大学本科是风景油画专业，偏爱画乡野，习性难改，故而途经小镇时，驻足几天画画老街老房，顺手把老师傅打银的模样描摹在了画面上。

他手中的活计不停，任凭我画，偶尔抬头冲我笑笑，我也冲他笑笑。

到了饭点儿，我蹲在路边啃煎饼就大蒜，他端着碗，探头看我。

他冲我笑笑，我也冲他笑笑。

我把画转过来给他看：画得怎么样？

他说：啊呀！真像，和个相片一样，这个画一看就能卖不少钱。

我逗他，扬起手中的山东煎饼，道：真要能卖不少钱，我还用蹲在这儿啃这个？

他端着碗走过来，笑眯眯地瞅瞅我，又瞅瞅煎饼。

能吃饱吗？纸片片一样。

我说来来来别客气，您也尝尝。

…………

一来二去攀谈熟了，我留了下来，被老师傅捡回了银匠铺学徒打银。

老师傅说他年轻时也爱写写画画，门神也画过，大字也写过，《芥子园画谱》也临过好几卷……穷乡僻壤的，毕竟不能当饭吃，终归还是去学了手艺。

他说：你住几天，住几天嘎，一来饭菜吃点儿热的，二来顺便学学手艺。你会画画，上手一定快，说不定将来多只碗盛饭。

他心善，以为我落魄，变相接济我。

我晚熟，孩子气重，一生不羁放纵爱折腾，借着此番好意，张嘴就应了下来——多好玩儿啊，混成个银匠当当。

我张罗着去买猪头来拜师，他却不让。

他说：免喽免喽，你们这帮孩子将来都是要去做大事的人，你住几天，住下嘎，住下就好。

老师傅说，匠人有匠人的规矩，有些事情儿戏不得。

若当真拜了师，就要扎扎实实学徒三年，若要学得精，三年也未必出师。这是门传了不知多少代的老手艺，养家糊口有余，买车买房却未必，实在不适合年轻人学，也一直没碰见个真心学艺的年轻人……

他说：你要是愿意学徒就学着玩玩，学费不用掏。

我说：那我横不能搁您这儿白吃饭吧？

老师傅上下打量着我，说：阿弥陀佛，难不成你还能吃穷了我？

好吧阿叔，那咱们今天吃什么？

（二）

我以为会驻足个三五天。

没想到一住就是整个雨季。

住下后，自然不用啃煎饼了，有菌子吃，有凉粉吃，还有洋芋。

烤洋芋、炒洋芋，洋芋丝、洋芋片。这里的洋芋是红心儿的，生吃有股苹果味儿，柴锅烧来滋味足，饭添了一碗又一碗，怎么吃也吃不够。

饭桌就是柜台，柜台就是饭桌。

铺子地方小，吃饭时老师傅坐中间，我和小师姐一人一边斜倚在柜台上夹菜，乌木筷子，粗白瓷的大碗。

老师傅念佛，菜多素少荤，却出奇地香。我筷子落得像打地鼠，吃得稀里呼噜。

小师姐不一样，她眼观鼻鼻观心，文文静静捧着碗，细嚼慢咽。

是喽，银匠铺还有个秀气的小师姐。

小师姐个子不高，一身长襟黑羽绒服，袖子长长盖过手背。
那一年，北上广的女孩子开始流行把长发簪在脑袋顶心，小师姐脑袋顶上也簪着个同样的髻子，据说叫道姑头。
本是个俏皮的发型，却让她顶出了一身古墓派的忧郁。
乍一看，哎呀我擦，敢问小道姑刚给哪家施主做完头七招魂法事……

小师姐性格也像个小道姑，极内向，话极少，一顿饭也不见她说一句话。
她不问我的姓名产地，也不和我寒暄……话说我是多不招人待见？

饭后我装装样子，起身收拾碗碟，她轻轻推开我的手，说：我来就好。
后院的自压井旁，她蹲着洗碗，动作轻又缓，一点儿声响也听不到。

小师姐也是外乡人，年龄只比我大一点儿而已，进门只比我早几天。
老师傅笑眯眯地说：和你一样，也是捡来的。
也是捡的？也是在路边啃煎饼就大蒜？
阿叔你逗我的吧？我不信，多秀气的一个姑娘哦，怎么看也不像个走江湖跑码头的。

她姓甚名谁是何方神圣，老师傅也不知道。
老师傅说别看镇子小，来来往往的外乡人却不少，乐意留下跟我学手艺，高兴还来不及呢，问那么多作甚？只要不是通缉犯，愿意住多久住着就好。
我笑问：那如果住下的是个通缉犯呢？
老师傅飞快地上下打量我一眼，嘟囔着：阿弥陀佛……

拜托，看什么看，很伤人的好不好？

小师姐是个奇怪的女人。

是有多怕冷，冬天尚远，她却早早裹上了羽绒服，也不怕捂得慌。

又好像很怕累，她去街尾买菜，短短一截路就能走出一脸倦容来，好像背着的不是竹篓，而是口水缸。

我就够爱走神的了，她段位明显比我高，有时吃着吃着饭眼神就失了焦，有时擦着擦着桌子，抹布就固定在了一个地方不停转圈。

私下里我问老师傅：她有心事吧，我去陪她聊聊天解解闷去？

老师傅说：莫扰她……她一来就这样，好多天了。

小师姐发呆的时间往往很长。

小镇雨季的午后，她抱着肩膀看檐头滴水，一只脚踩在门槛上。

大半个小时过去了，鞋面溅得湿透，人却一动不动斜倚在那儿，像尊石膏像。

失恋？失业？失意？不知道也。

有心去关心一下下，又担心微笑未必能换来等量的微笑，算了算了……

打破沉静的总是老师傅，他咳嗽一声，端着锤子喊：来来来，你们俩都过来瞧瞧。

瞧什么？当然是瞧打银。

算是传艺吧，但老师傅不说教，只说瞧。

厚银板裁成条，锐刀錾花，锉刀修边，一锤两锤敲出韭叶儿扁，三锤四锤敲出月牙儿弯。

皮老虎小风箱鼓火，脚下要踩匀，喷枪满把抓，枪口不对人，烧啊烧，烧啊烧，烧软找型再烧再焊，烧至雪花白时往水里沁，刺啦啦一道白烟……好漂亮的镯子。

老师傅对小师姐说：来，戴上瞧瞧。

雪白的银镯子箍在小师姐雪白的手腕上，白得晃眼哟。

老师傅笑眯眯地说：银子嘛……不怕敲，也不怕烧。只有纯银才能越烧越白，所以叫雪花银。

原来这雪花银都是烧出来的？

老年间又没验钞机，难不成衙门库房里入账前，银子还要先拿到火上烤烤？

越想越有意思。

老话说：三年清知府，十万雪花银。清乾隆时期，一两银子相当于现在200多元人民币的购买力，十万两银子就是2000万人民币左右。知府相当于市长，乾隆朝真腐败，一个市局级官员三年能黑2000万！不过结合历朝历代的世相宦情来看——

哎哟我擦，差不多哦……

一想到在过去银子就是人民币，不由得让人心生欢喜。

我也想戴戴，爪子太大，死塞活塞塞不进去，力气也用大了，眼瞅着把镯子捏得变了形。

纯银软，却又沉甸甸的，有意思。

武侠小说里，江湖豪客打赏，动不动兜里一掏，甩手就是纹银百两。

真牛B! 随身揣着几十斤沉的玩意儿, 也累不死他……

当真是越想越有意思。
来来来, 阿叔, 锤子给我使使, 先来半斤银子练练手。

头一回上手, 想打一个绿林暗器银飞镖, 将来行走江湖时好行侠仗义。
……结果七搞八搞, 镖没搞出来, 搞出来一根曲里拐弯的小胡萝卜, 一头粗一头细。
我不服气, 换一角银子, 再丁零当啷一番。
还是一根胡萝卜, 银的。

我大山东皇家艺术学院1998级美术系高才生, 想当年入学考试专业第一, 整栋男生宿舍动手能力不做第二人想。工笔、蛋彩、烧陶、模型、雕塑、篆刻、织毛衣、人体彩绘、伪造学生证……样样精通, 如今诚心诚意给自己锻造把兵刃居然会不成?
我运了半天气, 然后尽量把两根银胡萝卜敲直……处女作宣告失败。

老师傅说敲银子不是钉钉子, 要先练好拿锤子。
他说: 你已经不错了, 头一回上手就能打出双筷子来……

筷子? 这货是筷子? 手指头粗的筷子?
好, 既如此, 少侠我就用它吃饭了, 谁拦都不好使。

那天晚饭, 我的筷子是对银胡萝卜。
老师傅不忍见我自尊心受挫, 为示勉慰, 专门加了菜, 豆腐和鸡蛋。

菜是老师傅买的，小师姐炒的。

和往常一样，老师傅坐中间，我和小师姐坐两边，她眼观鼻鼻观心，无声无息地端着饭碗。

诡异的事情就在不知不觉中发生了。

（三）

小胡萝卜不好使，重，我夹菜速度慢。饭吃到一半时，忽然心里一惊，筷子停在菜碟子边，手慢慢僵了。

筷子尖端黑了。

菜里有毒！

像我这种20世纪80年代出生的内地小城青年，青春期几乎是由香港娱乐圈抚养长大的。

多少年的录像厅港片教育，除了性启蒙，还给予我一生受用不尽的宝贵知识。

比如太监都是反派，扫地僧都武功高强，比如但凡是主角跌下悬崖都死不了。

比如滴血认亲，比如银针试毒！

没错！银子变黑，菜里有毒！

少安毋躁，后发制人，以不变应万变方为王道。

我不动声色，瞟一眼老师傅，不像……

他一脸的慈眉善目，嘴里吧唧吧唧地嚼着，哪里有半分谋财害命的模样？

可越是反派，越长得像好人，电影里不都这么演的吗？

……可他图我什么？弄死我他有什么好处？抢我包里没吃完的煎饼？

再看看小师姐，她好像又在发呆，筷子插在碗里，半天才夹起几粒米，动作机械又缓慢。

她半天没夹菜！

是喽，早就察觉你郁郁寡欢不正常，未曾想还报复社会反人类，谁得罪了你，你找谁去寻仇啊，何苦对我这等路人甲辣手摧花？

一恍然大悟，胃里便隐隐抽搐起来，没错了，毒性发作了！

刹那间，电影画面一幕幕飞驰在眼前，也不知我即将七窍流血还是一口鲜红从嘴里飙出来。

立时三刻掀桌子，不是我的风格。

后槽牙暗咬，我夹起一筷子豆腐，直通通地戳进小师姐碗里。

牙缝里轻轻挤出一句话：小师姐，吃菜。

她好像一时还没从恍惚中醒过来，慢慢夹那块豆腐，嚼吧嚼吧吃了。

……看来不是豆腐，也对，白豆腐里下毒，易被人发现。

我飞速环视饭桌，又夹起一筷子鸡蛋，这鸡蛋的颜色这么黄……不太正常。

一筷子鸡蛋，直通通戳到小师姐碗上方，筷子一松，吧嗒一声落了进去。

小师姐，吃鸡蛋。

我瞟一眼手中的筷子……更黑了，没错，她把毒下到鸡蛋里了。

小师姐微惊了一下，貌似从恍惚中醒来。

她看了我一眼，"哦"了一声……

然后她把鸡蛋吃了。

然后她把那筷子鸡蛋夹起来嚼吧嚼吧吃了。

……吃得这么自然，看来也不是鸡蛋。

嗯，此地乡野，鸡是土鸡，自然生土蛋，土鸡饿了吃草籽，渴了喝山泉，拉出来的土鸡蛋的蛋黄当然比较黄了。

我又夹起一片洋芋，放进她碗里。

洋芋红彤彤的，一定有问题！

洋芋她也吃了……也不是洋芋，该死，我怎么忘了此地洋芋本来就是红心儿的。

我又夹起一筷子菌子……

我又夹起一筷子包菜……

饭桌上的菜我给她夹了一个遍。

她都吃了，并无半分迟疑，还轻声道了一声"谢谢"。

我脑子不够用了，犹豫了一下，我把自己碗里的米饭夹了一坨递了过去……

她平静地看看我，然后也吃了。

我把银筷子擎到鼻子边仔细看，不对啊，是黑的啊……

一旁的老师傅慢悠悠地感慨道：哎，好得很，一家人哦，不生分。

饭桌上一片温馨，老师傅一脸的天伦之乐，连小师姐看我的眼神，仿佛都比往日和蔼了一点儿。

他们以为我在传递友爱，在营造和睦家庭的氛围？

一直到饭吃完，我也没能七窍流血，肚子痛了两下也不痛了。

我纳着闷攥着银筷子，陪着老师傅抽饭后烟。和往常一样，小师姐无声无息地收拾碗筷。

老师傅忽然想起了什么，点点我手中的银筷子道：你这筷子……

我说：嗯？

老师傅说：银子沾了鸡蛋会发黑，去搞点儿牙膏搓一搓。

我是美术生出身，从小化学没及格过，转天QQ上问了某学霸后才知道：

熟鸡蛋散发硫化氢，遇到纯银，会在银表面反应生成硫化银。

硫化银是黑色的。

至于银针试毒这一公案，学霸解释如下：

中国古代民间，不流行化肥、农药、毒鼠强以及肉毒杆菌瘦脸针，一般人也没条件购买断肠草或含笑半步癫……当年下毒索命之最爆款，主要是三氧化二砷，俗名砒霜。

古代生产技术落后，致使砒霜里都伴有少量硫和硫化物。

砒霜里的硫遇到银，自然起化学反应，生成黑色的硫化银。

故而，在古代，出现银针试毒会发黑的情况是合理的。

我问：那现在呢？银子还能当验毒工具不？

他答：现在砒霜的提纯技术很发达，遇到银子不会再黑了，而现在大众熟知的各种毒药，如氰化物等，遇银后本就不会起反应，自然也就不会发黑。

◎ 普通人就只能扮演路人甲吗?

普通人就不能遭遇那些传奇的故事、神奇的际遇吗?

世间大多数传奇,不过是普普通通的人们把心意化作

了行动而已……

◎ 也许是万事万物由心生由心造。
当一个人的内心充满了什么，感受到了
什么，他所看到的就会是什么。

◎ 世上没有什么命中注定。

所谓命中注定，都基于你过去和当下有意无意的选择。

选择种善因，自得善果，果上又生因，因上又生果。

万法皆空，唯因果不空，因果最大，但因果也是种选择。

◎ 善良是一种天性，善意是一种选择。

◎ 真实的人生本就琐碎，如何去桥接、过渡、贯穿，看你自己的喽。

◎ 该喝醉的时候一定不能少喝，该唱歌的时候一定不要干坐。也许
无趣的不是这个世界，而是我们没有坚持那些有趣的活法而已。

◎ 一门心思地朝九晚五去上班，买了车买了房又如何？
一门心思地辞职退学去流浪，南极到了北极又如何？
真正牛B的人生，应该是：既可以朝九晚五，又能
够浪迹天涯。

◎ 你喜欢什么不重要，重要的是，你是否有能力去喜欢，
是否有尽力去触碰，是否有定力去坚守，是否有魄力去
取舍，是否有权利去选择。

我说：真有趣，那这些毒药遇到什么会发黑？最隐秘的毒药又是什么？你再给我多传授点儿下毒方面的知识，听起来真长见识。

他问：你想知道这些知识干吗？

他警惕起来，不肯跟我多说了，后来还在QQ上拉黑了我。

那位学霸和朱令是同一个母校，他的反应我表示理解。

朱令是谁？自己百度去。

关于此次"菜里有毒"事件，我当然不可能自己打脸。

老师傅和小师姐不会知晓我的内心戏，他们以为我频频夹菜的奇怪行为，是在表达友爱，我骑驴难下，自此经常给他们夹菜。

没想到夹菜也能夹出化学反应来，渐渐地，我和小师姐之间的关系慢慢在改变。

简单来说，距离好像拉近了，再和她讲话时，回应的字数多了、句子明显长了一点儿。

比如之前我说：小师姐，用不用帮你洗碗？

她会回答：不用，我来就好。

现在她会回答：不用，你坐着吧，我来就好。

你看你看，比以前多出来好几个字呢。

（四）

小镇的雨季寂寥。

银匠铺没电视，老收音机剌剌啦啦我不爱听，时常有一搭没一搭地找小师姐说说话。

真是个绝佳的听众，不论我怎么BB，她都认真地聆听。
最起码看起来是这样子的。
凑近了仔细一看，哦，确实很认真，眼神是散的，她在认认真真地出神发呆。

发呆这回事如果做得好，就是深沉。
她一贯如此深沉，我慢慢也就习以为常，她走她的神，我吹我的牛……直到老师傅喊：来来来，你们俩都过来瞧瞧。
瞧什么？自然还是瞧打银，老师傅传艺不说教，只说瞧。

毕竟人聪明，审美能力高，动手能力又强，我很快能打镯子了，特别漂亮。
至少我自我感觉是这样的。

老师傅说镯子好打，铃铛难做，若哪天能把圆铃铛打好了，也就出师了。
我正处于各种急于证明自己的年纪，自负天资聪颖，各种跃跃欲试。
老师傅说铃铛嘛……你真心够呛。

未承想，果真够呛。
打铃铛需先打银皮，要又薄又匀的，不匀不是银皮，是中东古代硬币。
光银皮就打了一整天，震酥了虎口才得了几片。
然后把银皮敲成中空半圆球体。
一打就瘪，一敲就漏。要是嚼得动，我一准儿把这堆中空半圆球体给生吃了！
好不容易打出两个中空体了，怀着激动的心情对在一起……想哭。一个M（中号）一个 L（大号），不是一个型号，合不上……重做。

终于敲出两个等大的中空体了，管他圆不圆球不球的，再说再说，反正终于打出两个等大的了，哆哆嗦嗦地焊在一起……怎么不响？哦，空心球儿怎么可能响，要捏开豆荚一样的一条缝，放响珠进去呀。

……焊得太死了，捏不开，重做。

憋着满肺的三昧真火，如上工序重来一遍。

怎么还是不响？

哦，银铃铛不能放银珠子，要放铜珠子才能响……那就捏开换铜珠子。

捏得太狠了，瘪了，重做。

…………

几番轮回转世，铃铛终于做好，当真是比考驾照还折腾，我心力交瘁，头发都白了几根。

捧着心血去给老师傅交作业，他两根手指拈起来，咂着嘴瞧。

阿叔，大家相识一场，有今生没来世，有话直说但讲无妨。

他说：豌豆？

豌豆？扁了点儿而已啊，你仔细听听，这不是能响吗？！

想咬人，打个飞镖打成胡萝卜，敲个铃铛敲成豌豆？我是来当银匠的还是来种大棚蔬菜的！

我使劲儿晃着扁铃铛：多别致，又不是卖不出去，能响就是铃铛！

老师傅说：这个这个，可能真卖不出去……

阿叔，你年事已高，接受新鲜事物有障碍，喂喂，小师姐，醒醒醒醒，你瞧瞧我打得好不好？

我把发呆中的小师姐戳醒，把银铃铛搁在她手心里。

她涣散着眼神，瞟了一下，敷衍道：哦，豌豆，挺好的。

豌豆就豌豆吧，我拴个红绳儿挂在脖子上自己留着当传家宝……

我戳醒小师姐时，她正在錾花。

老师傅说女孩子心细，能沉住气，不然苏绣鲁绣干吗都是女红，錾花同理。

小师姐确实能沉得住气，她錾花的样子我看着呢。

这副模样不像个人，反倒像台机器，机器当然能沉住气了，你什么时候见过机器喘气？

变身机器人的小师姐机械地錾錾錾錾錾……

手虽然不停，眼神却是散的。

阿弥陀佛，她只不过换了一种方式发呆而已。

（五）

我一度以为小师姐是天然呆，不关心人类，只活在自己的世界里。

直到那次"银匠铺自卫反击战"，才有缘得见月球的另一面。

那天，一对衣着简朴的小情侣兴冲冲跑来，取出对门银器店买来的一对银戒指，请我们在上面刻名字缩写。

他们依偎在门槛上等着，小师姐坐在柜台里做着刻字的准备。

情话绵绵，声音虽小，但银匠铺更小，一丝一缕全飘入耳朵里。

男生说：别人都是准备好车和房才结婚，婚礼上交换的也都是钻戒，我只能买得起银戒指，总觉得对不住你……

女生摸着他的耳朵，说：傻瓜，跟了你这么多年，到几时才能懂我？我嫁的是你这个人又不是嫁给钻戒，有一枚纯银的戒指我已经很知足了。

纯银的戒指？

小师姐停下了手中的活计，老师傅和我也停下锤子，彼此对视了一眼。

彼时，中国的古镇热方兴未艾，游客从丽江、阳朔、凤凰等一线景点慢慢渗透到小镇这样的小镇里来。

游客多了，专做游客生意的店铺自然出现，斜对门就开了一家，开门不过几周，就敢挂出一块实木大招牌：百年老店。

也是银器店，但不打银，只卖成品，琳琅满目，煞是惹眼。

他们的货源不详，但品类很多，藏银、苗银、素银、尼泊尔银……也卖纯银，纯银只卖懂行的人。

尼泊尔银不是纯银，纯度最多是925银。素银不是纯银，925银外镀白铑。

苗银也不是纯银，大多是白铜底子镀上一层薄薄的白银。

藏银也不是纯银，传统藏银三分银七分铜或镍，当下基本全是白铜。

那对小情侣被宰了，花了纯银的价钱，买了两个白铜圈，然后拿着两个白铜圈在婚礼上当信物交换，然后当成此生至宝，终身佩在无名指上。

和中国大多数旅游地的无良商家一样，店家吃准了他们不可能当回头客，也不可能为了几件饰品千里迢迢杀回来兴师问罪——这个哑巴亏他们吃定了。

我搁下锤子，想上前把话挑明，衣袖被老师傅拽住，他摇了摇头。

对门开店的，据说是镇上有势力的大家族，老师傅不愿惹麻烦。

我皱着眉头看老师傅，他弯下腰敲银子，也皱着眉。

也罢，反正这对小情侣我也不认识，犯不着为了他们给老师傅惹麻烦，算了就算了吧。

小师姐却忽然开口了：你们快结婚了吗？

真稀罕，头一回见到小师姐主动和人搭讪，且是陌生人。

那对小情侣很乐意和人分享甜蜜。

他们是攒了年假出来旅行的小职员，同一个小城长大，同一所大学毕业，同一座城市工作，虽然家境和收入都很拮据，但相恋六七年来从未红过脸。

婚礼定在年底，蜜月旅行不是马尔代夫、塞班岛，而是留在老家陪双方父母过年，女生坚持这样安排，她心疼他，想给他省钱。

男生也心疼她，故而，结婚前精心策划了这场省钱的背包旅行。

普通人有普通人的浪漫，他牵着她的手穷游，横穿小半个中国去看看世界。

小镇是他们此行的最后一站。

女生扬起一部过时的卡片相机，骄傲地说：我们拍了好多照片……房子首付的钱已经快攒够了，将来我要用这次旅行的照片贴满一整面墙壁。

这是他们的第一次二人旅行，大城市生活艰辛，凑足了首付就该凑房贷了，也不知下次再度携手天涯会是何年何月。

旅行的终点，他们走进那家银器店，牙缝里抠钱买下一对"纯银"戒指，作为此行的纪念。

以及婚礼的信物。

…………

我看看老师傅，他手中的锤子不停，腰弯得更低了。

再看看小师姐，她的目光笔直落在那对小情侣身上，直勾勾的，我去，又开始发呆了。

小师姐动了一下，冲着老师傅的方向说：

阿叔，戒指太细了，我刻不来……

她说：用咱们店的银子，给他们重新打一对新的戒指吧，宽一点儿的，好吗？

头一回听她说这么长的句子。

她说话时眼睛垂着，并没看着老师傅，语气很奇怪，带着恳求，甚至还有一丝哽咽。

那对小情侣愣了一下，女生站起身来连声拒绝：不必了，刻不了就不刻了，不要重新打了，我们身上的钱不多了……

她冲着我们摆着手，也冲着男生摆手。

小师姐仿佛没听到她的话，哽咽着，再次冲着老师傅说：

阿叔，给他们重新打一对纯银戒指吧……

老师傅没说话，慢慢地起身，取过那对戒指，再取出一条新的银板，叮叮当当地敲了起来。

女生急了，跳过去叫：说了不要的呀。

老师傅示意她坐下，用哄孩子的语气，慢慢说：没关系的嘎，不要钱的。

…………

老师傅毕竟是老师傅，新打的戒指和原先的戒指的花型一模一样，小师姐在上面刻上了他们的全名，我帮他们把戒指烧白再抛光。

男生掏出了钱包想付账，未遂。他们想把原先的"纯银"戒指留下做替换，亦未遂。

小情侣道了谢，一头雾水地走了。

临走前，小师姐对男生说：结婚戒指有一对就足够了，原先那对去退了吧，省点儿钱。

她又看着女生，笑了一下。

她呆呆地看着女生，看着看着，眼圈慢慢红了。

她张了张嘴……别过脸去，终究什么也没说。

老师傅看着她们，搓着手，犹豫了一会儿，也是什么也没说。

几个小时后，方知这对戒指给老师傅惹来了多大的麻烦。

三五个人抱着膀子走到门口，有男有女，打头的男人一脸愠色。

他们气势汹汹地闯进店里，指着鼻子冲老师傅骂：

老东西你什么意思？！你卖你的银子，我卖我的银子，我卖什么银子用得着你这种人管吗？！

师傅弯着腰，手中的锤子不停，他皱着眉头什么也不说。

那人嘴里骂骂咧咧个不停：一把年纪了，做事还不懂规矩，活该鳏寡孤独！

旁边的人附和：就是，多管什么闲事！别以为不知道你的老底，装什么好人，你个老土匪！

这话也太难听了，我冲过去攥他的衣领，拳头刚扬起来就被老师傅拽住了。

我冲老师傅喊：你放手！

他压着嗓子说：犯不着的，孩子，犯不着出头。

边说，边使劲儿把我往后院拖。

他个子小，力气却大，吊在我胳膊上坠得我趔趔趄趄。

那帮人占尽了上风，依然不肯停嘴：自己是个老土匪，还养了个小土匪！你让他过来试试，我看这个小土匪敢不敢动手！

我山东人，鲁地重礼，不流行骂人，从小到大向来是能动手就不动嘴，故而肺都快气炸了也不知道该怎么流利地还嘴。

那帮人不肯善罢甘休，又冲着小师姐来劲：

这个女的一看也不是个好货色！

小师姐无声无息，门帘半掩我看不清，不知她作何反应。

他们骂：你也给我小心点儿！再敢乱说话坏我们家生意，撕烂你这个小婊子的……！

越是乡野，骂人越粗鄙，实在难学出口。

还没等我闯出去，先仰天一跤，老师傅把我狠狠地摔倒在地，自己大步流星地冲出门去。

等我爬起来跟上去时，他手上不知何时多了一柄大号锤子。

那帮人被老师傅的气势所慑，纷纷后撤，一直退回到店铺里，哐啷啷关上门。

隔着门还在骂，一口一个"老土匪""小土匪"，一口一个"小婊子"，要多难听有多难听。

一锤子砸在木牌上，"百年老店"的招牌上咔嚓裂开一条纹，再一锤子砸上去，屋子里终于鸦雀无声。

老师傅须发皆张，站成一个"大"字，他端着锤子怒吼：

骂我可以，骂我孩子不行！

你再骂她一句，我敲开你的脑壳！

好威风！一直以为他是个佝偻的小老头，原来发起火来是头无人敢挡的老野牦牛……

"银匠铺自卫反击战"结束，历时五分钟。

对门银店珍惜脑壳，没再来找过事儿。

被老师傅敲坏的木牌我们没修也没赔，几场雨过后，裂纹的新木碴儿被雨水做旧，娘的，看起来更像是历史悠久的"百年老店"，生意更红火了。

小情侣的白铜戒指他们应该没给退。

没退就没退吧，希望那对小情侣在婚礼仪式上彼此交换的，是纯银的那一对。

那天晚饭时，小土匪先给老土匪夹了一筷子洋芋，小师姐也罕见地夹了一筷子过去。

小土匪给小师姐也夹了一筷子洋芋过去。

小师姐也给小土匪夹了一筷子洋芋过去。

…………

老师傅忽然开口道：我很多年前坐过牢……

小师姐说：哦，知道了。

我说：哦，那又怎样……

窗外细雨淅沥，昏黄的灯光下，三个人埋着头默默地咀嚼。

没有再说话，也不需要说话，仿佛三个已然相互守望了几十年的家人。

（六）

怎么也没想到，这家人一场的缘分，会结束得那么早……

"银匠铺自卫反击战"后的第二天早上，小师姐示意我去后院帮她洗碗。
她那天没吃早饭，说是没胃口。
她愣愣地蹲在那儿出神，手浸在冷水里，慢慢地搓着一只碗。

小师姐发呆出神是常有的事儿，我忙我的，没去扰她。可直到我这厢洗完了所有的碗，她的手依旧浸在冷水里，人一动不动，两根拇指紧紧地抠着碗沿儿。
手冻得通红，拇指抠得发白。
我抬手推推她：哎哎……醒醒。

她哆嗦了一下，摇摇晃晃地站了起来，我这才发现她的异样。
与往日不同，那个早上她血丝满眼，眼神飘忽发散，像个刚刚从大梦中跋涉回来的孩子。
她垂着两只水淋淋的手，呆呆地站着，身体微微地晃着，一副随时要栽倒的模样。

我起身去扶她，却被她反手抓牢小臂。
她猛吸了一口气，忽然间大声央求道：……陪我去趟医院行吗？
声音苍哑得好似一个老人。

医院？

去医院干吗？

你生什么病了？

小师姐不说话，死死地抓着我的胳膊，半个身子忽然俯在上面，一口接一口地深呼吸。

情况来得太突然，我吓了一跳，我喊：阿叔！阿叔你快来看看她这是怎么了？

············

从小镇赶到最近的地级市，一个小时的车程。

一路上小师姐两只手捂着脸，虚脱地蜷缩在最后一排座位的夹角里，她什么话也不肯说，只是沉默。

小巴车走走停停，不停有人上下，真是漫长的一个小时。

有时和老师傅的目光碰到一起，我疑惑地看看他又看看小师姐，老师傅也是一脸的疑惑，他手伸过来，宽慰地拍拍我的膝盖。

············

医院门前是条宽马路，走到马路中间，小师姐却刹住了脚步。

她脸上粘着湿漉漉的头发，一脸掩饰不住的恐惧，又开始了深呼吸，好像前面是龙潭虎穴、刀山火海。

我去拉她，一把没拉动，再拉一把还是不动。

马路中间车来车往岂是儿戏的地方！

我拦腰把她抄起来，半扛半抱，好歹把她弄到了马路对面，背后一路喇叭声和刹车声，还有骂街声。

我有些恼了，这他娘到底想干吗？

老师傅瞪我一眼，指了我一下，我气消得没那么快，梗着脖子嚷嚷：有病就治病天没塌！真是够了，她神神道道地搞出这副模样来给谁看啊！

老师傅叹气，劝我道：一个屋檐下住着，别这么说话，别这么说话……

说话的工夫，人不见了，小师姐已经自己进去了。

我和老师傅没进去，在医院门口等她。

起初是站着，后来是蹲着。

120急救车开出来又开进去，眨眼已是午饭光景，小师姐迟迟没出来。

看什么病需要这么长时间？我们进去找她。

急诊室没有，观察室没有，化验室也没有。

挂号室的阿姨说：是那个说普通话的姑娘吗？是不是一个人来的？……你们上二楼左拐。

她轻轻地嘟囔着：可怜哟……

可怜？是指小师姐一个人来医院可怜，还是指她上二楼可怜？

为什么上二楼就是可怜？

楼梯一走完，睁眼就看见小师姐坐在长椅上排号。

其他排号的人貌似都有伴，有男伴有女伴，唯独她孤零零一个人坐在中间。

护士正在叫号，貌似再过一个人就轮到她了。

她呆呆地坐着，拍了肩膀才醒过来。

我问她要病历，她往身后藏，一脸的慌张。

我劈手夺过来递给老师傅，又一起急急忙忙翻开。

…………

老师傅把她从长椅上拽起来，问：孩子，这么大的事儿，你怎么敢一个人就下决定……你想清楚了吗？

她用力地点点头，咬着嘴唇，睫毛一忽闪，噼里啪啦两滴泪。

我和老师傅目瞪口呆地望着她。

半晌，我开口吼她：那你哭什么哭！

小护士冲过来搡人：你吼什么吼？要吵架回家吵去，不知道这是医院吗？

我把小护士扒拉到一边儿去，指着小师姐的鼻子问：你说啊，你哭什么哭！

我吼：你这是心甘情愿的样子吗……骗自己有意思吗！

老师傅抱住我的腰，使劲把我拽远。

他扭过头去，颤抖着嗓音，冲着小师姐喊：

孩子，你真的想清楚了吗？

小师姐靠着墙壁，弯着腰站着，手插在头发里，扯乱了发髻。

她的脸越憋越红，憋得发紫，终于哇的一声哭了出来。

她瘫倒在墙角哭着喊：阿叔……

她歇斯底里地问：……我该怎么办？

（七）

没人知道她该怎么办。

要想讲清楚小师姐的故事，须先从一场大学迎新晚会说起。

晚会的高潮是由一个新生表演者掀起的。

他表演魔术，白衬衫，黑燕尾服，漆皮鞋子亮得反光。

扬手一舞，莫名其妙变出一根银手杖来，腾空一抓，一束黄色玫瑰花……两只眼睛炯炯有神，举手投足帅气极了。

女生们互相小声地尖叫：冯德伦！好像啊！比冯德伦还要高！

这是个学霸扎堆的211高校，领口松懈的圆领衫和油乎乎的偏分头是男生们的标配，难得蹦出来这么个洋气又养眼的，女孩子们激动坏了。

更激动的还在后面。

他手擎着花，作势要往台下扔。

谁说只有狮子才会抢绣球，伴着一阵尖叫，前几排的女生自觉不自觉地高举起了手。

刚刚经历完惨痛高考和无聊长假的孩子都是弹簧，一进了大学校园自然天性解放。个中有几个胆大的小女生直接从凳子上弹了起来，一边挥手一边喊：要花！也要QQ号码！

他却帅气地一笑，把花儿藏到背后，摇了摇头。

女生们"唉"了一声。

紧接着又一阵骚动。

他把花横叼在了嘴上，双手抄裤兜，径直从舞台上跳了下来，径直冲着观众席走了过去。

他要干吗？

女生们的心咚咚跳了起来，哎呀好浪漫呀，他要给谁送花？会是我吗？

于是有的捧脸，有的捧心，有的抓住友邻的胳膊使劲地摇晃，一边晃一边"啊啊啊"地乱喊，好像难产。

也有人一下子慌了。

一个漂亮女生慌慌张张地起身，扭头往后排藏，两步还没迈完，袖子却已被轻轻拽住。

他绕到她面前：喂，我以前是高三（1）班的，我是为了你才考到这个学校来的。

他挑着眉毛笑着说：……整个暑假我都在练这个魔术，希望你能喜欢。

花递了过来，轻轻地点在额头上。

女生伸手去拨，扑了个空。

他冲她眨了下眼，手腕一翻，黄玫瑰神奇地变成了红玫瑰。

他问：敢不敢做我女朋友？

大玻璃窗嗡的一声响，礼堂炸了锅，这会儿不仅是女生在喊了，男生也激动起来。

感动他们的未必是他的表白，而是他表白的方式。

正是雄性激素分泌最旺盛的年纪，表达感动的方式当然是起哄。一堆男生踩在凳子上伸出大拇指，粗着脖子狂喊：牛B!

更惊喜的还在后面，女生接过了玫瑰花，又蜻蜓点水般地在他腮边啄下一个吻。
少女的虚荣心不过一只暖水瓶，轻易就可以灌满，他却舞着高压水枪，轰隆隆地开来了一辆消防车……

可惜，这个女生不是小师姐。

小师姐坐在这个女生正后方的一排。
当男生跳下舞台迎面走来时，小师姐的心像根橡皮筋，猛地被揪了起来，抻抻抻……抻到尽头。黄玫瑰变成红玫瑰的那一刻，又啪的一声狠狠回弹!

你是为了她才考到这个学校来的。
真巧。
我是为了你才考到这个学校来的。
…………

几句话就能说明白这个发生过不知多少万遍的故事：
小师姐喜欢他，喜欢了整个高中时代。

为什么喜欢?
对于十几岁的小姑娘来说，喜欢一个人需要理由吗?
小师姐是全校最晚填高考志愿的学生，为了获悉他的志愿，17岁的女生绞尽脑汁找同学套话，笨拙地找老师打探，然后再在高考后的整个暑假里度日如年。

他却几乎不知道她的存在。

很多人都会忽略她的存在。

小师姐是自幼被抱养到这城市的私生子，和寄养家庭的关系一直淡淡的。

她是客人，不是家人。缺爱，却和所有人都亲密不起来，从小到大，她习惯了去当一个客气的隐身人。

包括在他面前。

包括迎新晚会上，玫瑰出现的那一刻。

按理说这个平凡的故事该结束了。

连出场都没有，不过是一场无疾而终的暗恋。

但隐身人小师姐莫名其妙地把这个故事多延续了四年。

接下来的大学四年，小师姐不曾间断这场暗恋。

他不会知道，四年里，小师姐默默陪伴他的时间，比他的女朋友还要多。

他的课程表，她记得比他自己还要清楚。

她选了所有他会出现的选修课，每逢他回头，她就低头，不论是阶梯教室，还是餐厅。

她慢慢养成了和他一样的口味，他吃什么菜，她也打什么菜。

做到这点不难，她每天掐着钟点赶去食堂，排在他身后五六个人的位置，稍微侧一下脖子，什么都看得到。

小师姐留起了厚厚的齐刘海，长得几乎盖住眼睛……这样好，没人能发现她在看什么。

隔着齐刘海，她看着他和女友在操场上散步，看见他们躲进楼宇的阴影里打啵。

她远远地坐在操场另一端，耳朵里插着MP3，一整张专辑放完了，人家却还没啵完，久久不见他们出来……

小师姐幻想着陪他躲进楼宇阴影里的是自己。

……他会轻轻含住我的耳垂吗？他会轻轻地咬我的嘴唇吗？他还会做些什么……

风穿过空旷的操场，乱了发梢，又捎来他们零碎的嬉笑声，她听到那个女生低声喊：你怎么这么坏……你讨厌……

她把耳机的音量加大，再加大，盖住远处的声响，压住自己的心慌。

她关注着他的博客、校内网、QQ空间，从未留过言，每天都看。

每天都看的还有星座运程，只看他的。

像个最职业的心理分析师，她一字一句地揣摩他每天的状态。他心情好，她跟着恬然；他心情不好，她一整天心头都是阴霾。

她下载他每一张照片，专属的文件夹，隐藏属性，D盘里加密上锁。

从未和他交谈过，她却比其他人了解他更多。

暑期，他去比萨店打工，小师姐也悄悄地去应聘。

在必胜客打工需要健康证，体检时医生给她抽血，她瞅一眼暗红的血液，一头晕了过去。

哦，原来我晕血。

她坐在化验室前的长椅上，揉着胳膊上肿起的针眼，想象着他来抽血时的模样。

他胳膊上毛毛那么长，针眼儿一定看不到。

她想象着自己是大夫，戴着小口罩擎着大针管给他抽血。

换了我，一定狠不下心，下不去手，多疼哦。

她想着想着，忍不住托着腮微笑。

唉，他胳膊上怎么那么多毛毛哦。

必胜客的工白打了。

小师姐被安排在后厨，不像他，形象好，一直在前厅。工时安排不同，下班时她再手忙脚乱地换衣服，也顶多看见一个远远的黑点。

能身处同一个空间已经足够了，她不抱怨。

有时她在后厨忙碌，想起近在咫尺只有一墙之隔的他，胸中满满的温馨感……

恍惚间，仿佛已和他居家过了半辈子了。

大学里再普通的女生也有人追，不是没有男生向小师姐示好。

偶尔拗不过某个男生，一起去吃了顿饭，她如坐针毡般不安，好像做了什么对不起他的事情，于是每每中途尿遁。

没办法，心里早就塞满了，怎么可能再装下其他？

时间久了，也就没人追她了，男生认为她傲，女生疑心她是"拉拉"。

大学里最后一次被人示好，是在辅导员的办公室里。

……都说你不喜欢小男生，那看来是喜欢成熟男性喽……

微醺的中年男人对她动手动脚，爪子搭在她柔软的胸上，她奋力推开那张遍布胡楂的脸，煞白着嘴唇冲出门去。

等停下脚步时，鬼使神差地，已站在男生宿舍楼前。

小师姐仰望着三楼左侧那扇窗户，哽咽着，绞着自己的手指。

她幻想着他帮她出气，带着她一起去复仇，结实的拳头砸飞那张醒醒的脸，又用力地把她揽入怀里……

其实哪里用得着他对她这么好，天大的委屈只要他一个安慰的眼神就够了……

可是他几乎都不知道她的存在。

那就让他的身影在窗前出现一次吧，此时此刻能看他一眼，也就没那么难受没那么委屈了。

她在男生宿舍楼下徘徊良久，湿了的眼眶慢慢风干，到底没能看到他。

他那个时候已经换了第三任女朋友，一个比一个靓丽。

偶尔遇到他挽着女友走在校园林荫路下，手儿甩来甩去，她好生羡慕，却并不吃醋，她们一个比一个靓丽，配得上他。

唯一一次和舍友红脸，也是为了他。

女生宿舍最大的集体活动是八卦，八卦的焦点当然少不了他。

一次，舍友们刮着腿毛，绘声绘色地议论起他如何花心劈腿，现任和前任又是如何浴室口角……

小师姐跳下床铺，摔了保温杯：吵什么吵，还让不让人睡觉了！

舍友惊讶地捂上嘴——这样一个少言寡语的人，也会发火？

她当然知道那些绯闻，有些细节她比她们更了解，她不恨他花，也不恨绯闻的主角永不可能是自己，这场无名火也不是冲舍友们发的。

那到底是在火什么？

她说不清，蒙上被子，插上耳机，老歌慢悠悠地响起：

……到哪里找那么好的人，配得上我明明白白的青春。

……到哪里找那么好的人，陪得起我千山万水的旅程……

她问自己：傻不傻？……傻就傻吧！

她混混沌沌地睡去，醒来后继续混混沌沌地犯傻，这条路已经走惯了，看不见尽头，也没有出口，除了走只能走。

…………

唯一一次冒险，在20岁生日的那天。

她生平第一次买来口红，笨拙地涂抹。

买来漂亮的小洋装，俯在宿舍的床铺上细心地熨烫。

她给自己剪齐刘海儿，一点儿一点儿地修，一根一根地剪，仿佛若能修齐一分，人就会多漂亮一点儿。

20岁生日这天，再普通的姑娘也有权被全世界宠爱。

去它的全世界，她只想要在这个特殊的日子里能被他看见就好。

她在PS（修饰，美化）着自己，像是在精心包装一份礼物。

她邀来同寝室的舍友切蛋糕。

蛋糕是她自己订的，粉红的三层塔，雪白的糖霜。

急急地吹完蜡烛，再小心地切下第一角藏起来。

太匆忙了，忘记了许愿。

不急不行，他每晚七点都会去自习室，她知道的。

是当面递给他，还是悄悄放到他常坐的位置前？

边跑边紧张地思考，人造奶油的气息一路飘进风里，20岁的姑娘捧着蛋糕，脚下踩着棉花糖，整个人轻飘飘地甜。

她小声练习着：
今天我过生日，请你吃块蛋糕。
送你一块生日蛋糕……不客气。
不好不好都不好，该怎么开口才能从容自然、大方得体、惹人喜爱？

教学楼的落地玻璃门反光，她刹住脚步，端详自己的模样。
唇上的桃红略扎眼，小洋装略紧，刘海儿剪得还是不太整齐……
可是，她普通了整整二十年，从未像今天这样漂亮，漂亮得陌生。
她高兴得想哭，又紧张得想哭。

今天我过生日，今天我漂亮……
就是今天了，预支我未来十年、二十年、三十年的好运和勇气，让我去站到他
面前吧。

她深呼一口气，郑重地踏上台阶，仿佛即将登上万人瞩目的舞台。
再有几米就是终点，自习室的门半开着，已隐约可以听到里面的翻书声、说
话声。
她捧着蛋糕僵在门外，想抬起一只手去推门，却怎么也抑制不住指间的痉挛。

忽然间，门冷不丁地开了，她惊了一跳，一个人哼着歌，匆匆从她身边闪过。
手心一软，蛋糕吧唧一声扣在了地上。
闪过的人并未停下脚步，只是略微回了一下头，说：嗯……掉了。
蛋糕不能算是他碰掉的，他象征性地瞟了一眼，大步流星地走掉了。

她目送背影远去，再蹲下，盯着蛋糕发愣，有奶油的那一面扣在地上……全完了，捡不起来了。

梦游一般回到宿舍，她把自己轻轻摔进枕头里，合上眼睛，整个人开始下沉。
翻一个身，还是在下沉，不停地下沉。
口红蹭在枕巾上，蹭在小洋装领口上，像瘀红的几道伤。
空荡荡的宿舍里，日光灯吱吱地响，无人发觉她的失魂落魄。

20岁的生日愿望和那块蛋糕一起被狼狈地扣在了地上。
不过是奢望他能夸她一句漂亮，可满心的祈望只换来他一句：嗯……掉了。

沾染了口红的小洋装清洗干净，她把它熨平，和20岁生日一起挂进小衣橱，一直挂到毕业。

…………
四年大学好比十月怀胎，毕业即为分娩，不论顺产还是剖腹产，总要告别胎盘，从一个母体进入另一个更庞大的母体。
毕业聚餐，免不了痛饮痛哭，以及痛诉衷肠，情绪饱满，婴儿一样。
都在酒里了，喝喝喝，挽着胳膊喝，搂着脖子喝，额头顶着额头泪眼婆娑。
难得的天性解放，难得的真心话大冒险。
有些话再不说就来不及了，这是最后的忏悔时刻，最后的表白时刻。
不管说了什么、听了什么，都在酒里了……

四年里他都是校园里的风云人物、众人瞩目的焦点，端着杯子来敬他酒的人尤其多，白的、啤的、红的，酒来碗干，频频拥抱。

他很快就喝大了，醉得眼睛睁不开。

跌跌撞撞地冲出小酒馆回学校，门槛太高，一个趔趄，他栽到一个细弱的臂弯里。

太巧了，那个臂弯好像是刻意在等待着他一样。

细细的胳膊扶在腋下，撑着他的重心，太沉了，压得扶他的人一起东倒西歪。

他摇晃着脑袋，努力地想：女朋友早已分手……这个姑娘是谁呢？

陌生的姑娘不说话，只是默默地扶着他，从小街扶到学校后门，再到男生宿舍旁。

舌头浸透了酒精，肿胀得塞满了嘴，他醉得说不出话，灯太暗，头太晃，也看不清姑娘的模样。

走不动了，他瘫坐在台阶上低着头摇晃，姑娘蹲在他面前。

隐隐约约中，他听到那姑娘长叹了一口气，尾音是颤抖的……

他有心抬头去询问一下，脖子刚一伸直，却哇的一声，吐在姑娘那件小洋装上。

他被自己制造的洪灾熏酸了鼻子，哇的又是一口。

…………

清醒过来时已是次日午后，他仰躺在宿舍的床上，压摁着快炸裂的脑袋。

他当然不知道，隔壁女生宿舍楼的某张床上，小师姐抱着膝盖，从午夜坐到午后。

她拥着半床被子，裸着身体发呆，床头的脸盆里泡着那件酒气四溢的小洋装。

…………

然后就毕业了，一干人等就此各奔东西分道扬镳。

除了他和她。

他应聘上一家大公司，去了北方。

小师姐子然一身了无牵挂，也去了北方，同一个城市，同一家公司。

当然不是巧合，当年她怎么打探他的高考志愿，如今就是怎么打探的他的求职意向。

他们参加的是同一次招聘，小师姐排在他身后五六个人的位置，和在学校食堂里打菜时一样。

高中三年，大学四年，他是恒星，她是无名小行星，这场暗恋好比一条公转轨道。

她跟着他的引力旋转，从高中到大学，再到陌生的北方。

北方的写字楼里，他们的工位只隔着一堵墙。

太巧了，几乎和在必胜客时一样。

也不知命运是在毁她还是帮她，总是安排她站在他身旁，却又堵上一面墙。

…………

环境一变，风云骤变。

他出类拔萃了整四年，忽然间发现自己不再是人尖子了。

学生时代的光圈忽然一下子断了电，随之弥漫而起的，是现实世界的硝烟。

每一个工位都是一个碉堡，每一间办公室都是一个战壕，每一声电话铃声的响起，都是冲向客户的集结号。

他这样的新人小卒子必须绷紧了神经才能跟上大部队的急行军，掉队的只能掉队，这里只有督战队，没有卫生队，更没有收容队。

四年的大学生活毕竟宠坏了他，多少有些眼高手低，工作难免有些失误和疏漏。
他这样的新兵一没靠山二没背景，帅气的外形不仅不加分，反而放大了瑕疵，加之太爱表现，言谈举止屡屡枘凿，慢慢地，越来越惹人反感。

职场不看自然属性，只强调社会属性。
上司不是老师，有权利用你，没义务教你，更没必要包容你，于是有了众目睽睽下的教训、劈头盖脸的责骂。

他也不过是普通人家的孩子，碰运气投简历才进的这家CBD大公司，除了唯唯诺诺陪笑脸，别无他法——哪有资本随便跳槽，哪来那么好的运气再找到这么好的公司？

除了上司，冷眼瞧他的还有那些资深的同事。
越高大的写字楼越恪守丛林法则，越人多的办公室越乐意公推出一个负面典型：仿佛只要有了一个职场低级生物来垫底，就可以给其他人多出一点儿缓冲地带，就可以让自己免于跌到食物链的底端，乃至多出许多安全感。
除此之外，一个公认的职场低级生物的出现，亦大利于众人找共同话题——这里是职场，当着同事的面议论领导是大忌，而骂他却是最安全的，且颇有点儿拉近距离党同伐异的功效。

总之，在同事们的口中，他成了个身高一米八几的大个子花瓶，他的存在，给予了一群CBD民工充足的俯视空间。

职场花瓶没多少尊严，背后有非议，当面自然有奚落。
CBD的同事损人是不带脏字的，带也是带英文，一边微笑，一边从牙缝里弹出几个短句，那些单词单独听起来皆无伤大雅，组合在一起时，却好比一口浓痰吐在脸上。
躲不开的，黏的。

他被浓痰粘了几遭，自信心跌进绝情谷底，校园时代的阳光灿烂打了霜，不得不伏低做小，蜷起尾巴混职场。
他主动帮人沏茶倒水、擦拭办公桌、门口取外卖、楼下接快递……
毕竟新手，示弱的方式太笨拙，众人愈发瞧不起他。

同为新人，小师姐的境况也在变。
真是奇妙的世界，咸鱼翻生，她反而忽然间变得受人欢迎。
四年的暗恋让她自我塑造出了一份沉默隐忍的特质，巧的是，这份特质无比契合这个职场的规则。
男上司对她很好，因为她不算难看，勤快，以及懂得内敛。
女上司对她也很好，因为她懂得内敛，勤快，以及没那么漂亮。

内敛的性格狠狠地给小师姐加了分。
人们忽略了她的稚嫩，把她解读成了个沉默是金、有城府、有前途的新人，乃至值得信赖的人。渐渐地，有些令人眼红心跳的机遇，馅饼一样落在了她身上。
上天貌似要把亏欠她的关注都还给她，短短一两年，她在这片写字楼森林里站稳了身形，渐渐引人瞩目，像根破土的春笋。

而他却像棵蘑菇一样窝在灌木丛里，战战兢兢地擎着饭碗。
当一墙之隔的小师姐的办公桌越换越大时，他的工位越调越偏，最后挨着茶水间。

既是同一家公司，自然电梯里常常见。
和大学时代一样，她掐着时间和他进同一部电梯，能站在他身后就尽量站在他身后，如果不能，就用后脑勺当雷达，僵着脖子捕捉背后的身形轮廓。
她数他的呼吸，今天是豆浆味儿的，昨天是米粥味儿的……有时离得太近，一呼一吸，酸了脖颈，麻了头皮。

脚踏出电梯，长长呼一口气，高跟鞋咯噔咯噔，她快步地走开，怀着那点儿不为人知的窃喜开始一天的忙碌。
每天打卡时，她的精神状态都是满格的，没人发觉她这种独特的充电方式。
她还是一直鼓不起勇气主动搭讪，他也依旧什么都没发现。

南北极虽已反转，可他们依旧是地球磁场的两端。
真是个平淡的故事……

在我们身处的这个次元，事物大都是螺旋状抛物线式矢量前行，起起伏伏兜兜转转直到终点，永没有恒久的巅峰或低谷。
世相是如此，命运是如此，爱情也不例外。
这世间哪里有永不画句号的热恋或暗恋。

小师姐的这场暗恋，止于她入职后的第三年。

这也是她命运真正转折的一年。

事情很虐心，发生在公司年终尾牙聚餐时。

和校园晚会一样，少不了自演自娱的节目，不同部门的人士乔装上阵，带来一阵哄笑或喝彩，然后红光满面地下台，端起酒杯心满意足地笑谈。

小师姐诧异地听到报幕员念出他的名字。

他要表演魔术。

他登场了。

和大学迎新晚会时一样，白衬衫，黑礼服，漆皮鞋子亮得反光……扬手一舞，莫名其妙变出一根银手杖来，腾空一抓，一束黄色玫瑰花……

没有预期中的全场鼓掌。

这里不是大学礼堂，台下也不是十八九岁的小姑娘，没人是他的粉丝，只有屈指可数的几个人抬起手来拍了拍，几乎都是礼貌性的敷衍，并无多大动静。

越往下表演，越没几个人关注舞台上的表演，不少人开始和邻座聊天说话，自顾自地推杯换盏，渐渐地，人声越来越嘈杂，几乎掩盖了背景音乐，衬得他像个小丑一般。

公司年会上的舞台秀是一块试金石，群众基础是好是坏一目了然。

他领导不亲同事不爱，是个被众人排异的职场低级生物，没人肯给他面子，却有大把的人不吝啬给他难堪。长得帅顶个屁，正好满足众人的破坏欲，莫道众人心狠，这里是只敬强者的成人世界，这是你自找的丢人现眼。

这一切跟预想中的太不一样了，电脑灯映花了眼，他额头越来越苍白，法令纹上僵着笑。

目睹着这场难堪，小师姐的心都快碎成粉了。
她忽然狠狠一哆嗦：他是否会跳下舞台？！像当年那样擎起一束花蓄谋一次满堂彩？
千万别跳！
她恨不得冲上舞台抱住他的脚踝。
场面已经尴尬得不可收拾了，千万别再自找没趣了，求求你……

他到底还是跳下去了。
在他有限的人生阅历中，当年的迎新晚会，永远是最华彩的高潮，所有人都为他欢呼，所有人都喜欢他，一次表演奠定了他四年的好时光。
所以凭什么不能再交一次好运！凭什么往事不能重演！

处处被孤立，处处被打击，这种日子他已经受够了，没有出色的业绩，又不甘心被末位淘汰，他必须抓住机会表现自己、证明自己，让众人重新接纳自己……
几个月的薪水换来这身昂贵的行头，他赔了多少笑脸才争取到这个表演的机会，这是一次挣扎，一次幻想中的逆袭。

可惜，有些机会，往往是个误会。

双脚刚一落地，他就后悔了。
几声不轻不重的"切"传进耳朵里，傻瓜也听得出来，那是用鼻子哼的。

没人欢呼没人鼓掌，更没人激动。

众人的目光平静地扫过他，好像扫过一只溜进筵席找残渣的宠物狗，不，连狗都会被好心的人丢块骨头摸摸头，他连狗都不如。

他往前迈步，脚掌沉得像两块钢锭，拽得身体微微一趔趄。

刹那间，眼前闪过当年如雷的欢呼场面，他心里阵阵发虚和酸涩。

黄色玫瑰花捏在手上，脚下机械地走了几步直线，人们该吃的吃，该聊的聊，没人接住他的视线。

一辈子的尴尬都雪崩在这一刻了。

逆袭？证明自己？不指望了，只求有人能接下这束花，不论男的女的，求求你发发善心给个台阶下吧。这束花如果送不出去，这个公司也就没脸再留下了，留下也是个loser（失败者）。

他擎着花儿走过一张圆桌，又一张圆桌，没人搭理他。

忽然，他想用十年的寿命去做交换，去把手中的花儿换成一把最锋锐的刀，挥出一片血光，劈烂面前所有人的脑袋。

嘴里发苦，眼前发黑，他默念着：完了完了完了……

就在这时，有个女孩站了起来，冲他招了一下手……

周遭的目光唰唰唰，小师姐接过了黄玫瑰。

黄玫瑰会变成红玫瑰，她知道的，她没给他变的机会就接了过来，用只有他才能听见的小声音说：可以了……谢谢你的花。

众人没说什么，只当她人好心善，这个奇怪的小插曲迅速被接下来的抽奖环节淹没了。

小师姐剥下一片花瓣，手藏在桌子底下，轻轻捻着。

和众人一样，自始至终她一脸的平静。

她从未像这一刻这般爱他以及心痛他。

筵席毕。

小师姐的出租车被他拦下。

隔着摇下的车窗，他一脸真诚地和她握手：领导，都不知道怎么感谢你才好……以后请多关照。

手被他握得很紧，从虎口麻到胳膊肘，小师姐努力让自己的声音听上去平静：不客气，咱们是校友来着。

他挑起了眉毛：

哦？真的吗？领导您是哪一级的？

他弯着腰，手撑在车顶上，满脸掩饰不住的欢喜：既然是校友，那以后请一定多多关照多多提携……

翻来覆去就那几句话，多多关照多多提携。

近在咫尺的呼吸，近在咫尺的那张朝思暮想的脸庞。

小师姐是晕着的，云里雾里地应了他几句，回到家后才开始苦笑。

原来我是哪一级的你都不知道。

可她一点儿都不怪他。

她和往常一样卸妆、洗澡，换好睡裙上床睡觉。

漆黑的房间，温软的床铺，她翻一个身，枕在那只被他紧握过的右手上。

喜悦像一泓泉水，从右手处蜿蜒流淌而出，渐渐蓄满了整个躯壳。
…………

接下来的剧情骤然爆炸。
幸福就像一管开山炸药，燃完长达八年的引信后，轰然巨响。
他们在一起了，他追的她。
那面无形的墙被震碎，小师姐漫长的暗恋画上了句号。

当然是地下恋。
公司严令禁止员工之间婚恋，如发现，一方必须离职。
小师姐没想过公布恋情昭告天下，多年的幻想一朝美梦成真，她早已幸福得不知如何是好。

初夜她流泪了，出声地抽泣，像个孩子。
他喘息着问：弄疼你了？
她抱紧他的脊梁，十指尖尖，抠在他背上。
他喘息着问：你怎么……是第一次？！

他蛮诧异她原装的身体，但终究不知晓这份礼物是为他而留。
很多话小师姐没有对他讲。
那些晚自习后的尾随、校园清晨的等候、填高考志愿时的焦虑、迎新晚会中的心痛、必胜客体检时的晕血、掉在地上的生日蛋糕、浸渍酒气的小洋装、背井离乡的追随……她只字未提。
她不敢冒险。
煮熟的谷粒如今发了芽，她愈发小心翼翼地捧着，生怕洒落半粒。

....

小师姐本就宅，如今愈发居家，每天下班冲刺一样奔回公寓，淘米洗菜、梳洗打扮，等着他来摁门铃。暗恋得太久，她未曾修习过如何撒娇，但毕竟天性难挡，压抑多年的少女心揭开了封印，每次开门都有一个拥抱。

她吊在他的脖子上，吮吸着那份让人心安的味道，开心得想掉泪。

乍暖还寒天气，公寓已停了暖气，她却裸着腿，套着一件白色长衬衫跑来跑去。

因为他说过的，不喜欢见人穿保暖内衣春秋裤。

她完全不觉得冷，小公寓好似一间盛夏花房，缤纷的喜悦次第绽放，她藏身在她隐秘而盛大的黄金时代里，心火熊熊燃烧。

嘴唇和手心永远是滚烫的，发烧一样。

小师姐想尽办法对他好。

各种菜谱、各种食材，他的口味她八年前就知道。

炒菜时，她竖起耳朵听他在隔壁房间打电脑游戏的声音，又忍不住探头去偷瞄他的背影。

小锅铲小围裙，嗞嗞作响的煤气灶，蒸米饭的味道弥漫整个房间，一切如梦似幻。

他时常来吃晚饭，不常留下过夜。

他有他的顾虑：连续两天穿着同样的衬衫西装去上班，会被同事歪着嘴说闲话。

除此之外当然还有其他原因，小师姐当然知道：他薪酬没有小师姐高，住不起这样的高端公寓，只能与人合租在筒子楼里。

越是低谷期的男人，自尊心越敏感，所有人都不把他当回事，好容易有个女人对他假以辞色，而且职位尚比他高，那么，他必须在她面前重新找回一点儿骄傲。

什么都依他，小师姐对他没有任何要求，却应承了他所有的要求，包括马路上不牵手，公司里不讲话，不去筒子楼找他，以及床上不戴套。

公司的事务繁忙，做不完的工作难免带回家里来。
小师姐帮他修报表、改报告、整理策划方案，并把自己手上的客户资源和他一起分享。
每次帮他做事，他都微微有些不情愿的样子。
他说：我自己能行……

她当然知道他能行，她一直知道他是最优秀最完美的，只不过暂时龙游浅滩遭虾戏。
光她自己知道不行，应该让周遭的人都知道。
小师姐变身成一名精于策反工作的特工，自此在大领导面前润物无声敲边鼓，在同事身旁潜移默化，该搬的石头帮他搬开，该铺的路帮他铺好……却又不去表功给他知道。

小师姐的地下工作颇有成效。
他的境况一日好过一日，一年时间，业绩进入上行通道，欣喜之余，他只当自己触底反弹，开始转运，并归功于自己的隐忍。

工作一顺利，人心情当然舒畅，他的顾虑好像也越来越少。

他在小公寓里搁了几身换洗的衣服，过夜的次数多了起来。有时候，他们依偎在沙发上看电视，他揽着小师姐的肩膀，手轻轻揉弄着她的头发，温存得几乎像一个丈夫。

小师姐问：你会永远这样搂着我吗？

他捏着遥控器换台，随口回答道：会呀，只要你永远这么好……

午夜梦回时，小师姐枕着他一起一伏的胸膛，成宿听他的心跳。

她轻轻对他说：……我一直都很好的呀。

手轻轻伸出，指尖抚摸他的脸庞，高挺的鼻梁，扎手的胡楂……他含含糊糊地发出个声响，翻一个身，胳膊和腿耷拉在她身上。

她手缩在颌下，躲在他怀里任他耷拉着，一动不动地感受着他的重量。

她躲在他的怀抱里祈祷。

未知的神明，谢谢你赐予了我当下的一切……

莫怪我贪心，再帮帮我吧，让他娶了我吧！

不需要昂贵的婚纱钻戒。

京城米贵，居之不易，她知他没钱。

那么，婚纱租一身就好。钻戒也不必了，一枚银戒就好。

纯银的就好，刻上两个人的名字。

求婚的一幕会发生在哪里呢？

他的性格那么张扬，或许会在世贸天阶的大天幕下吧。

骤然响起的音乐里，天幕上浮现他的表白，看客欢呼着闪开一条人巷，他抱着一捧黄玫瑰来到她面前，手一晃，全部变成了红色的……
不行不行，租下天幕，需要花费他太多钱了。

钱要存着哦，两个人慢慢地积攒，说不定可以首付一个小房子，最好有一大一小两间卧室，小的那间应该是彩色的，摆满毛绒公仔和小小的婴儿床……
想着想着，慢慢重新睡着。

早上被摩擦声吵醒，他站在床头刷牙，一边笑着教训她：你梦见什么好吃的了？口水把我T恤都打湿了。
湿印摊在他胸口，椭圆的一团，地图一样。
小师姐用被子蒙住头，蜷成一只仓鼠，咯咯地笑成一团。
他扒开被子，甩掉牙刷，冲着她坏笑。
来，咱们锻炼一下身体，做个早操……

…………
有时候决定命运走向的，不过几个瞬间而已。
那个抵死缠绵的清晨，轻易地颠覆了小师姐的人生。

试纸上触目的两道红杠。
换一片再试一次，没错了，还是红色的。
我要当妈妈了？我和他的孩子？
腾的一下，暖流从腹脐处漾到心口，她整个人都暄了。

几乎在一瞬间，她毫无保留地爱上了这个未曾谋面的小生命，过去和未来所有的一切都有了意义，这个孩子就是她存在的意义。

每个女人一生中终归会有那么几个瞬间，母性如一场不期而至的急雨春霖，须臾润了整个世界。

小师姐头抵在卫生间的墙壁上，喜极而泣。

TA是女孩还是男孩？会有什么样的眼睛、什么样的脸庞？

她迫不及待要和他分享这个消息。

拨他的电话，却被匆忙摁断，再拨，再摁断，她捏着手机傻笑了半晌，最后发了一条短信过去：有个好消息想告诉你。

他迅速回复了：我已经知道了，晚饭咱们出去吃顿好的，庆祝一下。

没等她回复，第二条短信飞来了：亲爱的，别晚饭了，改午饭吧。

已经知道了？好神奇，他是怎么知道的？

小师姐捏着手机，逐字逐句咀嚼，目光最后停留在头三个字上，久久不舍得挪开……这是他第一次喊她"亲爱的"。

她傻乐了一会儿，继而翻箱倒柜，找出大学时代的那件小洋装。

仿佛又回到了20岁生日的夜晚，她认真地熨烫，不漏过任何一条褶皱，还好还好，穿得下，她依旧苗条。

一见面，他就狠狠一个拥抱，这是大众广庭下的第一次，路人在侧目，小师姐羞红了脸，下意识想推开他，反被他抱得更紧。

他贴在她耳边小声说：终于熬出头了……

他说：明天起，我看谁还敢再看不起我！

他并不知道小师姐怀孕，他要庆祝的，是升职的消息。

他笑着问：刚和领导谈过话，就接到你的短信，你消息还真灵通哦。

原来他还不知道自己要当爸爸了……
小师姐微微失落，甚至微微紧张了起来。
他揽住小师姐的肩膀，意气风发地推动酒店旋转门，小师姐藏在他肩窝下紧张
地揣摩：该怎么向他宣布那个天大的好消息，他会有什么反应呢？

他张罗着点单，全是硬菜，小师姐拦他：……太多了，吃不了。
他笑：没关系，咱有钱了，又不是吃不起，反正你吃再多也不发胖。
他眼睛里酿着笑，拍拍她纤细的腰，又掐掐她的脸，说：唉，你说你瘦归瘦，
却还真是旺夫相……自打和你在一起，我这运气就来了。

旺夫相？
小师姐抬手摸摸发烫的脸。
他今天第一次喊了我亲爱的，第一次大众广庭下拥抱了我，又说我旺夫相……
她还想再确认一次，于是轻声问他：那你升职以后，还会喜欢我吗？
他乐了，骂她傻，说升不升职和喜不喜欢你有半毛钱关系啊。
他兴致很高，学着她的口气反问她：那你吃完饭以后，还会喜欢我吗？

小师姐不接话茬儿，她还想再最后确认一次，于是盯着那双眼睛，结结巴巴
问道：
那你爱我吗？

一年多的同居生活，这句话从未在二人间提起过。
小心翼翼了这么久，此时此刻不得不问了。她替17岁的自己发问，替当下的自

己发问，替腹中的那颗种子发问，替所有的过去和未来发问。

他接住她的目光，笑了一下，点点头，说：嗯……

那还顾虑什么呢！

心口一热，卡在嗓子眼里的那个消息自己跑了出来，等小师姐回过神来，该说的话已然说完。

她热切地看着他。

她等着他惊喜地大喊出来，掀翻椅子冲过来狂吻，或许……还有求婚！

…………

可惜，臆想中的这一切并未发生。

没有大叫，没有热吻，他直勾勾地看着她，脸上没有表情。

我不是在逗你玩儿啊……

小师姐瞬间慌了，手忙脚乱地翻出试纸，双手递到他面前。

他盯着试纸不说话，良久，摸出一盒烟，叼上一根。

服务员走过来提示禁烟，他眉毛一扬忽然翻脸，恶狠狠地骂道：走开！我点着了吗！

怎么是这个反应？

仿佛一脚踩空，小师姐五脏六腑猛地悬在半空，上也不是下也不是，血液都凝固了。

手中的烟被揉搓成粉末，他忽然开口：

……遭了这么多罪才刚刚站稳脚跟，怎么着，又要从头再来一遍？

他入神地盯着手中的烟丝，说：公司的规定你不是不知道，咱们两个人，一定会被辞退一个……

她急急地接话：不会影响你的，我明天就去辞职。

他猛地瞪圆了眼睛，一拳捶在桌面上：就我现在这点儿薪水，能养活得了三个人？！

她吓了一跳，慌慌张张地说：我存了一点儿钱，今年的房租也都已经交了……孩子一生下来我就去找工作，我会去挣钱的，我们不会活不下去的。

他不睬她，拧着眉头不说话，别过脸去看着窗外。

小师姐几乎听得见血液结冰的声音，咔嚓咔嚓地轻响。

冷不丁地，一句话抛过来，跌在桌子上，又弹到她耳边：你那么好泡，我怎么知道这孩子就一定是我的……

刹那间整个餐厅天旋地转……这是在说什么呀！

所有的氧气好似都不翼而飞，小师姐大口大口地喘息，却怎么也喘不上来气。

……你吓到我了，求求你别这么说话好不好……咱们还要在一起生活。

他斩断话头，恨恨地说：什么生活？扯什么生活！没有生存，哪儿来的生活？

他指着窗外斑斓林立的楼厦，说：这里是北京，你懂不懂什么叫生存！

小师姐恍惚着问他那现在该怎么办。

他压低声音：还能怎么办！抓紧找医院，抓紧去做掉，千万别让公司的人知道，懂吗！

做掉？别让人知道？

小师姐点点头，又垂下头。

睫毛拦不住泪水，扑扑簌簌湿了一小片桌布——这就是耗费了整个青春去爱着的那个少年？

她抬起手腕去遮盖泪渍，又湿了小洋装的衣袖。

怎么搞的？这件小洋装，每次上身，每次伤心。

面巾纸盒推了过来，他微愠：能不能别在外面哭？你懂事一点儿好吗？

…………

菜刚上桌，他就匆匆离去，说是要准备下午的就职会议，一定别打电话给他，回头等他短信。

他走的时候忘了结账，菜点贵了，花光了小师姐身上所有的现金。

她没钱打车也没钱坐地铁，走路回的公寓。

初知怀孕时的惊喜，此刻异化成了一根穿心箭，从前胸截透到后背，随着她的步伐一颤一颤，从午后颤进夜里。

走到傍晚时分，收到他的短信。

言简意赅的时间地址，是家郊区的诊所。

回家的路还有很长，一路上她左手不自觉地压在小腹上，手心的汗渗透了小洋装，潮湿的，像是捂着一掌黏稠的血。

床上有他的味道，她不敢躺上去。

她抱着膝盖躲在小公寓的厨房角落里，从傍晚坐到深夜，又到太阳升起，再到黄昏。

什么都没吃，她不觉得饿，眼前混沌一片，她什么都看不到，什么也听不到。

终于，小师姐被持续不断的电话铃声叫醒。
听筒那头，是他恼怒的语音：
我在诊所这儿等了你整整半天了，你什么意思啊？
你躲什么？要是愿意躲的话，干脆咱们以后就别再见面了。

她半晌才反应过来。
你不要我了？
她慌了神：给我点儿时间，再给我点儿时间，我心里乱。

她急急地哀求：……你放心，我一定会处理好的，一定不会拖你的后腿，绝对
不会给你惹麻烦真的真的……求求你别不要我。
她喊：我去找个没人的地方把孩子生下来好吗，等将来合适的时候再回来找
你，我保证不让任何人知道好吗好吗？求求你别不要我……也别不要TA。

电话那头他也喊了起来：
别！你别求我，换我求求你好吧！你能不能别来毁我，也别毁了你自己，大家
都是成年人，拜托你负点儿责任好吗！

小师姐哭着喊：可这是咱们的孩子啊，求求你别不要我……也别不要TA。
她几乎崩溃，反反复复只喊这一句话。
声音在空旷的公寓里冲来荡去，撞出一片狼藉。

电话那头，他不理她，自顾自地说话。

他说，手术若不想在北京做，那就回老家去做，该请假就请假，别让人起疑心就行。听说要抓紧，不然只能引产，就做不成无痛人流了。

他说，你是聪明人，自己考虑清楚吧。另外，听说今天你没去上班，回头找个什么借口你自己看着办吧，希望你按照约定，别惹麻烦。

电话挂掉了，小师姐回拨过去，被摁断，再拨，再被摁断。
小师姐抖着双手给他发信息：
是不是只要我打掉了孩子，咱们就还能在一起？

发送键一摁，她就后悔了。
跌跌撞撞地冲进洗手间，她狠狠地拧开水龙头。
冰凉的自来水浇醒不了快要爆炸的头颅，镜子里的女人鬼一样憔悴，她伸出手来抽自己嘴巴，一下又一下。
她对着镜子啐自己：卑鄙！
鼻血溅花了镜子，又红了白瓷砖。

整个青春的付出和等待，只换来一道艰难的选择题。
她撩起衣襟，看着模糊的小腹。
孩子孩子，我的孩子……我做错了什么？上天是派你来逼死我的吗？

翌日，小师姐离开了北京，
她没什么朋友，也没有什么闺密送行，独自坐上一列开往南方的火车，一路恍惚，一站又一站。
她本是被寄养的私生子，养父母没有义务出手排忧解难，途经故乡时她没有下车，任凭火车开往陌生的终点站。

从一个终点到另一个终点，再到下一个终点。

这算是逃离还是拖延，她不知道。

小师姐删掉了他的号码，一路漫无目的地向前向前。

她像一只被风卷起的塑料袋。

飘摇过整个中国，最后筋疲力尽地跌落进雨季的边陲小镇。

（八）

漫长的故事听完，我的脑子不够用了。

小师姐，阻拦你去人工流产，到底是应该还是不应该？

漫长的叙述耗尽了小师姐的元气。

她痴痴呆呆地坐着，两只脚并在一起，两只手绞在一起。

她垂着眼，神经质地浅笑：终于把这些事全都说了出来，心里好像舒服了一点儿……

一边笑，一边泪珠扑簌。

该怎么做？骂她活该吗？事到如今，再去责骂她的傻和痴，又有什么意义？

虽说一个屋檐下住了这么久，但又能怎么帮她呢？该劝她打掉，还是生下来？

几次开口想说话，又硬生生咽了回去，我脑子乱。

…………

夜深了，寒气慢慢渗进门缝，缠住脚面缠住双膝。

时间如浓胶般凝滞，屋子里无声无息。

良久，老师傅长长一声叹息。

都不知道你怀着孕……让你吃了这么多天洋芋，委屈你了。

他不复往日的淡定，声音明显扭曲变形：我白活了一把年纪了，都不知道该给你出个什么主意……

老师傅蹲在那儿，抹起了眼泪。

和年轻人不同，没有抽泣，没有哽咽，手摁在眼上，只有一声接一声的叹息。

叹息声越来越轻，眼泪却越流越多。

白活了啊，没用啊，都不知道给你出个什么主意……他流着泪，不停地嘟囔着。

我盯着他的脸，看着他一开一合的嘴、纠成一团的皱纹。

这一幕让我不知该作何反应。

……阿叔，不至于吧，你掉泪了？

我说：阿叔阿叔，你别掉泪……咱们三个人之间，互相连名字都不知道啊，你犯不着啊。

他"唉"的一声长叹，使劲抹着腮上泪水，道：

唉，可难受死我了……你们这帮孩子，折腾什么啊折腾，就不能好好的吗？

小师姐慢慢起身，迟疑了一会儿，蹲到他面前，抖着手替他擦泪。

从小到大，这是第一次看见有人为了我掉泪。

她说：……您对我好，我会记着的……阿叔，对不起，我惹您难过了。

她扶住老师傅的膝头，轻轻地说：

这是我自己惹的麻烦，让我自己一个人去处理吧。您收留我已经够久了，我该走了。

老师傅摁住她的手，说：走什么走？孩子，你别说胡话！

小师姐神经质地咯咯笑起来，看看老师傅又看看我，道：我哪儿还有脸再留下来……求求你们别留我，留不住的，让我走吧。

我指着她问：你要去哪儿？你能去哪儿？

她额头抵在老师傅的膝头，大声喊：

求求你们别操心我了……

求求你们让我走得再远一点儿吧……

求求你们让我重新去找个没人认识我的地方让我自己想明白到底该怎么办……

声音很大，震得玻璃柜台嗡嗡轻响，她伏在老师傅膝头剧烈地抽泣，一口接一口粗重地喘息。

…………

小师姐次日离开的小镇。

阿叔做好了饭，但没下楼来吃。

我陪着小师姐吃的饭。

我给她夹菜，一筷子洋芋，一筷子豆腐，一筷子鸡蛋，用的自然还是那双小胡萝卜一样粗的银筷子。

我说：小师姐你看，银筷子又黑了。

我递给她一个小铁皮茶叶盒子，费了半天劲，帮她把盖子抠开。

红红绿绿几沓散钱，橡皮筋扎着的。

我告诉她，这是阿叔给的。

我告诉小师姐：阿叔说不管你决定走哪条路，身上钱不够的话不行。他说不管你缺不缺钱，都帮帮忙，让他心安一点儿。

我说：小师姐，你不要推辞，收下就好，阿叔挺老的一个人了，请让他心安一点儿。

我望着小师姐，说：也许咱们以后没什么机会再见面了……想想还挺让人难过的。

她抱着茶叶盒子，没应声。眼神失焦，熟悉的茫然。

我说：现在觉得不论是劝你去当单身妈妈，还是任凭你去打掉孩子，都挺浑蛋的……但如果临别前不说点儿什么，也挺浑蛋。

我说：以前老觉得"祝福"这个东西挺虚的，但好像这会儿也只能给你个祝福了。

我把那个豌豆粒扁铃铛从口袋里掏出来，替她挂在颈上。

小师姐，当它是个护身符吧。

我说：祝你能心安……或者母子平安。

小师姐沿着石板路走远了，那一日是罕见的晴天，她脚下的青石板路泛着光，胸前的银铃铛叮咚轻响……

拐了一个弯，也就听不见了。

也不知她后来去了哪里，走的哪条路。

…………

小师姐走后，银匠铺的日子照旧，锤子叮当响，雨水也照样滴答。

有天晚饭炒了腊肉，油滋滋的，喷香扑鼻。
我先往老师傅碗里夹了一筷子，他只嚼了一小块，就难受得放下了饭碗：
都不知道她怀着孕……让人家孩子吃了那么多天洋芋。

我也停了筷子。
我说：要不，咱给小师姐打个电话？
他说：嗯嗯，你打……
我说：我不，还是你打吧……

最后谁也没打。

关于小师姐的一切，我们后来谁也没提起过。
像一阵铃铛声，响过了也就没了。

（九）

雨季结束后，我也告别了小镇。
一别就是许多年。

逢年过节会给阿叔打个电话，关于我其他的职业身份、谋生手段，我一直没告诉他，他一直以为我靠画画谋生，拎着个破油画箱，天南地北游游荡荡。

结婚了没？买车买房了没？过得好吗？……

这几个问题，每次打电话他都会问。
我当然说好喽，好好好，各种好，样样好。

他在电话那头嘟囔：晃来晃去的，好什么好……
阿叔越来越老了，耳背得厉害，以为我听不见他的嘟囔。

每次电话的结尾，他都会说：要是过得不顺心，就回来住上几天嘎。
我说顺着呢，好着呢，别操心啦好吗？
那，什么时候有空呀，回来看看我嘎。
每次我都说明年明年……明年复明年，拖了一个明年又一个明年。

直到阿叔辞世。

消息来得晚，待我横穿整个中国赶回去的时候，人早已入殓多日。
据说走得时候还算安详，白事时来了很多人。

除我以外，陆续迟到赶来的还有四五个外乡人，互相攀谈起来才发现，都曾跟
阿叔短暂学过手艺，都没拜过师。
雨夜把盏毕，一堆陌生人参差立在银匠铺旧址前，沉默不语，烟头一明一暗。
都一样，都曾被阿叔收留过，都是"从街上捡的"。

关于阿叔的过去已不可考，只知他壮年时貌似蹲过班房，原因不详，孤独终
老，无子嗣……和无数的老匠人师傅一样，身前身后，籍籍无名。
老师傅走了，老手艺一同带走了。
都不知道他这一辈子是否正经收过徒弟。

落笔此文时，我隐去了小镇名称，隐去了阿叔的姓氏籍贯，隐去了他的茔冢所在……让他安安静静地休息吧，莫让俗世的诸般解读，扰了他的身后清净。

日子真不禁过，阿叔走后，眨眼又是数年。

匆忙赶路，偶尔驻足，一程又一程，一站又一站。

小镇雨季里的寡淡故事，当时不觉个中滋味，年龄越长，愈发怀念。

沉甸甸的锤子，水汪汪的青石板。

丝丝缕缕的老木头清冷的霉香，阿叔灰蓝色的手掌……叮当叮当的老时光。

…………

阿叔。

昔年的小镇雨季里，马铃声远去，你丢我一根纸烟，说：好好学，早点儿靠手艺吃饭……想吃什么就吃什么。

万重山水走过，酸甜苦辣尝遍。

滚滚红尘翻呀翻两翻，天南地北随遇而安。

阿叔，手艺没扔，还在我身上呢。

（十）

至于小师姐。

后来，我和她当年隶属的那家公司有过业务合作。

酒桌上旁敲侧击，有资深员工对她尚有印象，但也仅止于她莫名其妙地离职，据说杳无音信，再没出现。

小师姐的那个男神我没去打听，祝他升官发财、长命百岁、一生心安。

那天酒局结束后，我站在北京世贸天阶东门，翻出存了多年的手机号码，给小师姐打了过去。

电话没打通。

这些年手机从2G变3G再变4G，当年的131早已是空号。

头顶的天幕缤纷绚丽。

也不知那个孩子最终是否看见过这个世界……

当年的无所作为，多年来始终让我心慌。

其实，若事情再来一次，我想我依旧会沉默，依旧会无所作为。

这种无能为力的感觉，让我心慌。

若换作是你，会如何帮她？

站在为了她好的立场，怂恿她去打胎？

眼睁睁看着一条人命消失在眼前？

人有人性，人性惜命，人命关天。

当一条性命和你的人生有了关联，有了交集，近在咫尺地摆在你面前，立时三刻就要丢在眼前时，去怂恿刀子下得快一点儿？

三个月了，都成形了，已经是条命了……

怂恿她除掉这条命，去重新开始人生吗？劝她亲手杀掉她早已彻骨深爱的孩子，让她背负着一生的罪恶感去重新开始？

…………

反之，站在保住孩子的立场，鼓励她生下来？

为了满足自己的道德感，而卑鄙地鼓动一个无依无靠的姑娘去做牺牲？鼓励她去给自己的人生判一场无期徒刑？

去冠冕堂皇地对她说"时光和岁月终会赐予你内心强大的力量"？

——如果在内心强大的力量最终来临之前，她被这个残酷世界击垮了呢？

国人喜欢俯视、仰视、漠视、鄙视，唯难平视。

就算视线中偶有善意，也难免附带围观感、怜悯感。

在这个国度的主流社会里，单亲妈妈一直是个被世俗标准边缘化的人群，总会或深或浅地被孤立、被排异。

别和我说一视同仁，你我都知道，大部分的一视同仁，仅局限于舌尖唇畔。

是的，这世界上有许多幸福的单亲妈妈，但不论是她们，还是小师姐这个茕茕孑立的傻姑娘，你我有什么权利站在道德高度上指导人家的人生，又在之后的若干年里对其是死是活事不关己？

…………

若当年站在小师姐面前的是你，你会如何开口？

是鼓励她牺牲孩子，还是牺牲她自己？

若你是小师姐，你会如何选择？

是牺牲孩子，还是牺牲你自己？

哪一种选择会让你心安？

（十一）

还没完。

多谢故人首肯，允我记叙以下这段文字。

…………

时光荏苒，多年的江湖浪荡后，我开笔当了作家，野生的。

2013年12月31日午夜，上海福州路书城，跨年签售会。

一起签售的作家很多。

来的人更多。

知道我爱吃零食，很多读者带着自制的小糕点来看我。

我边吃边签，不亦乐乎。

新年钟声敲响前，有个帅气得吓死人的小正太高擎着书，挤到我面前。

漆黑的眉毛，漆黑的圆寸头。

这么大的背包，外地赶来的吧？

呦，校服上两道杠，还是个中队长。

我逗他，伸手去胡噜胡噜他的头，热烘烘毛茸茸的，极佳的手感。

喂，小子，这么年轻就读我的书，小心影响发育啊。

旁人哄笑，小男生缩着脖子笑，乖巧地任我摆布。

我递给他一块饼干，在他书上签上名，再画上一只大肥兔子。

名字签完了，他赖在桌前啃着饼干不肯走。

我问：是想再多要一块饼干吗？一整盒都给你好了。

小正太不客气地接过饼干盒，笑嘻嘻地说：我还有事情找你呀……

他费力地伸手往领口里掏，掏呀掏呀掏呀掏，掏出细细的红绳一条。

他一边拽红绳，一边说：

……妈妈让我来的，妈妈让我把这个给你瞧瞧。

铃儿丁零轻响，响出一抹银光。

独一无二的豌豆粒儿。

雪花银的扁铃铛。

…………

乌溜溜的眼睛盯着我。

他问：叔，你是不是认识我妈妈？

起身绕过桌子，慢慢蹲到他面前，我轻轻将他抱住。

好孩子，我不仅认识你妈妈，连你我都认识。

阿弥陀佛……

在你还只有铃铛这么大的时候，我就认识你了。

▶ ▷ 游牧民谣 · 老武子《蜡烛》

▶ ▷ 游牧民谣 · 小植《露珠》

小善缘

► ▷ 若干天前，大黑天莅临小屋，这段小善缘，已然发芽生叶。

小屋在五一街文治巷80号，木门，泥巴墙。

小屋若是个道场，大黑天就是护法。

若你来到小屋，请遵守大黑天的安保条例，和它结个善缘。

有个叫大冰的家伙活了三十多年，只总结出一句人生箴言：
无量天尊，哈利路亚，阿弥陀佛么么哒。

仅以此句，与诸君结个小善缘。

（一）

物以类聚，人以群分，我的朋友大都有颗逗B心。
平日里都是平常人，特定的季节才集体变身。

初冬，丽江的旅游淡季，却是古城一年中最有意思的季节。
伴着游客大军的撤潮，逗B战士们冬笋一般从地底钻出来，舒展筋骨，光复
失地。

一年一度，家园光复。
没有了熙攘的人流，古城的石板路净洁清幽，潜伏了大半年的奇葩们踱步其
上。他们笑眯眯地背着手溜达，一个个意气风发，扬眉吐气。
个个还乡团，都是胡汉三。

和城市里不同，这里交流感情的方式并非只有饭局酒局。

还有耍局，特别孩子气，却颇能结善缘。

街面上时不常可以看到一字纵队。

三五个人排着队，认认真真齐步走，旁边还有领队的。领队的喊号子：
一二一，一二一，一二三四！

排队的人一脸灿烂地回应：A！B！C！D！

路人龇着牙看傻瓜，他们乐呵呵地当傻瓜。

都是几十岁的人了，招摇过市图个乐呵而已，并没有什么实际意义。

谁说有意思就一定要有意义？

谁说成年人不能像小孩子一样做游戏？

有时候喊着号子走完一条街，队列不停增长，三五个人能变成三五十个人：背着登山包的，拄着老人拐的，踩着高跟鞋的，龇着大门牙的，顺拐走的………下至20岁上至60岁，一半常住民，一半游客。

都是些懂得何时何地解放天性的人，彼此并不知晓身份、籍贯、职业属性，却默契得好像在初中校园里一起做过三年早操，彼此并不矜持。

真正会玩儿的人不会在旺季来丽江，这个季节来的都是好玩儿的人。

好玩儿的人懂得丽江最好玩儿的事儿并非艳遇，而是自由自在的孩子气。

这些孩子气的人，每每会聚在小屋门前玩儿游戏。

300米长的五一街，起始于小石桥，终止于大冰的小屋，队伍喊着号子走到这里，不舍得散，于是有时候扎堆儿丢手绢，有时候组团玩儿老鹰捉小鸡。

叽叽喳喳热热闹闹，好像小学生的课间操。

我隔着玻璃看得眼馋，有时候忍不住了，就会扛着大黑天跑出去找他们结个善缘。

我一出去他们就跑，稀里哗啦跑出去十几米，再纷纷转过身来嗷嗷叫。
我说别跑啊，咱们一起来玩儿老鹰捉小鸡……
他们当中认识我的狂喊：大冰，泥揍凯（你走开）！不然拿砖头扔你！

干吗不带我玩儿？我想和你们一起玩儿老鹰捉小鸡……
我厚着脸皮，讪讪地冲他们小跑过去。
他们当真捡了块砖头丢了过来，然后转身狂奔，嗷嗷叫着，四散在丽江古城错综复杂的小巷子里。

我扛着大黑天跑不快，好不容易撵上一个穿高跟鞋的，擒住她的手腕。
结果她一低头，上来就是一口……她啃我的手你知道吗？她啃我的手。
啃完了以后她叫得比我还凶。
然后就跑了，一边嗷嗷叫着一边跑，高跟鞋咯噔咯噔……

我很委屈。
我落寞，搂着大黑天蹲在路边，捻捻它身上的毛儿，给它看我手上的那圈牙印。
大黑天扑棱一下翅膀，瞪了我一眼，目光犀利如刀。

大黑天是只鹰，活的。

（二）

关于我和这只鹰之间的关系，我一直无法界定。

时至今日，一直说不清谁是谁的宠物……

关于这只鹰的来历说来话长，还是要从那群孩子气的逗B说起。

事情源于一头白菜。

别的白菜论棵，那个白菜论头，要不然怎会叫人拴上绳子当宠物遛。

遛白菜的人不知是什么心态，拖着白菜走秀，别的地方不去，专门在小屋门前转来转去。五一街的地面是青石板，摩擦力强，他溜达了半个多小时，菜叶子碎了一地，白菜卒。

彼时我在电影院看新上映的《变形金刚》，微信嘀嘀嗒嗒响个不停，各种线报纷至沓来。

等我闻讯赶回去时，遛白菜的人拖着个白菜帮子早已飘然遁去。

据说是个眼镜男，走的时候笑眯眯地向众人招手示意：我是大冰的读者，我用我的方式向小屋致敬。

小屋门前围了一堆人瞻仰菜叶子。

我一边扫地一边骂街：致你妹啊致，别人遛狗你遛白菜，有本事你遛变形金刚啊你！你来啊你来啊你来啊……

结果第二天真的遛变形金刚来了。

这次是俩姑娘，长裙飘飘，戴着墨镜，一个遛霸天虎，一个遛大黄蜂。

当然是玩具，但气人的是，俩姑娘不仅遛，还在小屋门前弯腰挺胸伸大腿各种摆pose，招摇得要命。

我闻讯端着水枪跑去滋她们，晚了一步，人跑了。

当天我发了一条朋友圈：够狠！还真遛变形金刚来了……有本事你们明天从南美洲牵只羊驼来大冰的小屋啊！

转天我午睡未醒，义工小鲁的电话打过来了，刚一接通就听见他在那头用云南普通话喊：×你妈！×你妈！

我腾的一下坐起来，土贼！你活够了是吧！别看你当过狙击手，分分钟打哭你信不信！

他慌忙解释：啊呀！冰哥，不是那个×你妈……是真的×你妈。

我说你有种，你给我等着。

我淡然地摁断电话，穿着睡衣跑去揍他，跑到一半，收到他发来的微信图片。

图片上几个人扬扬得意地立在小屋门前，还牵着一只肥硕无比的羊驼。憨萌憨萌的羊驼啊，他们从哪儿搞来的？

小鲁没撒谎，是真的cao ni ma（草泥马）。等我赶到的时候，小屋门上还有草泥马吐的口水，门前还有它刚拉的屄屄。

我说：小鲁你立功的机会到了……扫了去吧。

他人虽笨，干活却勤快，一边捏着鼻子铲屄屄，一边夸我：冰哥你有召唤术，你真厉害……

召唤术？

既然如此，那就召唤个狠的吧。

我掏出手机来码字：南美洲的草泥马都能搞来，想必非洲狮子也不在话下吧？

够胆就明天来小屋门前遛狮子吧。

…………

难道我当真有召唤术？

翌日我去大理办事，车过喜洲时接到小鲁电话，他拖着哭腔喊：救命……

他说：我们现在找了根棍子把门顶起来了，冰哥快回来救我们啊……

我急问：怎么了，城管来了？

他喊：不是城管……是一群彪形大汉，他们遛狮子来了，狮子啊！……那么大的脑袋，那么大的爪子，吓死人了。

我打死不信，让他出去拍照片发给我看，他打死都不敢，还特种兵出身呢，连对门卖杂货的欧琳丽都不如。

欧琳丽是自贡人，那里有三样特产最有名：恐龙化石、郭敬明、井盐。

盐帮后代胆子大，她冒着生命危险隔着门缝拍了狮子，我2014年7月5日的微博里有照片。（新浪微博@大冰。不知道为什么，总感觉那只狮子哪里有些不对劲儿，不知道你有没有同感……）

大冰的小屋门前是异次元的入口吗？这是要玩儿死我的节奏吗？

如果我的召唤术真的管用，明天来遛猴子好吗？猴子猴子猴子！

逗B，咱们死磕到底。

我当真有召唤术。

第二天小屋门前来了个白面书生，牵了只恒河猕猴，活蹦乱跳的。围观的人很多，它掀了好多姑娘的裙子，纯白的、黑丝的、小熊图案的、草莓图案的……不多说了，关于猴子，自己看微博照片去吧。

我认栽，我服气了行不行？我好好一个火塘酒吧还要开门做生意养家糊口，咱别玩儿了好吗？好的。

树欲静而风不止。

晚了晚了，短短几天时间，火势熊熊已不可控，丽江朋友圈开始疯传我有召唤术。

小鲁说好多人磨拳擦掌等着来小屋门前遛，他们准备了各种稀奇古怪的玩意儿，只待我来召唤了。

据说只有我想不到，没有人家做不到。

小鲁掏口袋，说：冰哥，我想了个一劳永逸的办法帮你。

你笨成那样还帮我？

他从裤兜里掏出张叠得皱皱巴巴的纸，摊开一看，是张《男人帮》的封面，D罩杯的比基尼女郎。

退伍兵小鲁眼睛里闪烁着希望的光芒，问：召唤这个怎么样……

我把他打了出去。

小鲁刚被打出去，老兵探头进来，手里捏着根绳子，我顺着绳子往外看，那头儿拴着他的亲儿子小扎西。

绳子拴在脖子上，还打了个蝴蝶结。

老兵觍着脸笑：我遛孩子来了……

他一脸期待地看着我。

…………

我把他打了出去。

刚把老兵打跑，抬头看见茶者成子抱着好大一饼普洱茶站在巷子口，茶太大，他一个人抱不动，他老婆豆儿帮他一起抱着。

大茶饼上还垂下来一根绳……我眼尖，看得一清二楚。

成子远远地喊：大冰，你是个有文化的人……要遛出文化……

我呸啊！

我再有文化也不允许你们两口子跑我门前来遛普洱茶！你再往前走一步试试，我分分钟带瓶六神花露水跑去你们家茶叶店往茶叶上洒……

能力越大，责任越大，既然上天恩赐我召唤术，那怎能轻易滥用？

接下来的几天，我扛着一把大扫帚反恐，兵来将挡，水来土掩，门神一样立在小屋门前，遏止了无数起突发事件。

有人把我挥舞扫帚的照片发到朋友圈，配文说我是史上脾气最臭的酒吧老板，底下被人点了100多个赞。

我也去点了个赞。

点赞后的第二天，那只鹰出现了。

（三）

那只鹰长得很霸气。

熟牛排什么颜色，它就什么颜色。

高约莫有半米，敛目息羽……不息也不行，它被严严实实地裹在一块蓝布里，牢牢夹在腋下。

布不够宽，露出铁喙钢爪，硬得发光。

和鹰一起出现的是个老人。

老人面生，肤色黝黑，头发花白，风尘仆仆。

一人一鹰在小屋台阶上坐了半天，我端着扫帚立在一旁警惕了半天，只等着他拆开布头开始遛鹰。

十几分钟过去了，他们就那么干坐着，完全没有要展开行动的意思。

我等累了，打哈欠。

老人扭头打量打量我：嫩（你）是环卫工？

一口浓郁的河南烩面普通话。

我摇头，说自己是这个酒吧的老板。

他点点头：不错，当老板的亲自打扫卫生，看来我没找错人。

他招手示意我过来坐下，又冷不丁把那只鹰搁在我腿上：

嫩叫大冰是吧？俺等嘞就是嫩（我等的就是你）！听说嫩是全丽江古城最待见小动物的人。

待见小动物？

谁造的谣？

怎么个情况？

你赶紧把这家伙拿走赶紧赶紧它万一要是啄我的小鸡鸡怎么办赶紧拿走……

老人说自己从河南来，是个旅行者，途经香格里拉，从偷猎者手中讨下的这只鹰。

本打算放生，扔上天又栽了下来，原来翅根有伤，飞不起来。

行程还很漫长，不可能带着它前行，听人说起纳西族世代驯鹰，于是老人掉转车头来了丽江。

结果遇到的架鹰人皆不肯收，白送也不要。

理由无外乎两个：一、有伤；二、这个品种的鹰性子太古怪，驯不出来。

那留下养好伤然后放生呢？当然可以，1000元钱拿来。

老人说：赖孙（龟孙）！俺从哪儿弄恁些钱儿啊……

他只拿得出100元钱给鹰上个皮脚绊。

本想做放生攒功德，反倒添了个羽毛包袱，老人心善，不忍弃之不管，坐在小石桥的桥头瞅着哗哗的流水左右为难。

怀里的鹰太劲爆，引起了围观，不知怎的，有人和他聊起了小屋门前的狮子、猴子、草泥马……

于是他来到我门前，把鹰搁到了我两腿中间。

老人说：

听说嫩也信佛，怪好怪好，敢不敢和这小家伙结个善缘，让他在嫩这儿做做客，养好了伤再放个生……这辈子嫩帮它一回，说不定下辈子它救嫩一遭。

他说话抑扬顿挫，一套一套的，像豫剧念白。

我说：敢倒是敢，但是……

老人打断我的话头：敢就中！敢都敢了，哪来恁多球事儿（河南方言，意为"屁事"）。

他起身辞行，说是行程耽搁得太久，着急继续赶路。

我说：咱俩总共认识不到15分钟……你撂下个大鸟就这么走了？

他说：咋？难不成，嫩想请我吃顿饭再走？

我说我完全没这个意思。

他呵呵一笑：你帮了这么大一个忙，回头如果有缘再见，我请嫩吃饭！

我抱着鹰，送老人去停车场。
摩托车无比破，驼袋打着补丁，车把缠着胶布，挡泥板上糊满滇西北的红泥巴，车尾插着面小旗：骑行中国。
钦佩钦佩，原来还是个骑行侠。
我绕着车子转圈，说：大爷你都这么老了还这么有追求……注意安全，早点儿回家。

老人说这就是要回去了，回河南。
他说：年轻的时候总想出来走走，没有钱儿也没有胆儿，去哪儿都得开介绍信，也太麻烦。终于退休了，闺女女婿又拦着不叫出来……球（河南方言，语气助词）！再不出来瞅瞅就进棺材了……反正又不花他们的钱儿。

他说，哎呀不出来不知道哇，原来从河南骑到云南也不是那么难，头一个星期最难熬，屁股蛋儿疼，后来越骑越得劲儿。
他说，哎呀云南可好，庙多，山多，哪儿哪儿都好玩——就有一个地方不中：处处都吃米线，米线有啥好吃的？塑料一样，完全比不上烩面。
他还说，还有那些盗猎的也可气人，信球货（河南方言，意为"浑蛋"）！
他还说，不过还是出来走走好，每天都认识很多新朋友，随时能找到人说说话，比待在家里好多了……

……他叽叽歪歪了半天，人越老越唠叨，话匣子一掀开就合不上，老小孩儿一个。
我左腿站累了换右腿，终于等到他舌头刹住车。

他重重地拍我肩膀：挺好，这趟丽江也不白来，嫩这个小伙子俺看中，回头俺请嫩吃烩面。

我说拜拜拜拜……嫩快别客气了嫩赶紧走吧慢走不送。

摩托车突突突突发动了半天，开走了。

少顷，车又倒了回来。

我说你是我亲大爷行不行？咱能不能不聊了？

老人摘下头盔，手伸了过来：

……把俺秋裤还给俺。

我什么时候拿你秋裤了？！

他说：就是包着鹰的那块布。

（四）

第二天我就后悔了。

这扁毛畜生脾气比我还臭！

第一次喂食是场博斗，它掀翻了饭盆，踹翻了水盆，五花肉片撒了一地。

我拿饭盆去扣它脑袋，它缩脖子，又猛地一蹿头，饶我缩手快，衣袖还是被撕开了个三角口子。

它好像很生气的样子，扯着脚绊满屋子并着脚跳。

扑腾腾扑腾腾，扑腾腾腾扑腾腾，一只翅膀大闹天宫。

我满屋子撵它，撞翻了啤酒塔，碰翻了烟灰盏，满地狼藉。

义工们害怕被啄，都不敢进屋，抻着脖子在门外挤成一团。
他们惜命，都装备上了护具，小S围着大围巾护住唱歌的喉咙，老谢捂着棉手套护住弹琴的手……小鲁带着头盔，摩托车头盔，奥特曼一样。
他手里还提着灭火器罐……恨死我了。

我说：小鲁你发什么癫？它是只鸟不是吐火龙！
小鲁说：冰哥，我想到一个办法帮你……
走走走走走！你笨成那样了还帮我？

我不睬他，走江湖跑码头许多年，奇人异士结交得多，我埋头翻电话簿。
联络了某驯鹰大神后方知晓，此鹰叫鵟，别名土豹。
鵟耶！威风！
上狂下鸟，怪不得如此嚣张。

大神说了，鹰、隼、鹫、鸢、雕、鹞、鵟，其中鵟最傲娇，指望鵟打猎是不可能的，撒手就飞，一去不回，此禽绝情第一。
我说我没指望它给我逮兔子，但求收容期间能和睦相处，基本遵循一个文明礼貌的主客之道就行……起码别绝食哦。
大神哂笑：别指望建立浓郁的兄弟感情，鵟是典型的认肉不认人，你搞点儿生牛肉喂饱了它就行。别用饭盆喂，要用皮手套直接递到嘴前。喂的时候姿态别那么高，人家不是鸡，不受嗟来之食。

还要吃牛肉？还要递到嘴前喂？

它傲娇，难道我就不傲娇吗？我是养了只鹰还是供了个祖宗？

大神看了照片，说伤的不算重，不用看兽医，也没兽医敢看，让它自己慢慢养伤就好。鸷张嘴吐舌即为生气，养伤期间要尽量保障它有个好心情。

……那谁来保障我的好心情？

我懒得去喂它，安排小鲁去喂。
小鲁专门跑去北门坡买来电工手套，喂的时候戴着摩托车头盔。
大神的建议还真管用，绝食抗议结束了，牛肉它吃得欢……新问题来了，这家伙一天要吃40元钱的牛肉才饱啊！
隔壁小菜馆的老板高兴坏了，小屋的工作餐是他们家最便宜的杂酱面，顿顿要饶上好几头大蒜，他烦坏了。现在屌丝变身大客户，一天40元钱，一个月就是1200元钱。

我和小S、老谢捧着面碗叹气、心痛，小S的筷子挑起一粒小肉丁，说：它的伙食标准比我们三个人加在一起还高……
我一摔筷子，不过了！……老板，加菜！

老板夹着菜单，一个障碍跨栏翻过桌子，刘翔一般冲过来。
你们家三文鱼新鲜吗？
新鲜新鲜。
你们家松茸新鲜吗？
老板激动得快哭了：新鲜新鲜新鲜。
我说：那炒盘菠菜来吃吃……

他的笑容僵在脸上，摇晃了一下，一下子捂住心口。

我咳嗽一声，指着面碗说：……一人再加一个煎鸡蛋。

小鲁喂了几个星期后打死不肯喂了。

小屋的义工和我一样，都是很大方的人，从来不会怠慢客人。

他主要是觉得牛肉胆固醇太高，担心鹫的血糖血脂太高而影响健康，故而试着减少牛肉分量。唉，人心不古，鸟心亦然，好心没好报……鹫瞅瞅牛肉的体积分量，先是不动声色地吃完，然后立马翻脸发飙，小鲁被鹫撵着啄，头盔花了好几块漆。

逃命时被门槛绊倒，头盔磕得变了形，费了好大的劲儿才把头拔出来。

我把它拴在门前的板凳上。

我说咱俩唠唠。

我说让街坊邻居评评理，看看你讲不讲道理。

我说：你一个月吃的牛肉比我三十年吃的都多，你吃了我们一头牛好不好！吃了我们一头牛还跟我蹬鼻子上脸，好心收留你，你踩着锅台上炕，你你你讲不讲江湖道义。

它头一别，给我个后脑壳。

我说你这是什么态度！

好吧，客人不想当，那就当宠物吧，藏獒我都驯过，还怕治不了你这个鸟东西。

于是开始熬鹰。

（五）

熬鹰失败。

不是我熬它，是它熬我……不细说了，太丢人，此处删去1000个字。

总之，此次熬鹰是斯大林格勒战役的翻版。

攻坚不成反被略地，书架的最高一层被它霸占。

小屋是火塘，是酒吧，也算是个书吧，我多年来四处购来的书籍蓄满了整整一面墙。此鸳颇有点儿鉴赏力，传记文学它不站，旅行文学它不蹲，专门往哲学思辨类图书上站，左脚踩着维特根斯坦，右脚踏着萨特，翅膀耷拉着康德。

它站得高，头颅昂得高，神情倨傲，长翅膀的尼采。

小鲁说看起来它才像老板。

好处也是有的。

自打它霸占了书架，老鼠和猫都不过来毁书了。

丽江的猫很奇怪，不仅不抓老鼠还常沆瀣一气。老鼠偶尔跑来啃书磨牙，它们天天跑来书上睡觉。

睡也不老老实实睡，精装本硬皮书上印横七竖八的爪子印，还专在新书上拉屁屁。

不怕人的，空啤酒罐子丢过去，只换来懒洋洋一个白眼，然后慢吞吞地伸懒腰，迈着方步在书架上踩来踩去。

小屋是陋室，屋顶的窟窿和碎瓦是它们的贵宾通道，堵上一回它们捅开一回，我在屋里贴上大狼狗照片也没有用，转过天来就挠成纸片片了。

闹得最凶的时候，一群野猫霸占了我小屋的二楼，每天深夜一点组团回来住"如家"。有时候我们打烊晚，营业时间拖到两三点，它们蹲在屋顶上啊呜啊呜，高一声低一声地骂街。

一边骂一边踢砖踹瓦，摔摔打打。

理直气壮的，搞得好像它们付过房钱一样！

现在不一样了，鸷一来猫全撤，一只不剩。

也有些不甘心的，躲在破瓦窟窿里伸脑袋偷瞄。谁露头，鸷拿眼睛瞪谁，锥子一样，扎得野猫胡子直哆嗦。

它一拍翅膀，屋顶上立马没了动静，过路的野猫屏息罚站，良久才小心翼翼地踩出一脚，紧接着玩儿命狂奔。

过江龙慑住了地头蛇，小屋自此是鸷的地盘了，如此甚好，小屋多了一个护法。

我给它起了个名字：大黑天。

密宗说法，大黑天是大日如来①降魔时示现的忿怒相，示现二臂、四臂、六臂玛哈嘎拉②，具有息、增、怀、诛四种事业法，是佛教中殊胜③的智慧护法。而且还是尊财神……

有了这么个威风的名字，感觉忽然就不一样了，我们自己做木工，打了个木头盘子钉在书架上，请它住在里面。

---

① 大日如来，释迦牟尼佛的三身之一，表示绝对真理的佛身。

② 玛哈嘎拉，梵语，意思是"大黑"，即"怙主"之意。

③ 殊胜，佛学术语，丁福保《佛学大辞典》阐释：事之超绝而稀有者，称为殊胜。

木盘子类似佛龛莲花座，大黑天蛰在其中颇有威仪，每天再喂肉时感觉像在上供，多了三分庄严隆重。

小鲁是大理白族人，骨子里自来本主信仰，他没敢再克扣大黑天的口粮分量，每次上完供还给它鞠躬，戴着头盔鞠躬。

小屋默认了大黑天存在的合理性，它罩着我们，它是老大。

（六）

处得久了，大黑天诡异的一面慢慢浮现出来。

简直太奇怪了，它居然懂音乐。

大冰的小屋是民谣歌手根据地、流浪歌手大本营，每天人来人往，歌手如曲水般往复流动。

歌手多，曲风自然不同。

靳松沉重、大军柔情、老谢质朴、阿明嘶哑、小周小宋小清新、王继阳巴萨诺瓦民族风……

第一个发现大黑天不对劲儿的是王继阳。

他弹唱《小猫》时忽然跑了调，合着走调的琴音大叫：大黑天在给我打拍子！

客人们问：什么大黑天？谁是大黑天？

我说：没事没事，哈哈哈……他在试验一种独特的人声solo（独唱），哈哈哈，接着唱，别停别停，哈哈哈。

客人们用钦佩的眼光看着王继阳，继续托着腮听歌。

一般来说，大黑天吃饱了就不会折腾，无声无息地窝在木头盘子里闭目养神。

为了不吓跑客人，一般晚上营业时，有客人问及书架上的那团黑影，我都说是标本。

它会打拍子？王继阳你眼花了吧？

我发现我的眼睛好像也有点儿花……

怎么大黑天在有节奏地晃脑袋？

我把手鼓搬过来，和着王继阳的节奏敲起来。

大黑天的脑袋晃得更厉害了，一边晃一边还劈着叉站了起来，幅度越来越大，猫王一样……没错了，是在打拍子，且严丝合缝卡着律动！

我哈的一声乐了，指着大黑天喊：没想到你还是个文艺青年！

王继阳扔了吉他，也指着它喊：我就说吧，它会打拍子！

客人们集体吓了一跳，集体顺着手指的方向望了过去。

大黑天受了惊，轰的一声振开双翅，扑腾腾扑腾腾，一米多宽的大黑影。

活的！

客人们集体起身，嗷嗷叫着往门外挤……

当日损失惨重，无良客人踩翻了门口收账的小鲁，集体逃单。

王继阳颇为得意——唱歌鹰都给打拍子，太激奋人心了。他后来带着这份自信登上了太湖迷笛音乐节的舞台。

回丽江后，王继阳跟小鲁说，他那场演出时，台下每个人都在打拍子。

……好像台下总共来了五十多个人。

剩下的几万人都跑去另外一个舞台给马顿打拍子去了。

奇怪的是，马頔游荡到小屋来唱《南山南》时，大黑天反而没给他打拍子。

靳松的浪子诉说，大黑天不打拍子；大军的尘世颂歌，大黑天也不给打拍子；
阿明的沧桑往事、老谢的江湖游吟、路平的声嘶力竭……它闭目养神。
小S一张嘴，它立马就精神起来了，拍子打得特别积极。
小S轻快地唱：皇后镇、皇后镇，你像个美丽的女人……
大黑天翘起一只爪，一边摇晃一边金鸡独立。

还有一个人的拍子它打得积极，叫秦昊，隶属于一支叫好妹妹的乐队。
我的天，小秦一张嘴，大黑天摇头晃脑从头到尾。
秦昊罕见的孝顺，旅行不忘带着奶奶姚女士，祖孙俩走到哪儿都手牵着手。
我怕把老人家吓出高血压，提早挡了块板子遮住大黑天，遮得住翅膀遮不住
头，它脑袋一探一探的，弯喙一明一暗的。
老奶奶姚女士眯着眼睛，陶醉在大孙子的歌声里，并不知道脑袋顶上还蹦跶着
一只活老鹰。
…………
渐渐摸到一个规律，大黑天的音乐审美取向是很鲜明的。
它这只不怒自威的飞天猛禽，钟爱的是文艺抒情或小清新。

可惜可惜，我一直没探到大黑天的底线。
大冰的小屋唱的多是嘶哑深沉的原创民谣，没人唱陈绮贞苏打绿五月天……

（七）

文艺青年大黑天的民谣情结越来越明显。

它开始点歌！

它摸到了我们的演唱曲目规律，每逢钟爱歌曲的前奏音符即将响起，立马站起来热身。

你必须依着它的性子来，随便换曲目顺序万万不行，它记性太好了，哪首歌后面接哪首歌一清二楚，一旦白激动了就发脾气。

歌手毕竟不是上班族，没那么多条条框框，大都很随意，唱得开心了即兴调换曲目是常事。

这可犯了大黑天的大忌，它分分钟展开双翅吓唬客人，各种做俯冲状，直到你换回它想听的歌方息。

小S说心很累。

王继阳安慰他：你就当是在写字楼里上班，遇到个更年期的女领导。

还有更恨人的。

有时候，我下午躲在小屋写写文章，放放西北民谣光盘当背景音乐，它不爱听，各种折腾。

依着它的性子，换张小清新光盘，它还是折腾。

我快进一首，问：是这首吗？

它依旧折腾。

我再快进一首：是这首吗？

…………

大爷，是这首吗？

你是我亲大爷，是这首吗？

…………

它是老板，我是点歌小弟，一首接一首非要换到它满意为止。

还必须打到单曲循环，不然还是折腾。

具体歌名不说了，自己猜去吧。

那首歌，我一个铁骨铮铮的野生直男作家陪着它听了一万遍，不仅写出来的文章敏感缥缈，还差点儿自己把自己掰弯。

…………

有一个时期，大黑天开始变本加厉。

除了点歌之外，它开始涉足另外一个比较敏感的领域。

小屋自来有小屋的规矩，比如拍照不许开闪光灯，听歌时不许说话。无他，小屋是湖，歌手是鱼，给歌手一个水温适宜的游弋环境而已。

这里不是常规意义上的酒吧，没有骰子和艳遇，只有啤酒和音乐，喝酒听歌之外，不提供其他任何服务。

民谣是种诉说，歌手倾诉，客官倾听，方寸江湖，萍水相逢，彼此平等。

安静听歌的人，一瓶啤酒坐一天都可以，喝不完还可以存起来。反之，听歌时制造杂音的人，果断撵出去。

小屋的规矩在严格秉行了许多年后，慢慢松动。

不是执行不严，而是法不责众。

这是个自媒体时代，智能手机和各种手机社交APP（智能手机的第三方应用程序）是最好的挚友和闺密，一两年了，我没在小屋遇到一个坐一晚上不翻看手机的人。

最初陌陌、微信提示音叮叮响的人是要撵出去的……后来让步了，都响，多与少而已。

奇了怪了，现在的人听歌时手机都不爱调静音……

是有多孤独？到底是怕错过什么？

再后来，让步于那些听语音、回复语音的人。

不让步不行，大部分人已经退化到懒得动拇指打字了，能用语音就不打字，用吧用吧，累着你怎么办……只是，小屋秉承老丽江火塘的规矩，不用音箱和麦克风，屋子小，歌手吉他清唱，不停冒出来的刺耳语音，像空酒瓶子扑通丢进溪水里。

这是丽江最后一家民谣火塘，最后一个只清唱原创的小国度，给它点儿空间，让它多残喘几天又如何？

时至今日，底线后退不断，只求别在歌手唱歌时明目张胆地接打电话，堂而皇之地旁若无人就行。

其实连这一点也极难保障，这几年来客人的上帝意识越来越强。

说轻了不管用，说重了甩脸子走人，转脸变黑粉说对你很失望，转天微博上骂你装×、耍清高、装艺术家，然后宣布取消关注。

消就消，宣什么宣？

关注或取消关注是你的权利，就像换台一样。

很好奇，你在家看电视换台时，每换一个频道，还专门登报发声明去通知一下电视台？

苦笑加心痛你。

别老说别人装×，当你骂人装×时，往往是因你自己太low（低）。

心痛你太low。

…………

也只能在这里发发牢骚喽，微博上永远是掰扯不清楚任何话题的，只要你有观点，就一定有人跳出来当敌人。

不怕暴民散德行，只惧圣母婊，一句话说不好立马被居高临下，说你不包容没度量，以及，对你很失望。

…………

综上所述，我一度对小屋唱歌时不说话的规矩失去了信心。

万万没想到，挺身而出的是大黑天。

它一泡屁屁喷出来，换回一方天下太平。

大黑天的屁屁是稀的，纯白色的，乳胶漆一样的。喷射力极强，射程近两米。

白色屁屁啪的一声糊在那个人的肩头，他正在打电话。

众人侧目，老谢停了吉他，那人惨叫一声：我招谁惹谁了！

我说：你五讲四美谁都没惹，赶紧擦擦。

我问要不要帮他把外套干洗一下，他气哼哼地脱下来丢过来。

小意外而已，继续唱歌。

十分钟不到，电话铃声又响了，老谢皱着眉头弹琴唱歌，他憨厚，没说什么。

那人接电话，一个"喂"字尾音未断，他又惨叫一声……

这次大黑天的屁屁喷在他胸口正当前，像是开了一朵美丽的玉兰花。

怎么又是我！

不能再脱了，再脱就要打赤膊了，那人郁闷地走了。

他坐在离大黑天不算近的地方，奇了怪了，怎么别人不喷专喷他？

老谢说，大黑天是故意的，他说他看见大黑天撅着屁股瞄准了半天。

不对哦，它是不太喜欢你的沧桑情歌吗？怎么会出手帮你？

老谢坚信自己的发现，他很感激大黑天仗义出手，打烊后专门给它开专场，抱着吉他唱了好几首他自己认为的"小清新"。

"老司机，带带我，我是大学生。老司机，带带我，今年十八岁……"

第二天，历史重演，这次是王继阳正在唱歌，被喷的人也是正在旁若无人地接电话。

半个脑袋都白了，他以为鹰屎有毒，吓疯了，蹲在门口用啤酒洗头。

这个被喷的人坐在角落里，从大黑天那厢看过来，几乎是个死角。王继阳说一屋子人都看见了，"弹道"诡异，大黑天别着爪子找平衡，货真价实地瞄准了半天。

王继阳天津人，嘴特别严……

一天工夫，半条街都传开了：谁扰了大黑天听歌，谁白了少年头。

架不住三人成虎，仅一周，传言增肥成谣言，传回到我们耳朵里：谁不让大黑天听歌，它不让谁长头发。

一堆人喊着"一二一"，排成一字纵队，由我带路，去瞻仰大黑天之风采。

他们都戴着帽子，围着书架啧啧感叹，有好事的人央求我弹起吉他，然后一堆人集体掏出手机打电话，南腔北调七嘴八舌。

大黑天冷眼旁观，岿然不动。

忽然，它一个振翅腾空，在皮脚绊能扯开的最大长度里漂亮地转身。

噗……帽子白了一片。

还会扫射？！

好厉害!

小屋自此安宁了好久。

我的感激之情无以言表，斥巨资，从隔壁小饭店买来100元钱的牛肉给大黑天上供。

它慢条斯理地吃，吃了约40元钱的肉就停了嘴。

我说：您别客气，再多来点儿……

它不理我，严肃地仰起头，微微展了展翅。

明白明白……

我颠颠儿地跑去开CD机，一首一首地快进小清新歌曲……我最喜欢帮你点歌了，特有一种人格升华的感觉。

单曲循环! 必须单曲循环!

（八）

小屋的产业结构，也是因为大黑天才调整变化的。

明天来得太快，容不下昨天的慢生活。

丽江在飞跑，越来越热，越来越火，店铺和游客越来越多。

好玩儿的人越来越少，同道中人大都渐渐撤离这个玉龙第三国。

他们问我：大冰，什么时候撤？

一个人吃饱了全家不饿，我扁舟散发无牵无挂，说撤就撤。

只是，我撤了，小屋怎么办？

丽江的火塘民谣时代渐渐凋零萎缩。

不用麦克风不用音响，只唱原创民谣的火塘全倒闭了，大冰的小屋是最后一家。

有人说：是哦，小屋是丽江的一面旗，不能倒。

当然不能倒，于我而言，它哪里仅是间小火塘，它是一个修行的道场，是我族人的国度，哪怕有一天我在丽江穷困潦倒捉襟见肘了，捐精卖血我也要保住这间泥巴小屋。

可撑起这面旗，又谈何容易？

房租跑得太快，整条街的房租从四位数涨到五位数，再到六位数，快得让人跟不上脚步。

是哦，当主持人的收入颇丰，当作家版税收入也不少，可既然秉行的是平行世界多元生活的理念，怎么可能拿别的世界挣来的钱养活小屋？

每个人都有权同时拥有多个不同的世界、不同的人生，但它们彼此之间理应是平行关系。

笔是笔，话筒是话筒，小屋是小屋。

北京是北京，济南是济南，丽江是丽江，每一个世界都理应认真对待，也理应经济独立，唯此方能彼此平衡。

小屋是独立的，不能寄生。

可惜，于小屋而言，我不是个靠谱的掌柜，快交房租了，还差一万元。

一年又白干了，还差一万元。

厚厚的一沓人民币摆在面前，红票子。

扎着爱马仕腰带的人说：你想清楚了没？到底卖不卖？

我说：虽然丽江是纳西族聚集区，允许养鹰，但再怎么讲它也是国家二级保护动物，私下买卖犯法……

他说：第一，这鹰不是你买来的；第二，我们后天就开车走了，没人知道你卖。

他们是开着房车车队来自驾游的土豪，他替他老板来买大黑天。

他老板在小屋听歌时惊讶于大黑天的特异，执意要买。

老派的生意人大都迷信，说正好是本命年，养鹰能化煞，能转运保平安，且大黑天罕见地有灵气，名字也吉利，利财。

我说：我答应过一个老人，养好了大黑天的伤就放生，就这么把人家卖了，觉得挺不好的……

他说：我们也没打算养它一辈子，买回去养两天也会放生的，谁放不是放？

他手指点点那沓钞票，笑着说：对你来说，这基本就算是白捡的钱……你其实也不是不想卖对不对？不然也不会和我谈这么久。

一寸厚的红票子，我眼睛搁在上面，半天拔不出来。

只要一伸手，房租就够了。

他见我不说话，取过皮夹，又抽出一沓钱来摞在上面。

"做生意不能太贪心，总共一万五千元，不能再加了，我们的钱也不是天上掉下来的，谁让我老板喜欢……爽快点儿，行还是不行，你一句话。"

我看一眼大黑天，书架上正闭目养神。

…………

我说：让我考虑一下，明天答复你……钱可以先留下，不行的话明天还给你。

他约好了次日见面的时间，然后走了。

他没把钱留下，把钱带走了。

屋子里的气氛怪怪的，众人做着营业前的准备，各忙各的，都不说话。

老谢抱着吉他偷偷看我，欲言又止。

最先开腔的是小S，他说：冰哥，别卖大黑天好吗？大黑天脾气那么臭，那帮人如果虐待它怎么办？我在小屋卖明信片挣了一些钱……

他一张嘴我就知道他要说什么，我说打住，你那些钱是存来环球旅行找下一个皇后镇的，不要动。

老谢插嘴说：我在小屋卖碟攒了一些钱，一时也用不上，先拿去交房租吧。

那是你用来出诗集的钱，不能动。

老谢说：就当是先借给你的好不好？小屋不能倒闭啊。

不好，不好意思，我傲娇，从未向人借过钱。

王继阳说：之前有人想买我的马丁吉他，咱别卖大黑天，我先卖吉他好吗？

滚蛋！

我骂他：你见过战士卖枪吗？一个歌手，居然要卖吉他？任何情况下都别他妈说这种话！

他冲我嚷嚷：大黑天和咱们是一家人，吉他不能卖，家人就能卖吗？这样仁义吗？！

他声音太大，惊醒了大黑天，犀利的目光掠过，它在书架上抖擞一下羽毛。

我说王继阳你闭嘴行不行，我没本事养活小屋我明天就回去取钱去我破例……
一想到要用别处挣来的钱贴补小屋，劈头盖脸的失败感。

小鲁说：冰哥，我想了一个办法帮你。
你笨成那样了还帮我？
……你说说看。

小鲁说他的办法绝对管用，保证凑够房租钱……不过要我先承诺不卖大黑天。
为了让我的承诺没有回旋的余地，他吓走了那帮要买鹰的土豪。
他是个笨得不按常理出牌的奇葩，我猜不出他用的什么办法。

小鲁掰着指头给我算账：
小屋之所以总亏，一是因为掌柜不会做人，脾气又臭，又整天板着脸，而且见
了美女老是免单。
二是因为火塘这种模式本来就难挣钱，没有音箱没有话筒，没有骰子没有艳
遇，唱的歌又太清淡，自然没有办法招揽来高消费的大客户。
三是客人太不把自己当外人，总是逃单。
小屋的历史上曾经一度很多年不收酒钱，那时客人少，房租便宜，赔得起。
最近两年房租贵了开始收酒钱，也是出门后给钱，喝多喝少凭良心交费，但可
惜"我本将心向明月，奈何明月照沟渠"，大量客人乐得捡便宜，明明喝了
酒，出门说没喝，明明喝了快一打酒，出门说只喝了一瓶——不赔才怪！

他说：丽江酒吧的运营成本太高，其他店的啤酒都是五六十元钱一瓶在卖，而
且大都是起码半打起卖。咱们家每个人40元钱门票含一瓶啤酒，已经是低
于市场价格了，而且一瓶啤酒可以坐一天。冰哥你别有心理压力，客人们会

理解的。

理解个屁！

按照小鲁的主意运营了半个月，骂声一片，不少人吐槽：大冰的小屋也变得商业化了，喝酒必须花钱了。

他们说，你看你看，大冰最近都胖了一点儿，越看越不文艺了。

不过房租凑齐了，一个月的门票收入几乎抵得上过去半年的流水。

当奸商原来这么开心……

我卡在合同约定的最后一天跑去见房东，更开心的是，房东不知我们改变了运营模式挣到了钱，他担心我卖血交房租搞出人命，给打了折。

好开心，打了九五折，省下好几千元钱呢。

小鲁动用毕生智慧想出来的办法拯救了小屋，大黑天也终究没有被卖走。

但终究到了它该离开的时间。

伤养好了，该和它说再见了。

（九）

定在大年初六放生，吉日，宜远行。

初六送年，一并给大黑天送行。

众人皆无异议，虽不舍，但皆知这是个必须履行的承诺。

那段时间，小屋会拖到很晚才打烊，客人都走光了，小S、王继阳还是抱着吉他唱歌。

唱的都是小清新，听众只有书架上那一个。

小鲁不在隔壁饭店买肉了，他去跑忠义市场，每天骑着小电动车绕过整个古城，鲜肉挂在车把上，一路滴滴答答。

…………

没人喜欢离别，尤其是自此相忘于江湖的离别。

我也不喜欢离别，但我更抵触离别前的矫情，既然自此相忘，何必十里长亭。

但这次破例，大黑天走的时候，我会送行。

初五日，天晴。

龙丹妮来丽江玩儿，我把她灌个半醉，领她一干人等回小屋听歌。

一进门儿她就叫唤开了：啊……耶！你还玩儿这个？你还养了只鹰当宠物！

湖南人不说"哎呦"，说"啊耶"，听起来蛮萌的。

我学她的口音：啊……耶！不是我玩儿它，是它玩儿我，我是它的宠物才对……

我说你别伸手摸它，它的脾气比我们山东人还冲，比你们湖南人还猛。

关于翌日放生大黑天的事，我借着酒劲跟龙丹妮聊了聊。

我说申酉皆吉时，我们打算爬到房顶，解开脚绊，迎着晚霞余晖，把它冲着天上扔。

炊烟袅袅，青瓦鳞次栉比，它飘摇长空，渐行渐远……

然后我们爬下房顶吃饺子去。

龙丹妮说：啊……耶！不好不好。

哦？愿闻其详。

她认真地说：你这个画面构图有问题……

我说我要去的是大冰的小屋的屋顶，不是湖南卫视的演播厅。

她叼着雪茄，鼻孔里喷出两条烟：嗯……那你这个故事情节处理得也有问题。

龙丹妮告诉我说，既然放生，就好事做到底，放得彻底一点儿啰。

她说据她的观察，丽江城区面积太大，饭店也多。

傍晚时分每条街都是炒菜香，万一人家老鹰同学飞出去之后不乐意飘摇长空，偏乐意一个猛子扎到某个饭店的厨房里找肉肉吃怎么办？

万一叫人拿个盆儿给扣住了怎么办？

我一拍大腿，是啊，扎到川菜馆里了还好说，万一扎到广东菜馆里了呢？

白灼？清蒸？

龙丹妮说：所以啊，这个放生不如放得彻底一点儿，三十里外不是玉龙雪山嘛，蒙上脑袋塞进麻袋，车先绕着丽江兜圈子，然后拉到雪山脚下，撤掉蒙眼布喂饱生牛肉，一拍两散。

最重要的是，她指着大黑天说，黄昏雪山下的离别……多有画面感。

就这么定了！喝酒喝酒，明日赴雪山。

龙丹妮问：它怎么老是瞪我？

我说没事儿没事儿，它向来这个德行，没事儿没事儿，咱们接着喝酒，只要一会儿唱歌时你别说话就不会有事儿……

后来就接着喝酒，没事……或者说，没什么大事。

…………

大黑天喷了她一脊梁白色屁屁！而且量还特别大！

龙丹妮素质高，听歌时确实没说话，那天来的客人素质都很高，没任何人制造杂音。

奇了怪了，这是大黑天第一次无缘无故欺负客人。

龙是电视界前辈教母，手底下快男超女的粉丝军团加在一起有一个亿，鬼才想和她打冤家。

那就赶紧找话圆呗。

我说：啊……耶！好彩头！恭喜恭喜啊！

她攥着一掌的白色，将信将疑地看着我，脸上的表情介乎发笑和发怒之间。

我红着脸大喊：这可是从天而降的鹰屎运啊！可比狗屎运厉害多了！……你现在做什么生意呢？看来今年要上市了！

龙丹妮很高兴，后来背着一脊梁的好运，回客栈洗衣裳去了。

再后来……几个月后吧，听闻湖南广电计划整体上市的消息。

那天龙丹妮走后，我指着大黑天骂：

不懂礼貌！没有家教！能往没惹事儿的客人头上拉屁屁吗！

我拿个棍儿戳它。

它装睡，闭着眼睛不睬我。

门嘎吱响了，对门杂货铺的自贡小妹欧琳丽过来串门，手里还提着一小块儿牛里脊。

她依依不舍地说：听说大黑天明天走，我过来送送它……

话音未落，唧的一声，欧琳丽的脑袋白了。

大黑天喷了她一脑袋屁屁。

它明显是故意的！

欧琳丽的胸再平，也是个女孩子呀，大黑天今天是发的什么癫？怎么连自己人都喷！连女孩子都喷！

欧琳丽白着头、黑着脸，拎着牛肉跑了。

一边跑一边用自贡话喊：恐怕不是逮哟……（自贡方言中之经典感叹句）

我实在看不过去了，仗义执言道：人家专门买了牛肉送你呢！临走了还这么不懂事，将来出去了怎么在社会上立足！

唧的一声……

我没能躲得开。

脸上。

原来鹰屎是烫的……

我发现问题出在哪儿了！

我把众人都拽到门外，挨个儿交代。

小鲁第一个进去做实验，半分钟不到，顶着一身白屁屁出来了。

我说你是按我交代的说的吗？"送行"这个词你确定你说了吗？

他说：嗯呢！

老谢第二个进去，出来后很委屈地说：我的诗刚念了头一句，刚说了声"送你走"，它就直接拉了我一身，大过年的，新衣服啊。

…………

我担心大黑天把自己拉死，没敢再试。

它的惊人之举向来多，算了，反正明天就走了，发脾气就发吧，万事由它。

（十）

王继阳开着他的众泰5008小破车，我抱着大黑天坐在副驾驶座上，小屋的一家人罐头一样塞在后座。

颠颠簸簸，玉龙雪山脚下的小山坡。

地方到了，他们却都不肯下车。

小鲁说：冰哥，我和大家商量了一下……我们心里都有点儿难受，能不能你自己上去放生。

你笨成那样了还知道搞串联！

你们不放生，那你们跟着来凑什么热闹！

你们都难受，就我好受是吧？我在你们眼里是有多铁石心肠？

我摔车门走了，走出去十几米，他们在背后喊：

咱们还没和大黑天合影……

能不能一起合个影再送它走……

合你妹啊合！

一帮大老爷们儿，脆弱到连送行都不敢，那还要什么合影？留着以后触景生情吗？别矫情了……

我头也不回地往小山坡上爬。

一人一鹰攀到坡顶，迎着北风，顶着万里长空。

夕阳正好，豪情填膺。

此情此景，岂能无酒！

……还真没酒，忘了带了。

无酒当有诗！遂即兴口占一绝，为君送行：

锦衣难缚浪子心，

斗室岂能囚鹰隼。

万里碧霄终一去，

今朝我做解绦人！

一边念诗，一边解开它的脚绊。

尾字念完，手用力一扬，扑啦啦啦一阵响，大黑天振翅高飞升了天。

飞得真高……

飞起来三四米高，之后一个漂亮的抛物线，落向不远处的地面。

怎么个意思？翅膀的伤不是好利索了吗？

我揉揉眼睛，眼睁睁地看着它双脚一点地，一个低空转向滑翔又落回我面前。

不是放你走吗？怎么又回来了？

我飞出一脚去卷它，它一闪身，马步回旋，咄的一声在我鞋头上啄出一条口子。

打哭你信不信！

这是淘宝爆款海宁仿牛皮鞋好吗！顺丰包邮的懂不懂！今天才第一天上脚，叫你个败家玩意儿给我毁了……

大过年的不兴生气，我纳着闷蹲下，点上一根烟。
它也挨着我蹲了下来，拢着翅膀，酷似母鸡。

哎哟呵！赖着不走耍赖皮是吧！
我说咱俩唠唠……你这是怎么个情况？你也老大不小了，总要学会独立，没人能养你一辈子知道不？啃老什么的最没出息了……

它又要啄我的鞋。
我闪开，接着说道：……须知不论友人、爱人、亲人、家人……天下没有不散的筵席。

它一副疲赖相，居然闭目养神开始装标本。

好好好，既然无法晓之以鸡汤，那就动之以真情。
我说：临走了，最后再一起听首歌吧，说好了哈，听完了咱就分道扬镳。

我手机里没有小清新，随便凑合着听首老清新吧。
我从手机里调出李叔同的《送别》，调到最大音量。

长亭外，古道边，芳草碧连天
晚风拂柳笛声残，夕阳山外山
天之涯，地之角，知交半零落

一舫浊酒尽余欢，今宵别梦寒

…………

夕阳金了枯草，金了雪山，正月的滇西北晚霞漫天，被风聚拢，被风驱散。山风凛冽如刀，耳朵被削得生痛。

我说：这歌真好听，百听不厌……但这歌太虐心，听一段就行了。
我说：好了好了，上路吧，就此别过。
我没动，大黑天也没动。

手机还在刺刺啦啦地响着，间奏过后是第二段：

…………

情千缕，酒一杯，声声喋喋催
问君此去几时还，来时莫徘徊

…………

我说：走吧，不送。

…………

时间一分钟一分钟流走，日光一点儿一点儿敛到山后。
半包烟抽完了，天也黑了。

…………

我说：我摸摸你行吗？你别啄我。
我把手塞进它翅膀下面，暖暖的，像塞进一只暖手炉里。

该怎么去形容这种感觉，好似一双手被一个老友轻轻握住。

我说，我以前写过这样一段文字：

所谓朋友，不过是我在路上走着，遇到了你，大家点头微笑，结伴一程。
缘深缘浅，缘聚缘散，该分手时分手，该重逢时重逢。
惜缘即可，不必攀缘。
同路人而已。
能不远不近地彼此陪伴着，不是已经很好了吗？

我说：自己说过的话，自己反倒忘了。
我说：总惦记着随缘随缘不攀缘，反倒忘记了惜缘……缘深缘浅天注定，但若
不惜缘，如何随缘？

我站起身来，转身走开，一边走，一边伸出左臂。
"走吧，咱们回家，该干吗干吗去吧。"

胳膊一沉，扑啦啦啦的振翅声。

（十一）

这篇文章写于小屋，我正在写。

此时此刻，午后的阳光慵懒，摸过窗棂躺在我腿上。
王继阳在练琴，老谢在看书，小S在裁明信片。

大黑天也在。

我在码字，它蹲在书架上吃肉。

小鲁戴着头盔，在喂它吃牛肉。

OK，40元钱又没了。

门外很嘈杂，应该是逗B们又在玩儿老鹰捉小鸡。

我今天穿的是跑鞋，我决定架起大黑天找他们玩儿去，现在就去。

…………

好吧我又回来了，他们还是不带我玩儿。

和上次一样，他们还是扔了一块砖头过来。

算了，还是接着写文章吧。

…………

为什么写这篇文章呢？

因为若干天前，大黑天莅临小屋，这段小善缘，已然发芽生叶。

小屋在五一街文治巷80号，木门，泥巴墙。

小屋若是个道场，大黑天就是护法。

若你来到小屋，请遵守大黑天的安保条例，和它结个善缘：

比如，拍照时别开闪光灯；比如，歌手唱歌时别喧哗；比如，别当着它的面儿提离别……

不信你就试试。

分分钟往你脑袋上拉屄屄。

大黑天和小屋的缘分，我不确定会终结于哪一天。

就像我和这个孩子气的丽江，亦不知会缘止于哪一天。

未来未知岁月里的某一天，我终将告别我的族人们，终将告别我的小屋，告别大黑天。

终将松开双手，和我的丽江说声再见。

这个世界上没有永远，我知道的。

但那些无常世事，能想通一点儿就会少难过一点儿，不是吗？

缘深缘浅，缘聚缘散。

不攀缘，随缘就好。

随缘即当惜缘，惜缘即当随缘。

阿弥陀佛么么哒。

心心念念，当作如是观。

（十二）

2015年春，"百城百校畅聊会2.0"郑州站，很虐心，多事多舛，几欲夭折。

先是原定场地临门掉鞋，临时取消。

后是新场地校方没通过审批，不接纳非本校人员参与，活动再度取消。

出版社的编辑周逸姑娘愁得一个头两个大，建议我取消郑州站。

怎么能取消呢？我微博上答应过读者一定会去河南，自当言出必诺，不能不讲义气。

我自己掏钱租场地，郑州7 Live House江湖救急，这是个大酒吧，能盛下六七百人。

周逸快哭了：哪儿有作家去酒吧开见面会的？太不严肃了。

我摸她的头：乖，酒吧里见面多好玩儿啊，喝着酒唱着歌聊聊天，大家可以一边聊聊文学一边玩儿击鼓传花……或者，老鹰捉小鸡。

她说：你玩儿心也太重了，注意点儿形象好不好？没有作家会这么搞。

我说拜托，我不是作家，我是个野生作家。

2015年4月22日，郑州站"百城百校畅聊会2.0"如约举办。

7 Live House门前阻塞了一整条街，从河南各地赶来了四千多人……

多谢河南的读者爱我。

我麻烦大了。

活动开始前几个警察叔叔找到我：嫩这是要起义吗？

他们紧张坏了，人手不够，维持不了这么多人的秩序。

按照惯例，活动规模这么大，一旦秩序有问题，中途会被勒令停止，我会被喊去喝茶。

我不渴，不想喝茶。

我说我相信我的读者的素质，也相信警察叔叔的能力……

他们瞅瞅我脑袋后面的小辫儿，集体叹口气，噔噔噔跑去维持秩序了。

活动从傍晚进行到午夜，出奇地顺利，虽未能玩儿成老鹰捉小鸡，但四千多人每个人都见了面签了名握了手，彼此笑嘻嘻的。

握手握到最后，我感动坏了。

最久有排队六个多小时的，但自始至终没出现任何拥挤踩踏事故，秩序好得一B。

除了酒吧的工作人员之外，听说还有不少读者自发站出来帮忙维持秩序，这些志愿者有老有少，有男有女。
关于郑州我知道得不多……让我再次拥抱你，郑州。

午夜的郑州，人群渐渐散去，我站在路边，等着和最后一个人握手。
听说也是个志愿者。
听说专程从开封赶来，帮了一个晚上的忙，喊哑了嗓子，水都没喝一口。

…………
突突突突，一辆饱经沧桑的摩托车停到我面前。
那个志愿者摘下头盔，花白的头发，肤色黝黑。

上车上车……他拍着后车座吆喝。

说好了的，俺请嫩吃烩面。

▶ ▷ 游牧民谣·靳松《孤鸟》

▶ ▷ 游牧民谣·老武子《你如果》

后记

我自江湖来，虽走马名利场、跨界媒体圈，略得虚名薄利，然习气难改，行文粗拙，且粗口常有。若因此惹君皱眉，念在所记所叙皆是真实的故事、真实的心境，万望方家海涵。

放心，我以后也不会改的。

有人说文化可以用四句话表达：植根于内心的修养，无须提醒的自觉，以约束为前提的自由，为他人着想的善良。

我想，文学应该也一样吧。

窃以为，所谓文学，终归是与人性相关：发现人性、发掘人性、阐述人性、解释人性、解构人性……乃至升华人性。千人千面，人性复杂且不可论证，以我当下的年纪、阅历、修为次第，实无资格撄着"人性"二字开题，去登坛讲法。

那就容我现一个自在相，嬉皮笑脸地给你们讲讲故事好了。

这是我的第三本书，十二个真实的江湖故事。

书名取自我发明的一句口头禅——阿弥陀佛么么哒。

为什么起这么个奇怪的书名？

因为有妖气。

戾气即妖气。

这个时代的妖戾之甚，甚比PM2.5。

懒得举例子，不想虐心，莫来驳我，他身己身戾气之乖张，你亦心知肚明。

有妖就除妖，除一点儿是一点儿，心不扫不净。

那如何除、怎么扫呢？

光指望大人先生们的良心发现吗？哎呀我去，做梦吧你……

庙堂有庙堂的令旗，江湖有江湖的道术。

抛开令旗不提，窃以为，旮旯处尚须祭一张江湖镇妖符。

每个道人的符不同，我的这张叫：阿弥陀佛么么哒。

何谓阿弥陀佛？

从佛学角度讲，阿弥陀佛，是为无量光佛。

深广誓愿诸缘具足，成就西方极乐净土，是为极乐世界化身佛。诸经所赞，尽在弥陀。据说极乐世界与咱们娑婆世界不同，没有怨憎嗔痴贪，人与人之间平等和乐，人们活得心安理得。

从世俗角度说，自唐代始，就有"家家观世音，户户阿弥陀"之说。世人称诵佛号，求生净土，是一种向善，亦是一种求仁，是自度，亦是自度度人。

世间诸般教门皆有这种导善的法门，或许，这是一种人类精神诉求中的刚需吧。

从我个人角度来说，这句佛号的魅力所指，还涵指着这样四个字：带业往生。

不管你是不是好人，不管你曾经是什么人，只要还肯相信美好，只要不混吃等死、破罐子破摔，都可以拥有一个平等的机会或出口。

出口和机会多一点儿，戾气就少一点儿，不是吗？

何谓阿弥陀佛么么哒？

为何把如此严肃的佛号搞得这么不严肃呢？么么哒不是亲一口的意思吗？

啊哈，我觉得哈，从去除宗教化的角度来讲，阿弥陀佛么么哒是一种姿态，也是一种心态——向善求仁的姿态，自度度人的心态。

不是大愿大行大慈大悲，只是一份递到你面前的小慈悲。

它是一份祈愿或祝愿、一份赞叹或慨叹……也是一声hello（你好），或一声：你好吗？

又或者是一句：你还好吗？

也许这句善意的短语每多说一次，就能让戾气少几分呢，谁知道呢？试试看吧。

喂喂喂，我可不是在谤佛，佛法不离世间法，为表法方便，可善巧方便，搞得那么严肃可还行？轻松一点儿不好吗？

说者有心，闻者随意——无量天尊，哈利路亚，阿弥陀佛么么哒。

我非道德多么高大上的好人，不过一个浪荡天涯的野孩子而已。

但在我粗浅的价值观认知中，始终坚信：善良是种天性，善意是种选择，选择善意，就是选择人性中的向阳面。

虽善意如电，来即明，去则复冥。但再电光石火也要去选，不然你我习惯了黑暗、接受了黑暗、欣欣然于黑暗了怎么办？

我一侠者老友曾言：在那些礼崩乐坏的时代中，民间还在传承着一些珍贵的江湖道统。

愿以此书中的小江湖与诸君结个小善缘，共同摒除一点儿戾气，撕开一角黑暗。

这本书十二个故事，十二声阿弥陀佛么哒。

十二种灵明不昧的人性，亦是十二种灵明不昧的善意。

都是凡夫俗子，怎敢妄想醍醐灌顶，但愿这些真实的人性故事能善巧方便地佐你修行——若你认可人生是场修行。

复愿这些故事如星光如烛火，去短暂照亮你当下或晦涩或迷茫的路，去助你直面个体人性中所伏藏的那些善意，并依此点燃那些属于你自己的幸福故事。

阿弥陀佛么哒，祝你好运。

说几件文字之外的事儿吧。

一、关于【买书送作者】

我是个孩子气的老男孩，也是个写故事的人，既然大家爱看我写的故事，那干脆我们一起来制造一个故事好了：如果你读完了我的书，请在微博上@我，不论你躲在这个世界上的哪个角落，只要抽中你，我会背起吉他去送你一顿烛光晚餐。不论山崩海啸还是天涯海角，我必赴约。

也许无趣的不是这个世界，而是你我还没找到有趣的活法。

谢谢你们乐意陪我一起疯。

二、关于【百城百校畅聊会】

我从遥远的地方来看你，要讲许多的故事给你听。

"百城百校畅聊会1.0"曾纵贯中国，从东北到台北，历时半年，与会者数十万。

"百城百校畅聊会2.0"亦纵贯中国，从海南到新疆，历时半年，握手者数十万。

我每一场的演讲内容不尽相同，但有一句话不变：请你相信，这个世界上真的有人在过着你想要的生活。

还有，我不会哄着你，你也别捧着我，畅聊会只是一个作者去和他的读者聊聊天而已。

"百城百校畅聊会3.0"继续启程，咱们继续聊聊书，聊聊生活的美学，聊聊理想和爱情，聊聊人世间美好的东西，以及达成的路径和可能性。

还是那句话：我赔稿费我乐意，一人一琴一本书，走遍天涯去看你。

我只需要一支麦克风和一平米的舞台即可，没抢到座位的朋友，请爬到舞台上来盘腿坐到我身旁，咱们挤一挤。

三、关于【打哭你信不信】

喜欢书就好，没必要喜欢叔。

1. 我懒得给任何人当什么狗屁偶像，书是书，人是人，别老是吆喝着要给我生孩子、生猴子、生包子……天天调戏我真的好吗？打哭你信不信？

2. 我写的是江湖故事，不是旅行文学，别老是读完我的书后盲目地辞职、退学去旅行，一门心思地玩放弃，什么说走就走的旅行、不负责任的旅行都是扯淡，打哭你信不信？

3. 我拿起话筒是主持人，拿起吉他是歌手，拿起笔是作者，拿起酒瓶就只是个酒吧老板，每一个世界都是独立的。多元世界平行生活，在哪个世界就扮演好哪个世界的角色，不能乱套，不能寄生。所以，别老问我为什么在当主持人时不提旅行，在酒吧里不跟人合影、不给人签名，三个字不乐意，打哭你信不信？

4. 别把我这个文氓说成"文青"代表，我山东人天天吃大蒜……说我文艺等于骂人，打哭你信不信？

好了说完了，我就是这样，我还不止这样，你来打我呀。（羞涩地捂脸狂奔）

…………

这本书完稿后，按照惯例，我背起吉他，从北到南，用一个月的时间挨个儿去探望书中的老友们。

希有去机场接我，远远地冲我招手：兄弟……

周三和三嫂生了一个女儿，开了一家饭店，三嫂发福喽，胖得像大白……

我去了越阳父母工作的中学，悄悄站在教室外旁听了一节课。

我陪小师姐来到阿叔家前，她摸着身旁的那颗小脑袋，说：这就是爷爷。

王继阳还在唱《小猫》，在大冰的小屋厦门曾厝垵店，我推开门，倚着门框和众人合唱：喵喵喵喵……

毛毛和木头也在厦门，木头的身体好一点儿了，毛毛请我吃螃蟹，蟹黄全抠出来给了老婆。

王八蛋老张出了张专辑，叫《穿衬衫的人》，我以为《佳佳》是主打歌，结果不是。我以为那次疯狂的散心是唯一一次，结果不是。

小芸豆在北太平洋寻找大王乌贼，经常会在凌晨时分收到她发来的照片。

大黑天后来离开了小屋，凌风振羽，没入蓝天。

小S在小屋写了不少新歌，我不确定他计划哪天离开，或许就是明天。

老谢的诗集正在筹备中，这个世界上的许多事不是非要用钱才能解决，我会当他的责编。

…………

他们依旧各自修行在自己的江湖里，从容生长着。

辞世的、在世的，愿他们安好。

他们都是真实存在的人，只不过当下并不在你的生活圈中。书中他们的故事都是真实的，或许他们的故事也可以是你的故事。

又或许，他们的故事，永远不应翻刻成你的故事。

知道吗，有时候你需要亲自去撞南墙，别人的经验与你的人生无关。同理，我笔下的故事桥段，与你脚下的人生也无关。

自己去尝试，自己去选择吧，先尝试，再选择。

不要怕，大胆迈出第一步就好，没必要按着别人的脚印走，也没必要跑给别人看，走给自己看就好。

会摔吗？会的，而且不止摔一次。

会走错吗？当然会，一定会，而且不止走错一次。

那为什么还要走呢？

因为生命应该用来体验和发现，到死之前，我们都是需要发育的孩子。

因为尝试和选择这四个字，这是年轻的你理所应当的权利。

因为疼痛总比苍白好，总比遗憾好，总比无病呻吟的平淡是真要好得多的多。

因为对年轻人而言，没有比认认真真地去"犯错"更酷更有意义的事情了。

别怕痛和错，不去经历这一切，你如何能获得那份内心丰盈而强大的力量？

喂，若你还算年轻，若身旁这个世界不是你想要的，你敢不敢沸腾一下血液，可不可以绑紧鞋带重新上路，敢不敢勇敢一点儿面对自己，去寻觅那些能让自己内心强大的力量？

这个问题留给你自己吧。

愿你知行合一。

愿你能心安。

最后，谢谢你买我的书，并有耐心读它。

谢谢你们允许我陪着你们长大，也谢谢你们乐意陪着我变老。

期待你的读后感。

可否把你的读后感发到亚马逊、当当和京东的书评区，每一篇我都会读的，期待分享你的故事。

来告诉我你是在哪里读的这本书吧——失眠的午夜还是慵懒的午后，火车上还是地铁上，斜倚的床头、洒满阳光的书桌前、异乡的街头还是熙攘的机场延误大厅里？

不论你年方几何，我都希望这本书于你而言是一次寻找自我的孤独旅程，亦是一场发现同类的奇妙过程。

那些曾温暖过我的，希望亦能温暖你。

希望读完这本书的你，能善意地面对这个世界，乃至善意地直面自己。

愿你我可以带着最微薄的行李和最丰盛的自己在世间流浪——有梦为马，随处可栖。

人常说百年修得同船渡，你我书聚一场，仿如共舟。若我三本书你都读过，那咱们一起坐了三次船。

你看你看，船又靠岸了，天色不早，前路且长，就此别过吧少侠。

临行稽首，摆渡人于此百拜。

阿弥陀佛么么哒。

譬彼舟流，不知所届。

莫问何日再相见，只要江湖不泯，这艘船自会再来。

末学大冰合十

2015年夏　新疆那拉提草原

▶ ▷ 游牧民谣·大冰《陪我到可可西里去看海》